FSC®
www.fsc.org
MIX
Papier aus verantwortungsvollen Quellen
Paper from responsible sources
FSC® C105338

Katharina Sabetzer, Gutenberggasse 19/1, 1070 Wien
Mail: schreibtisch@katrinaverde.at
Web: www.katrinaverde.at
Lektorat: Renate Rosner
Covergestaltung: Sibylle Exel-Rauth

ISBN: 9783754683637

Herstellung und Druck über tolino media GmbH & Co. KG, München.
Printed in Germany

NATURLIEBEN

Ein Liebesroman mit Frühlingsgefühlen

KATRINA VERDE

Was bisher geschah

Willkommen im steirischen Frühling!

„Naturlieben" ist – nach „Landlieben" und „Herbstlieben" – der dritte Teil meiner „Landlieben"-Serie – und wir begegnen in diesem Buch lauter altbekannten Gesichtern. Falls dies Dein erster literarischer Ausflug in die Weststeiermark ist, stelle ich Dir hier ein paar der wichtigsten Charaktere vor:

Aus „Landlieben" kennen wir Irene, die zu Beginn des Buchs Hals über Kopf ihr vermeintlich perfektes Leben in Wien zurücklässt und in ihrer alten Heimat – dem Haus ihrer mütterlichen Freundin Nana im weststeirischen Frischthal – Erholung, alte wie neue Freunde und natürlich Tom findet.

Tom ist Nanas Nachbar und kümmert sich um seine Nichte im Teenageralter, Bobby. Diese freundet sich im ersten Teil mit Felix an, dessen Vater Hans in „Herbstlieben“ eine besondere Rolle zukommt. Er ist es nämlich, der Lucy in seinem Gästehaus mit Blick über einen berauschend schönen Apfelgarten Unterschlupf gewährt.

Lucys Geschichte steht im Fokus des zweiten Teils der Serie („Herbstlieben“). Sie stellt ihre steil bergauf gehende Influencer-Karriere plötzlich infrage. Und nachdem der VW-Bus, mit dem sie während einer Live-Sendung direkt vom Set verschwunden ist, mitten in Frischthal liegen bleibt, ist sie auch tatsächlich zu einem längeren Aufenthalt in der Kleinstadt gezwungen. Was sie natürlich regelmäßig in die Nähe von Hans bringt ...

Außerdem begegnen wir seit dem ersten Teil dem immer unterhaltsamen Bürgermeister Otto sowie seiner Partnerin Bella, die beide ehemalige Schulkollegen von Irene sind.

Mitten am Hauptplatz von Frischthal gibt es den Coffee-Shop „Kaffeekränzchen“, der Bella gehört, in dem Irene regelmäßig aushilft und wo sich die Bewohnerinnen und Bewohner der Stadt treffen. Gegenüber dem Coffee-Shop liegt die Buchhandlung „Seitenweise“, in der Nana früher mitgearbeitet hat – und die nun hier, mitten im Frühling und mitten in Aminas Geschichte eine zentrale Rolle übernimmt ...

Lass uns loslegen!

Viel Spaß bei der Lektüre,

Katrina

1. Kapitel

Irgendwann im Laufe des Nachmittags war der Regen in Schnee übergegangen. Amina blickte durch die Auslage auf den weiß bedeckten Hauptplatz, über den nur wenige Fußspuren führten. Das Wetter war seit Tagen schlecht und die Bewohner der Stadt verließen ihre Häuser nur für die nötigsten Wege.

Auch Aminas Buchladen „Seitenweise" lag seit Tagen ruhiger da als normalerweise. Die Schulkinder, die sonst oft um die Mittagszeit bei ihr vorbeischauten, eilten bei diesem Wetter gleich nach Erklingen der Schulglocke nach Hause. Und auch all die Erwachsenen, die sich sonst im Laufe des Tages auf einen kurzen Streifzug durch die Bücherregale einfanden, blieben derzeit lieber in ihren eigenen vier Wänden.

Amina seufzte und drehte sich um die eigene Achse, blickte in den still in der Abenddämmerung daliegenden Verkaufsraum. Sofort überkam sie das immer gleiche

Gefühl von Stolz, wenn sie das Ergebnis der jahrelangen, mit Liebe zum Detail umgesetzten Maßnahmen vor sich sah: die weichen Sitzmöbel, die im Geschäft verteilt standen, allen voran die große Couch im vorderen Teil des Ladens. Dahinter erstreckten sich die ansprechend gestalteten und dekorierten Bücherreihen.

Aminas Blick fiel auf den ersten Büchertisch, der gleich neben dem Eingang stand. Hier sollte eigentlich seit ein paar Tagen ein Sammelsurium an Garten- und Naturbüchern zu finden sein. Lucy, der neu zugezogene Kreativbrunnen der Stadt, hatte mit Amina große Pläne geschmiedet, wie sie langsam den Frühling ins Buchgeschäft einziehen lassen würden. Den ganzen Winter über hatten sie Bücher zu Frühlingsaktivitäten im eigenen Garten, Literatur mit Naturbezug und Anleitungen zu nachhaltiger und umweltschonender Pflanzenauswahl und -pflege gesammelt und zusammengetragen. Zusätzlich hatte Lucy einige besonders einprägsame Naturschilderungen aus alter und neuer Literatur gefunden und eine Art Rätselrallye, die sich irgendwo zwischen der Website des Buchladens, dem dazu gehörenden Instagram-Account und der Dekoration hier im Laden abspielen sollte.

Amina hatte die Planung dafür – vor allem des digitalen Bereichs der Aktivitäten – Lucy und Irene überlassen. Die beiden Frauen waren erst vor wenigen Jahren in der Stadt gelandet – in beiden Fällen kurioserweise aus einer gewissen Not heraus – und brachten seither ihr umfangreiches Kreativwissen in zahlreichen Projekten in und um die Stadt ein.

Wofür Amina sehr dankbar war, denn ihre digitalen Ambitionen konnte man getrost als nicht-existent beschreiben. Sie war womöglich naiv und wohl auch ein wenig stur, was ihre Ablehnung aller digitalen Kommunikationswege betraf, aber Amina war auch geschäftstüchtig genug, um die Notwendigkeit gewisser Aktivitäten, die sich nur auf den Smartphones ihrer Kundinnen und Kunden abspielten, zu erkennen.

Nachdem die Wetterprognose für diese Woche so unerbittlich kalt und ungemütlich gewesen war, hatten Lucy und sie beschlossen, die Frühlingsaktivitäten im Geschäft um einige Tage zu verschieben.

Und jetzt schneite es auch noch!

Schnee war in diesen Breitengraden Ende Februar nicht ungewöhnlich, aber in den vergangenen Wintern doch eher selten geworden. Der Frühling hatte sich seit ein paar Jahren immer früher und auch immer überfallsartiger blicken lassen und Amina vermisste die angenehme Sonnenwärme, die die ersten Frühlingstage auf der Haut erlaubten, schon sehr.

Wie jedes Jahr Ende Februar war sie überzeugt davon, dass dieser Winter der längste und anstrengendste für ihr Gemüt gewesen war. Aber Amina hatte auch genügend Selbsteinschätzung und Fähigkeit, über sich selbst zu lachen, um zu wissen, dass ihre Ende-Februar-Frühlingssehnsucht ein *jährlich* wiederkehrendes Phänomen war.

Wie leider auch der letzte Schneefall der Saison.

. . .

Als es schließlich Zeit war, den Laden für diesen Tag zu schließen, ging Amina behutsam durch das Geschäftslokal und kontrollierte wie jeden Abend, ob alle Lichter und Geräte abgedreht waren. Dann nahm sie das abgezählte Bargeld, um es im Safe zu verstauen, und bediente gleichzeitig jenen Knopf, der das Rollgitter vor der Eingangstür herunterfahren ließ. Sie aktivierte die Alarmanlage und verließ das Geschäft durch den Hintereingang.

Der Schnee wehte ihr ins Gesicht, als sie die wenigen Schritte bis zu jener Treppe im Hinterhof überwand, die sie nach oben in ihre über dem Buchladen liegende Wohnung bringen würde.

Amina schüttelte sich kräftig, nachdem sie die Wohnungstür hinter sich ins Schloss fallen hat lassen. Während der wenigen Momente, die sie draußen verbracht hatte, war ihr bis auf die Knochen kalt geworden.

Die Wohnung lag dunkel da, einzig der von den Straßenlaternen beleuchtete Schnee warf etwas Licht in ihre Räume. Das Dunkelblau strich über alle Möbel, Bücher und auch die leere Kaffeetasse, die heute Früh auf dem Wohnzimmertisch stehen geblieben war.

Für einen Augenblick, hier mitten in der spätwinterkalten Dämmerung, erlaubte sich Amina, dem schneidenden Gefühl der Einsamkeit nachzugeben, das sie häufig abends beim Betreten ihrer Wohnung überfiel. Dieses eigentümliche Gefühl wie Kälte, die sich wie ein Schneeball von innen heraus durch ihr Körpersystem rollte.

Bis sie das Licht aufdrehte.

Im Bruchteil einer Sekunde flammte oranges, warmes Licht durch ihre Wohnung und ließ auch die eisige Verzweiflung in ihrem Bauch wegschmelzen. Mit wenigen routinierten Griffen wiederholte sie ihr abendliches Winter-Ritual: ein jazziges Saxophon aus den Lautsprechern, ein paar Scheite Holz in den Kachelofen und die Abendnachrichten ohne Ton aus dem Fernseher.

Sie war umgeben von Leben und Bewegung und Wärme und alles in ihrem Bauch fühlte sich wieder richtig an.

Amina aktivierte ihren Wasserkocher, wählte eine Teemischung aus, nach der ihr heute Abend der Sinn stand, und sie schob den Kochtopf, der noch etwas Suppe vom Vortag beinhaltete, auf die Herdplatte, um diese aufzuwärmen.

Während sie aß, blätterte Amina durch ein Magazin, das ihr von irgendeinem Verlag zum Testlesen zugeschickt worden war. Sie ließ sich von unterschiedlichen Artikeln ablenken, die Tipps zum Basteln von diversen Dingen, die niemand *wirklich* benötigte, gaben. Verzierte Balkontöpfe, selbst gestrickte Hundepullover oder eine Magnetleiste für Fotos. Amina schmunzelte, als sie sich vorstellte, wie ihre Tante Gerti, die resolute Leiterin des örtlichen Strickclubs, auf Hefte wie dieses reagieren würde.

„Das haben wir schon vor vierzig Jahren selbst gemacht", würde ihre Tante mit verächtlichem Schnauben sagen, „ganz ohne Hochglanzanleitung."

„Aber viele Leute brauchen die Anleitung", würde Amina daraufhin jedoch antworten, auch wenn sie der Tante im Stillen recht gab. Aber es war ihr wichtiger, dass die Gegenseite auch zu Wort kam.

„Einmal Juristin, immer Juristin", würde die Tante dann lächelnd sagen und ihre Wange küssen.

Amina lächelte und leerte die kleine Schüssel, aus der sie ihre Suppe aß. Sie hob den Kopf, als es irgendwo entfernt in ihrer Wohnung kurz piepste. Amina stellte die leere Schüssel in die Abwasch und folgte dem Geräusch in ihr Schlafzimmer, wo ihr Telefon seit dem Vorabend lag.

Trotz der Stille im Geschäft heute Nachmittag war ihr gar nicht aufgefallen, dass sie den ganzen Tag ohne Handy im Erdgeschoß gewesen war.

Übers Display scrollend rutschte sie auf ihren Wollsocken langsam durch den Vorraum zurück ins Wohnzimmer, wo sie sich auf ihren Lesestuhl mit Blick auf den Kachelofen fallen ließ.

Keine der Nachrichten, die sie untertags verpasst hatte, schien wichtig oder dringend zu sein. Was wohl daran lag, dass jeder, der sie tatsächlich in dringenden Angelegenheiten erreichen wollte, wusste, dass er einfach im „Seitenweise" vorbeikommen musste.

Die aktuellste Nachricht, das Piepsen, das sie von ihrer Zeitschriftenlektüre abgelenkt hatte, war von ihrer Tante Gerti. Als hätte sie gewusst, dass Amina gerade an sie gedacht hatte.

Auf ihrem Display erschienen zahlreiche Fotos, eines nach dem anderen zeigte strahlend blauen Himmel über türkisem Mittelmeerwasser. Dazwischen war immer wieder zur Hälfte das überglückliche Gesicht ihrer Tante zu sehen, das sich vor die diversen idyllischen Hintergründe schob.

„Liebe Grüße von der Insel. Das mit den Selfies übe ich noch. Das nächste Mal kommst Du mit!“, schrieb Gerti. Amina grinste übers ganze Gesicht. Kein Mensch war aktiver als ihre Tante.

Neben dem Strickclub, der sich einmal pro Woche im „Kaffeekränzchen“ traf, organisierte Tante Gerti auch einen Krimi-Buchklub, der monatlich im „Seitenweise“ zusammenkam, und war an allen übrigen Tagen mit ihren zahlreichen Freunden und Freundinnen aus der Stadt unterwegs.

Jetzt eben gerade machten sie die kroatische Insel Hvar unsicher.

Was angesichts des deutlich besseren Wetters dort eine ausgezeichnete Idee war.

Amina scrollte sich ein weiteres Mal etwas langsamer durch die angezeigten Fotos. Dann tippte sie auf den kleinen Button für Sprachnachrichten und diktierte ihrem Telefon: „Danke für die schönen Fotos! Bei uns schneit es seit heute Nachmittag schon wieder, pack für uns ein paar Sonnenstrahlen ein. Alles Liebe!“

Die Sache mit den Sprachnachrichten hatte sich vor etwas mehr als einem Jahr unter all den Pensionistinnen und Pensionisten der Stadt wie ein Lauffeuer verbreitet, da sie dadurch nicht mehr lästig nach ihrer Lesebrille suchen mussten, um Nachrichten in ihr Telefon zu tippen. Nach mehreren Monaten, in denen die für die Seniorinnen und Senioren neuen Kommunikationswege über die gesamte Stadt hinweg erprobt worden waren, war die Nachricht über diese wundervolle Technik auch im „Seitenweise" angekommen. Und auch Aminas Ablehnung gegen ihr Mobiltelefon schwand ein wenig mit der neu entdeckten Option, Nachrichten *sprechen* zu können und nicht mehr tippen zu müssen.

Aminas Telefon piepste erneut leise und unaufdringlich und sie kicherte über Tante Gertis Antwort: „Kein Mensch zelebriert seine Februar-Melancholie jedes Jahr so sehr wie Du! Es wird jedes Jahr wieder Frühling. Versprochen!" Den Worten folgten zahlreiche küssende Smileys und Amina grinste ihr Handydisplay erfreut an.

Schließlich legte Amina ihr Telefon zur Seite und machte sich auf die Suche nach jenem Buch, das sie vor zwei Tagen zu lesen begonnen hatte. Die Saxophonklänge aus ihren Lautsprechern folgten ihr zu all jenen Plätzen ihrer Wohnung, an denen sie üblicherweise ihr aktuelles Buch liegen ließ: das linke Nachtkästchen neben ihrem Bett, die schmale Ablage neben ihrer Badewanne, die Oberfläche der Mikrowelle sowie den Couchtisch und die Frisierkommode, die Tante Gerti in ihrem Vorraum aufgebaut hatte, die Amina jedoch nur zur Ablage ihres Wohnungsschlüssels und der Post verwendete.

Amina kratzte sich am Kopf, lachte über sich selbst, als sie ihr ratloses Spiegelbild im Wohnzimmerfenster sah und erinnerte sich dann daran, dass sie das Buch am Nachmittag ins Geschäft geholt hatte. Nachdem es ja so ruhig gewesen war, hatte sie sich einige Zeit des Lesens auf ihrer Sitzgarnitur mitten im Laden erlauben können.

Für einige Sekunden wog Amina ab, ob sie das Buch im Geschäft liegen lassen und sich einen Film anschauen sollte. Aber schließlich siegte die Neugier darüber, wie es ihren Charakteren weiter ergehen würde und sie wickelte sich in ihren Daunenmantel, schlüpfte in ihre Ugg-Boots und stapfte nochmals die Treppen zum Geschäft hinunter.

Amina brauchte kein Licht, um den Weg zur Sitzgarnitur zu finden, so vertraut waren ihr die Distanzen. So hell leuchtete der schneeweiße Hauptplatz durch die Auslagenfenster.

Sie fand das Buch, wie erwartet, auf dem Couchtisch, der neben den gemütlichen Sitzmöbeln im Verkaufsraum stand. Gerade als sie nach dem Buch griff, hörte sie einen lauten, überraschten Aufschrei, gefolgt von einem dumpfen Aufprall und genervtem Stöhnen. Amina sah sich verwirrt um, versuchte die Richtung der Geräusche zu orten und nahm dann kuriose Schattenbewegungen vor dem Geschäft wahr, die sich bei näherer Betrachtung als rudernde Arme herausstellten.

. . .

Amina lief zur Tür, überwand die zahlreichen Schlösser und rief, noch während sie die Eingangstür aufriss, durch das Sicherheitsgitter hindurch: „Brauchen Sie Hilfe?“

Die erste Antwort, die sie erhielt, war ein erneutes, aber deutlich verärgertes Aufstöhnen.

„Wie bitte?“, fragte Amina nach, nicht sicher, ob die grummelnden Laute nicht eventuell doch Wörter gewesen waren.

„Geh weg!“, hörte sie daraufhin eine tiefe Männerstimme sagen. „Geh einfach weg!“

2. Kapitel

Amina richtete sich empört auf und betätigte jenen Knopf, der das Rollgitter vor ihrem Geschäft zu heben begann. War das ein Scherz? Erschrocken überlegte Amina für einen Moment, ob sie eventuell den diesjährigen Faschingsdienstag verpasst hatte, der in diesen Breitengraden üblicherweise über die Maßen gefeiert wurde, aber innerhalb kürzester Zeit erinnerte sie sich ans „Faschingskränzchen", das im „Kaffeekränzchen" gegenüber gefeiert worden war.

Und an ihre Begleitung an diesem Abend.

Und warum sie diesen Faschingsdienstag eigentlich aus ihrer Erinnerung gestrichen hatte.

Ihr Date an diesem Abend hatte sich als wesentlich älter herausgestellt, als er es in seinem Online-Profil angegeben hatte. Amina, selbst gerade erst frisch auf der anderen Seite von 40 gelandet, hatte kein grundsätzliches Problem mit dem Alter ihrer Dates. Sie hatte ein Problem mit falschen Angaben in Online-Profilen. Und mit Uneinsichtigkeit, wenn es um ihre Empörung ging. „Es ist doch nur eine Zahl!“, hatte der Mann damals zu seiner Verteidigung vorgebracht.

„Du siehst nicht einmal mehr aus wie auf dem Foto!“, hatte Amina geantwortet.

„Heute ist Fasching, da sieht niemand aus wie sonst …“, gab der Mann zurück und hat bedauernswerterweise wiehernd gelacht.

Vielleicht hatte Amina auch weniger etwas gegen falsche Angaben in Dating-Profilen, sondern eher etwas gegen schlechten Humor.

„Ein weiteres Tinder-Prachtstück“, hatte Tante Gerti den unlustigen Mann bezeichnet, nachdem er von Aminas Freunden, allen voran Otto und Hans, in ein Taxi gesetzt worden war – natürlich nicht, ohne ihm das Versprechen abzunehmen, sich niemals wieder in Aminas Nähe blicken zu lassen.

Amina schüttelte sich leicht in Erinnerung an diesen missglückten Abend, der sich bedauerlicherweise in eine beschämend lange Liste kurioser Dates reihte, und verbannte den Gedanken daran wieder in jenen Teil ihres Kopfes, der fürs Vergessen zuständig war.

. . .

Das Rollgitter vor der Ladentür hatte mittlerweile einen guten Meter Sicht auf die Straße freigegeben und Amina hockte sich hin, um besser sehen zu können.

Das Bild, das sich ihr bot, hätte tatsächlich aus einem Slapstickfilm stammen können. Vor ihr lag halb ausgestreckt ein Mann im Schnee, um ihn herum verstreut entdeckte Amina einen Koffer, eine leere Leinentasche, einige Blätter Papier sowie mehrere Dosen mit Bohnensuppe. Amina hob erst ihre Augenbrauen, dann langsam ihren Kopf und studierte die Szenerie vor ihren Augen. Sie hielt erst inne, als sie in ein wütendes Augenpaar blickte.

„Geh weg, habe ich gesagt", wiederholte der Verunfallte mittlerweile eher beschämt als verärgert.

„Was ist passiert?", fragte Amina unbeirrt.

„Es schneit", grollte der Mann mit so viel Ablehnung, dass Amina kurz zusammenzuckte.

„Ich helfe Ihnen", sagte sie ruhig und duckte sich unter ihrem Rollgitter durch, begann die einzelnen herumliegenden Stücke einzusammeln, bevor der Schnee sie völlig durchweicht hätte.

„Wo müssen Sie denn hin?", fragte sie unbeirrt, während sich ihr Gegenüber mit Mühe aufsetzte, ihr aber nicht antwortete.

„Haben Sie Schmerzen?", setzte Amina fort und streckte ihre Hand aus, um dem Mann aufzuhelfen. Aus irgendeinem Grund musterte er sie von Kopf bis Fuß und wirkte dabei gar nicht mehr verärgert, sondern fast ein wenig amüsiert.

In Aminas Hirn kribbelte es leicht, irgendeine Erinnerung löste sein Gesicht bei ihr aus und die Synapsen arbeiteten. Aber sie kam im Moment nicht drauf …

„Schickes Outfit“, riss der Mann sie aus ihren Gedanken und Amina sah an sich herunter.

Natürlich. Sie trug bereits ihr Lounge-Outfit – und das waren die ältesten und ausgebeultesten Leggings, die diese Welt gesehen hatte, dazu eine Strickweste aus Tante Gertis Sortiment von vor mehr als zehn Jahren. Darüber trug Amina zwar ihren geöffneten Daunenmantel, aber natürlich hatte sie die Schürze nicht abgenommen, die sie sich beim Aufwärmen ihrer Suppe vorhin umgebunden hatte, und so leuchteten zahlreiche hüpfende Comic-Schafe von ihrem Bauch aus durch die Straße.

„Sind Sie auf den Kopf gefallen?“, fragte Amina schließlich. Wer blieb lieber auf der eiskalten Straße sitzen und zählte Schürzen-Schäfchen, als dass er sich aufhelfen ließ?

Der Mann schüttelte den Kopf, blickte für einen Moment auf den Boden und streckte dann – mit weiterhin gesenktem Blick – seine Hand aus. Amina griff danach, ließ sich nicht von der kalten, rauen Handfläche ablenken und zog leicht an, um ihm schließlich auf die Beine zu helfen.

„Danke“, murmelte er, plötzlich von jeglicher Energie verlassen. Also wiederholte Amina ihre Fragen ein weiteres Mal, aber er behauptete, er hätte keine Schmerzen.

„Kommen Sie ins Warme“, sagte Amina und rollte den Koffer durch ihre Eingangstür ins Geschäftslokal. Sie aktivierte die erstbeste Lichtquelle, die in ihrer Nähe war – eine Lichterkette aus roten und glitzernden Herzen, die offenbar noch niemand nach dem Valentinstag abgenommen hatte.

Der Mann humpelte leicht, als er ihr ins Geschäft folgte, dann ließ er seinen Blick erst über die erleuchteten Herzen, dann über den Büchertisch beim Eingang und schließlich über die restliche Einrichtung des Geschäfts gleiten.

Er lachte auf. In einem Tonfall, den Amina als spöttisch, fast bitter empfand.

„Natürlich“, murmelte der Mann, „of all the places in the world …”

„Hm?”, summte Amina, erwartete sich aber keine Antwort mehr.

Ihr unerwarteter Gast schien irgendwie in Gedanken versunken zu sein, sein Blick starr auf die Bücher gerichtet, während er sich mit seinen Händen unbedacht durch seine Haare fuhr. Trotz des wärmenden Rots der Lichterkette war sein Gesicht aschfahl mit dunklen Augenringen, die seine Wangenknochen betonten. Er sah komplett durchnässt aus, beobachtete Amina weiter.

„Haben Sie einen Platz, wo Sie bleiben können?“, fragte Amina sanft und überraschte nicht nur sich selbst damit, sondern offenbar auch ihren Besucher. Er sah in ihre Richtung, als hätte er für einen Moment vergessen gehabt, dass sie weiterhin neben ihm stand. Amina probierte es mit einem Lächeln und endlich, endlich bewegte sich auch die Mimik des Mannes ein wenig. Sein Gesicht wurde etwas weicher rund um die Augenwinkel, während er seinen Blick wieder auf die Bücherreihen richtete.

Ein Lebenszeichen. Immerhin.

„Ich habe eine Adresse bekommen von meinem … –", der Mann unterbrach sich, „ich habe irgendwo eine Adresse notiert. Ich dachte, man kann vom Bahnhof zu Fuß dahin gehen." Er seufzte. „Kein Mensch hat mir gesagt, dass es hier schneit." Wie um sich selbst nochmals zu vergewissern, ob er nicht träumte, sah er durch die Eingangstür nach draußen. „Warum schneit es um diese Jahreszeit immer noch?"

„Es ist Februar", antwortete Amina neutral, als hätte sie sich nicht auch schon den ganzen Nachmittag vom Schnee irritieren lassen.

Der Mann drehte sich zu ihr und ihre Blicke trafen sich.

Direkt.

Und ungefiltert.

Nachdem der Mann seit Minuten jegliche Interaktion und Reaktion vermieden hatte, fuhr diese direkte Kontaktaufnahme über ihre Augen wie ein Blitz durch Amina durch.

Sie vibrierte.

Das *gute* Vibrieren.

Wie Neugierde. Oder Vorfreude.

Und auch der Mann schien leicht zu zucken.

Das hatte sie ja noch nie erlebt!

Diese dämlichen roten Lichterherzen schienen einen Filmfilter über die Realität zu legen oder was auch immer da gerade diesen Blitz ausgelöst hatte.

Amina richtete ihren Blick auf die Sitzgarnitur leicht rechts hinter der Schulter des Mannes, das schien ihr für den Moment eine sichere Blickrichtung zu sein.

„Es ist Februar“, wiederholte der Mann schließlich, „in der Tat.“ Aminas Höflichkeit war wie ein Reflex und deshalb richtete sie ihren Fokus erneut auf das Gesicht des Mannes. Die Müdigkeit war immer noch da.

Aber als sich ihre Blicke ein weiteres Mal trafen, setzte sich erneut irgendeine Form von Energie in Bewegung.

Du liest zu viele Liebesromane, Amina!

Wie schon zuvor schien der Mann die Hälfte seiner Aussagen eher für sich vor sich hin zu murmeln. Also beschloss Amina, die Datumsbestimmung und den Wetterbericht fürs Erste sein zu lassen und sich wichtigeren Fragen zu widmen.

„Wissen Sie, wie Ihre Gastgeber heißen?“, versuchte sie es erneut.

„Laura … Lena … Lucy …?“, er nannte ein paar Namen. Dann schnaubte er durch die Nase. „Sie kennen ja sicher nicht *jede* Person in dieser Stadt …“ Er ließ den

Satz leise auslaufen, nachdem sich Amina beim Stichwort „Lucy“ in Bewegung gesetzt hatte.

„Ich denke, einer deiner Gäste ist auf meiner Türschwelle gelandet“, informierte Amina Lucy nach einer herzlichen Begrüßung übers Telefon. Während Lucy überrascht schwieg, schmunzelte Amina über ihre eigene Formulierung. In der Tat war der Mann auf ihrer Türschwelle *gelandet.*

Amina betätigte den Lichtschalter über der Kassa, hinter der sie telefonierend stand.

„Aber wir haben das Gästehaus erst ab morgen vermietet“, gab Lucy schließlich zurück. Das Gästehaus war ein ehemaliges Wirtschaftsgebäude, das – nunmehr renoviert – vor gut eineinhalb Jahren als ersten Gast überhaupt Lucy selbst beherbergt hatte. Und wie es das Schicksal wollte, fand Lucy im Eigentümer des Gästehauses und des angrenzenden Wohnhauses, Hans, erst einen Freund und schließlich auch eine große Liebe.

„Dann ist es wohl nicht dein Gast“, antwortete Amina nüchtern. „Er wusste den Namen und die Adresse nicht genau.“

„Warum ist er überhaupt bei dir?“, fragte Lucy und Amina erzählte kurz nach, was sich in den vergangenen Minuten zugetragen hatte.

Während sie sprach, kam der Mann einige Schritte auf sie zu und gerade als Amina wieder auflegen wollte, hob sie den Kopf und konnte – durch das Licht über ihrer

Kassa – das erste Mal so richtig aufmerksam das Gesicht des Mannes erkennen.

„Luis Kramer", flüsterte Amina überrascht und der Mann bremste abrupt und mit erschrockener Miene ab.

„Das kannst du gar nicht wissen!", rief Lucy schockiert ins Telefon. „Ich habe das niemandem erzählt!" Lucy atmete scharf ein. „Woher weißt du das?", fragte sie dann panisch nach.

„Ich habe keine Ahnung, wovon du sprichst", sagte Amina zu Lucy überraschend gefasst. „Luis Kramer steht gerade in meinem Geschäft, nachdem er vor meiner Tür ausgerutscht ist, und ich muss jetzt auflegen." Wieder trafen sich ihre Blicke und das beständige Knistern zwischen ihnen, angefeuert von der Tatsache, dass schriftstellerische Prominenz in ihrem Buchladen stand, ließ Amina mit dem Hörer an ihrem Ohr pausieren.

Amina sah, dass sich der Mann nicht ganz entscheiden konnte, ob er die metaphorische Flucht nach vorn oder die reale Flucht durch ihre Tür hinter ihm antreten sollte: Bleiben oder gehen, in der Wärme sich weiter Aminas Fragen stellen oder durchnässt und mit vom Sturz gekränkten Ego zurück hinaus in den dichten Schneefall?

Aber es war schließlich Lucy, die am anderen Ende der Telefonleitung die Entscheidung für ihn traf. Sie seufzte in Aminas Ohr. „Ich komme ihn sofort holen", sagte sie dann, „achte drauf, dass ihn sonst niemand sieht." Dann legte sie auf.

. . .

„Warum darf Sie niemand sehen?“, fragte Amina und die Miene von Luis Kramer verfinsterte sich wieder. Er zuckte mit den Schultern.

„Okay“, sagte Amina langsam und fühlte sich plötzlich sehr müde. Sie deutete zur Sitzgarnitur. „Nehmen Sie doch Platz. Lucy wird bald hier sein und Sie zu Ihrer Unterkunft bringen.“ Der Mann folgte ihrem Blick, drehte sich wieder zu ihr und nickte. Dann schlurfte er zur Couch, zog sich umständlich den Mantel aus, ließ ihn einfach auf den Boden fallen und nahm schließlich Platz.

Amina aktivierte die kleine Kaffeemaschine, die sie für Notfälle und Tage, an denen sie es nicht über den Hauptplatz ins „Kaffeekränzchen“ schaffte, neben der Kassa installiert hatte.

Als sie schließlich die Tasse mit dampfendem Kaffee vor Luis Kramer abstellte, sah sie jedoch, dass er eingedöst war. Im Sitzen. Sein Kinn war bis nach vorn auf sein Brustbein gefallen und er atmete tief und laut.

Amina beobachtete ihn für einen Moment und schmunzelte im Stillen für sich, während sie die gerade vergangenen kuriosen Minuten Revue passieren ließ und sich mit ihrem Buch, das ja eigentlich der Grund dafür war, warum sie ins Geschäft gekommen war, in einen Sessel neben der Couch fallen ließ.

Luis Kramer. In *ihrem* Geschäft. Das konnte man sich nicht ausdenken.

Es dauerte nicht lang, bis Lucy an die Auslagenscheibe klopfte, um ihre Ankunft anzukündigen. Amina legte ihr Buch zur Seite und sah lächelnd zu Luis Kramer, der immer noch schlief.

Sie tippte mit dem Zeigefinger an ihre Lippen und deutete mit ihrem Kopf zum schlafenden Gast auf ihrer Couch, als sie Lucy durch die Tür ließ.

„Ist er einfach eingeschlafen?“, flüsterte Lucy kichernd und Amina nickte.

„Wir müssen ihn trotzdem aufwecken“, sagte Lucy dann, „wir können ihn ja nicht hier schlafen lassen!“

„Schade“, sagte Amina schneller als ihr lieb war und erntete einen eindringlichen, aber auch sehr ernsthaften Blick von Lucy.

„Du darfst niemandem erzählen, dass er hier ist“, sagte Lucy daraufhin fast beschwörend.

„Wie bitte?“, fragte Amina nach. „Warum nicht?“

„Das weiß ich auch nicht“, gab Lucy zu, „aber ich habe mit seinem Agenten oder Manager oder was auch immer eine Ewigkeit verhandelt, bevor er die Reservierung bestätigt hat. Außerdem habe ich gefühlt Hunderte Seiten Verschwiegenheitserklärungen unterschrieben. Wir haben es nicht mal den Kindern erzählt.“

„Wie wollt ihr das vor Bobby geheim halten?“, stellte Amina die erste Frage, die ihr zu diesen Informationen in den Kopf schoss. Bobby war die beste Freundin von Felix, Hans’ Sohn, und zeigte, seit sie ihre grantigen Teenager-Jahre zum Großteil hinter sich gelassen hatte, einen manchmal fast überbordenden Forschungsdrang, den man getrost auch als schamlose Neugier bezeichnen konnte.

„Bobby ist siebzehn“, antwortete Lucy, als wäre das eine Erklärung und Amina lachte leise auf. Bobbys Alter wurde so oft als Grund für ihr Verhalten verwendet, dass es nahezu ein stadtweiter *running gag* geworden war. Aber es war in Aminas Augen besonders lustig, dass gerade Lucy, die erst vor Kurzem hier gelandet war, bereits diese Angewohnheit übernommen hatte. Vermutlich, weil die beiden sehr viel Zeit miteinander verbrachten, da Bobby und Lucys Quasi-Stiefsohn Felix unzertrennlich waren.

„Ich werde es niemandem verraten“, versprach Amina, auch wenn sie immer noch nicht verstand, warum. „Aber es wäre doch schön, wenn er mal ins Geschäft … –”

„Nein“, unterbrach sie Lucy ungewöhnlich harsch, „keine Termine. Keine Besuche vom Bürgermeister – (Noch eine Person, vor der man die Anwesenheit von Luis Kramer kaum verheimlichen würde können, dachte Amina.) – keine Verpflichtungen, keine Fotos. Und so weiter. Ich habe drei Seiten mit Verboten zu Hause herumliegen.“ Lucy lachte leise auf. „Ich muss gestehen, auf viele dieser Dinge, die sein Management verbietet, wäre ich gar nicht gekommen. Die Liste ist fast inspirierend!“ Lucy zwinkerte ihr zu, lächelte dann aber verständnisvoll. „Ich weiß, dass du ihn gerne hier im Geschäft hättest. Das würde sicher ein paar Leute interessieren …“

„Ein paar Leute?“ Amina erhob ihre Stimme. „Du weißt ganz genau, dass sie uns seine Bücher wie warme

Semmeln aus der Hand reißen, wenn etwas Neues von ihm erscheint."

Lucy nickte. „Ich hätte da ja eh auch ein paar Ideen …" Aber sie unterbrach sich gleich wieder selbst, richtete ihre Schultern gerade und schüttelte den Kopf. „Nein, wir müssen diesmal unsere Ideen und Bedürfnisse wirklich hintanstellen", seufzte sie. „Ich weiß zwar wirklich nicht, warum sein Management ihn gerade jetzt für ein Monat in unser Gästehaus verpflanzt, aber …" Lucy schlug sich mit der Hand auf den Mund.

„Er bleibt ein Monat?", fragte Amina nach und Lucy verdrehte die Augen über sich selbst.

„Von mir hast du nichts erfahren!"

Amina erntete erneut einen strengen Blick von Lucy und wandte sich dann lächelnd in Richtung Couch, um den prominenten Schriftsteller aus seinem Nickerchen aufzuwecken.

3. Kapitel

Am nächsten Morgen hatte der Schneefall nachgelassen. Amina war mit dieser nervösen Energie im Bauch erwacht, die seit dem Vorabend immer wieder aufflackerte: einer Mischung aus Vorfreude und Neugierde. Wie bei einem guten Buch, wenn sich das Schicksal der Protagonisten endlich zum Guten wendet, wenn die Auflösung, der Weg zum Happy End sich abzuzeichnen beginnt.

Amina lächelte, als sie sich wie fast jeden Morgen in der Reihe der ersten Kunden im „Kaffeekränzchen" anstellte. Es war erst wenige Minuten nach 8 Uhr und die vier oder fünf Personen vor ihr waren alle in dicke Mäntel und Mützen gewickelt, angepasst an diesen späten Nachschlag, den der Winter ihnen am Vortag serviert hatte.

Über der Stadt hielten sich beharrlich graue Wolken, die aber seit den Morgenstunden optimistisch heller geworden waren. Die Gehsteige waren bereits geräumt, aber auf dem Springbrunnen in der Mitte des Platzes sowie auf jeder anderen Oberfläche, die nicht als Gehweg oder Straße diente, lag der frisch gefallene Schnee zentimeterhoch.

„Guten Morgen, Amina“, begrüßte sie Bella, die Inhaberin des „Kaffeekränzchen“, freundlich. Amina lächelte zurück und gab ihre Bestellung auf. An Tagen, an denen Lucy auch frühmorgens ins „Seitenweise“ kam, orderte Amina meist zwei sehr große, üppige Lattes mit Karamell, dazu mehrere Stück Kuchen, je nachdem, was es gerade im Angebot gab.

Aminas Buchladen lag in einem Haus mitten am Hauptplatz, an das zu beiden Seiten weitere Häuser angrenzten. Das Geschäft selbst konnte man entweder durch den Haupteingang direkt am Hauptplatz betreten oder man umrundete den gesamten Häuserblock und ging durch einen kleinen Innenhof zum Hintereingang, neben dem auch der Zugang zu Aminas Wohnung über dem „Seitenweise“ lag.

An diesem Morgen wählte Amina den etwas weiteren Weg, der sie zum Hintereingang führte, weil sie sich nach den Abenteuern des vorangegangenen Abends und vor allem aufgrund ihrer von der Vorfreude ausgelösten Rastlosigkeit an diesem Morgen ein wenig die Beine vertreten wollte.

Beim hinteren Eingang in ihr Geschäft schnappte sie sich eine aktuelle Tageszeitung vom frisch gelieferten Stapel und machte es sich in einem jener Lehnstühle gemütlich, den man durch die Auslage nicht sehen konnte. Amina vertiefte sich in die aktuellen Nachrichten und fand auch ein ausgezeichnetes Essay eines Philosophen auf den hinteren Seiten der Zeitung, das sie mehrmals nachdenklich innehalten ließ.

Tief in Gedanken versunken wurde Amina dann auch von Lucy aufgefunden, die ebenso über den Hintereingang durchs Geschäft trat.

„Ich musste mich heute von Hans hierher führen lassen", regte sich Lucy in gespielter Empörung auf, „erst die Kinder zur Schule und dann mich hierher. Es fehlte gerade noch, dass ich ein Jausenpaket mitbekommen hätte."

„Warum hast du nicht den Lese-Bus genommen?", fragte Amina. Lucy fuhr üblicherweise mit dem Fahrrad von einem Eck der Stadt ins nächste, griff aber bei Schlechtwetter oftmals auf den alten VW-Bus zurück, den sie beide vor Kurzem zu einem Lese-Bus umfunktioniert hatten.

„Der Bus hat … Schneepause …", Lucys Stimme wurde immer fast ein wenig zärtlich, wenn sie über den alten VW-Bus sprach. Es war der Bus, der vor fast eineinhalb Jahren genau hier am Hauptplatz seinen Geist aufgegeben hatte und Lucy zu einem längeren Aufenthalt in Hans' Gästehaus gezwungen hatte. Mittlerweile war er wieder fahrtüchtig und wurde eben dafür herangezogen, diverse Aktionen außerhalb des „Seitenweise" zu veranstalten. Denn manche Menschen brauchten es, dass die Literatur bis zu ihnen vor die Haustür kam.

Lucys Verhältnis zu diesem Bus war jedoch ein ausgesprochenes Mysterium. Sie verfluchte ihn ebenso häufig, wie sie ihn lauthals lobte, sprach von dem Auto oftmals, als wäre es ein enger Bekannter. Aber vor allem der gesamte Aberglaube, den Lucy mittlerweile drumherum gesponnen hatte, amüsierte Amina ohne Ende. Lucy war überzeugt, dass der Bus Magie verströmte, wenn es nötig war. Nicht anders konnte sie es sich erklären, dass der Bus genau hier, in dieser Stadt, fast direkt vor dem „Kaffeekränzchen“ schließlich gestreikt hatte.

Was Lucy ins Gästehaus geführt hatte.

Und somit auch auf die rosa Wolke, die sie seit mehr als einem Jahr mit Hans bewohnte.

Vermutlich um seine magischen Kräfte zu schonen, durfte der Bus am heutigen Schneetag nicht aus der Garage. Amina grinste und deutete auf den Kaffee und die Süßigkeiten aus dem „Kaffeekränzchen“, die schon für Lucy bereitlagen.

Lucy ließ sich mit einem Seufzer in den zweiten Lehnstuhl neben Amina fallen und trank gierig aus dem Kaffeebecher.

„Du hast den schönsten Beruf der Welt“, sagte Lucy.

„Du doch auch“, antwortete Amina, aber Lucy winkte nur ab.

„Ich plappere dir nur immer alles nach“, warf sie ein und Amina hob überrascht ihre Augenbrauen. Lucy war in so viele Projekte in der Stadt involviert, dazu kam der bunte

Alltag mit Hans und seiner Familie. Man würde eher meinen, ein Job wie Aminas – das tägliche Öffnen ein und desselben Geschäfts, die Beschäftigung mit so langsamen, langwierigen Themen wie Bücher, Geschichten und Lesen allgemein – wäre Lucy viel zu langweilig und zu wenig abwechslungsreich. Auch wenn sie mit Lucy in all den Monaten ein für beide zufriedenstellendes Arrangement der Zusammenarbeit gefunden hatte, hätte Amina niemals gedacht, dass Lucy sich für mehr als das digitale Shop-Marketing und ein paar Stunden pro Woche im Verkauf interessieren würde.

„Warum sagst du das?“, fragte Amina.

Lucy nahm nochmals einen Schluck von ihrem Kaffee und sah Amina dann direkt an.

„Wann immer ich in dieses Geschäft komme, liest du irgendetwas“, sagte sie dann. „Und man fühlt sich sofort ruhiger, wenn man dich lesen sieht.“

Amina lachte leise auf. Das hatte sie ja noch nie gehört!

„Wahrscheinlich ist Luis Kramer deshalb gleich eingeschlafen, als er sich gestern auf die Couch gesetzt hatte“, gab Amina lachend zurück, aber Lucy verdrehte genervt die Augen.

„Lass mich zuerst den Kaffee fertig trinken, bevor ich wieder an den Gast aus der Hölle denke“, grummelte sie und Amina riss ihre Augen überrascht auf.

„Wie bitte?“

„Nichts“, sagte Lucy und machte eine wegwerfende Handbewegung.

„Erzähl!“, forderte Amina sie ein weiteres Mal auf.

Lucy verdrehte noch einmal die Augen.

„Er ist *so* anstrengend!“, beklagte sie sich dann. „Nicht nur, dass er auf der Heimfahrt gestern kein Wort geredet hat. Er hat mich danach auch eine Viertelstunde lang jeden Handgriff im Gästehaus erklären lassen, ohne ein einziges Mal den Mund aufzumachen, nur um sich am Ende mit einem ‚Ist das alles?‘ über die Größe des Gästehauses lustig zu machen!“ Lucy setzte sich auf und beugte sich nach vorn. „Natürlich bin ich ein wenig empfindlich, wenn es um das Gästehaus geht, aber alle bisherigen Gäste fanden alles immer so charmant. Und nett!“ Sie seufzte. „Es hat sich bis jetzt auch niemand darüber beschwert, dass man sich sein Frühstück selbst richten muss. Das ist einfach nicht anders möglich!“ Lucy sah Amina direkt an. „Wir können ja nicht fremde Leute zu uns an den Esstisch holen, bei uns herrscht zu jeder Mahlzeit ohnehin schon Chaos mit den Kindern und Abu und Bobby und all den anderen Menschen, die bei uns ein und aus gehen.“

„Wollte er mit euch frühstücken?“, fragte Amina und dachte an den irritierenden Mann, dessen abweisende Art so gar nicht mit seinen Büchern und den Geschichten, die er erzählte, zusammenpasste.

Lucy schüttelte den Kopf. „Ich denke, er wollte etwas bestellen.“ Sie seufzte noch einmal. „Aber ich habe das seinen Leuten, die bei mir gebucht haben, mehrmals gesagt und auch geschrieben, dass wir keine Speisen zubereiten.“

Amina dachte kurz nach. „Ich denke, er wird sich zu helfen wissen."

„Was ist, wenn er verhungert!?", fragte Lucy plötzlich panisch.

Amina lachte kurz auf. „Er wird ja wohl ein bisschen Überlebensdrang haben und sich zur Not in ein Lokal setzen." Sie lachte nochmals auf und auch Lucy schmunzelte leicht.

„Ich hätte nicht gedacht, dass er so … unnahbar sein würde", sagte sie dann leise. „Ich hatte mich schon gefreut. Ein ganzes Monat lang so viel kreative Energie in unserer Nähe, das ist doch eigentlich was Tolles!"

Amina lächelte ihrer Freundin zu. „Er hat müde ausgesehen", sagte sie dann nachdenklich.

„Wann?", Lucys Augen blitzten schelmisch auf. „Als er auf deiner Couch eingeschlafen ist?"

Amina lachte und beugte sich nach vorn. „Ich werde ein Schild anfertigen und an die Couch hängen: *Auf diesem Sitzmöbel saß und schlief Luis Kramer.* – Das bringt uns sicher einige Kundschaft!"

Lucy lachte auf. „Ich werde die Kurzbeschreibung auf der Website und auf Instagram ändern: *„Seitenweise – das Buchgeschäft, in dem Luis Kramer für dreieinhalb Minuten geschlafen hat.*"

Nun lachten sie beide und ließen das Gespräch langsam zu den wichtigsten Erledigungen des Tages übergehen, während sie ihr gemeinsames Frühstück beendeten.

Magda, eine ihrer Angestellten würde bald, kurz vor Ladenöffnung erscheinen. Es gab Lieferungen einzusortieren und Amina rechnete mit zahlreichen Kunden, die ihre Bestellungen abholen würden, nachdem nun endlich der Niederschlag nachgelassen hatte und man wieder ohne große Rutschgefahr außer Haus gehen konnte.

Im Laufe des Vormittags wurde es noch heller vor den Auslagenfenstern und es sah beinahe danach aus, als wären ein paar Sonnenstrahlen zu erkennen. Amina kniff die Augen zusammen, um das Leben auf dem Hauptplatz vor ihrem Geschäft genauer erkennen zu können, als die kleine Türglocke läutete und Nana durch die Eingangstür trat.

Sie winkte der alten Frau zu, die sich erst dem Tisch mit den Neuerscheinungen, den Amina gleich nach Ladenöffnung aufgebaut hatte, widmete.

„Ich brauche noch das Buch für Gertis Buchklub", sagte Nana ohne Umschweife und Amina griff nach dem Stapel vorbereiteter Bücher, den sie in der Nähe der Kassa positioniert hatte. Der Buchklub hatte eine große Anzahl an Mitgliedern, die zwar nicht regelmäßig zu den Treffen erschienen, aber treu das jeweils vereinbarte Buch lasen. Amina hatte sogar die eine oder andere Person im Verdacht, gar nie zu den Treffen zu kommen, aber dennoch monatlich auf Gertis Auswahl zurückzugreifen.

Die Oprah der Weststeiermark hatte Amina ihre Tante deshalb einmal genannt. Aber weder Gerti, die für den Witz wohl zu alt war, noch Lucy, die dafür wohl zu jung war, lachten darüber, also schmunzelte Amina nur immer wieder selbst und im Stillen über ihren eigenen Humor.

Amina bot Nana einen Kaffee an und sie unterhielten sich, während sich die Tasse füllte. Angefangen vom Wetter und dessen Prognose für die kommenden Tage, über die neuen Bücher auf dem Tisch neben dem Eingang sowie über die nächsten Stationen des Bücherbusses. Nana war eine der umtriebigsten Persönlichkeiten der Stadt, mit allen bekannt und befreundet – und sie genoss vor allem unter den Jugendlichen und jungen Erwachsenen enorme Popularität, die aus jahrelangen Vorlesestunden für Kinder herrührte.

Nana hatte jedoch vor ein paar Jahren mit der wöchentlich abgehaltenen Veranstaltung aufgehört, aus Altersgründen, wie sie selbst sagte. Aber Amina vermutete, dass sie für die veränderten Bedingungen, die mit neuen Kindergenerationen entstanden, zu müde geworden war. Die Aufmerksamkeitsspanne der Kinder war im Lauf der Jahre deutlich kürzer und die guten Kinderbücher ebenso weniger geworden. Außerdem hatten die Kinder der Stadt mittlerweile ein derart dichtes Freizeitprogramm, dass ihnen die Stunde hier im „Seitenweise" oft nicht in den Alltag passte.

Amina wusste aus Erzählungen ihrer Tante, dass diverse Jugendliche in den ersten Jahren der Vorlesestunden einfach mit ihren Fahrrädern zum Geschäft gekommen waren, sich eine Stunde lang die nächsten Kapitel des aktuellen Buchs angehört hatten und dann wieder verschwunden waren. Diejenigen, die noch bleiben und ihre Eindrücke erzählen wollten, hatten sich mit Nana im Anschluss an die Veranstaltung noch stundenlang ausgetauscht, während die anderen ganz ohne Nachbesprechung wieder gegangen waren.

Es war Nana ein Anliegen gewesen, dass sich die Auseinandersetzung mit den vorgelesenen Abenteuern hier im „Seitenweise“ für die Kinder nicht wie Hausübung oder irgendeine Schulaktivität angefühlt hatte, sondern dass sie einfach von ihrer Neugierde angetrieben wurden, es sich Woche für Woche zur gleichen Zeit im Geschäft gemütlich zu machen.

Nachdem Nana die Vorlesestunden beendet hatte, hatte Aminas Tante versucht, diese in geringerer Frequenz weiterzuführen. Aber seit die Stunden nicht mehr immer zur gleichen Zeit am gleichen Tag stattgefunden hatten, hatten viele Kinder – und ihre Eltern – auf den Termin vergessen, bis die Veranstaltungsreihe schließlich gänzlich aufgelassen worden war.

Als Amina das Geschäft vor etwa fünf Jahren von ihrer Tante übernommen hatte, gab es die Vorlesestunden bereits nicht mehr – und sie hatte auch nur mehr selten daran gedacht. Es war schon eine große Herausforderung, die Erwachsenen beständig für Bücher und gute Geschichten zu interessieren, da blieb für die Kinder wenig Zeit.

Bis Lucy mit der Idee zu ihr gekommen war, die Geschichten aus dem Geschäft heraus zu den Menschen und vor allem zu den Kindern zu bringen. Während der warmen Monate fuhr der umgebaute VW-Bus also mindestens einmal pro Monat zwischen Hauptplatz, Sportplatz, Einkaufszentrum und den Schulen hin und her und ermöglichte den Kindern und ihren Eltern, ihre alten Bücher für neue, noch nicht gelesene einzutauschen.

„Sollten wir die Vorlesestunden wieder einführen?“, fragte Amina Nana plötzlich und riss die alte Frau aus der intensiven Lektüre eines Klappentexts.

„Wie bitte?“, fragte Nana lächelnd nach.

„Sollten wir die Vorlesestunden wieder einführen?“, wiederholte Amina. „Für die Kinder. So wie du das immer gemacht hast.“

Nana musterte sie kurz, weiterhin lächelnd. „Was auch immer du machen möchtest“, antwortete sie unverbindlich.

„Dann lass es mich anders formulieren“, sagte Amina, „hättest du Einwände, wenn wir deine Veranstaltung erneut starten würden?“ Nana holte kurz Luft, aber Amina ließ sich nicht unterbrechen. „Und du bist herzlich eingeladen, dich wieder zu beteiligen. Oder mir zu sagen, dass ich dich mit diesen Dingen in Ruhe lassen sollte.“ Amina grinste.

Nana nahm einen Schluck aus ihrer Kaffeetasse.

„Natürlich fehlen mir die Stunden“, sagte sie leise, „aber es hatte sich in den letzten Jahren, bevor wir damit aufgehört haben, die Qualität verändert.“

„Inwiefern?“, fragte Amina nach.

„Die Eltern gingen nicht mehr nach Hause“, seufzte Nana und Amina lachte auf.

„Wie bitte?“

„Du hast schon richtig gehört“, schmunzelte Nana, „früher kamen die Kinder allein oder sie wurden hier abgegeben, während die Eltern ihre Besorgungen erledigt haben.“ Sie lächelte. „Und dann kam eine neue Generation an Eltern, die ihre Kinder nicht mehr aus den Augen gelassen hat. Oder, noch schlimmer: Das Erwachsensein so abgelehnt haben, dass sie alles gleich erleben wollten wie ihr Kind.“ Nana verdrehte die Augen. „Da saßen dann plötzlich Erwachsene zwischen den Kindern und haben meine Fragen beantwortet, die anderen Kinder eingeschüchtert und grundsätzlich einfach die Stimmung ruiniert.“ Sie zuckte mit den Schultern. „Dann wollte ich nicht mehr.“ Nana trank einen weiteren Schluck. „Und die Stunde war für manche Kinder auch zu lange. Länger als 20 Minuten hört dir kaum mehr wer zu. Auch die Erwachsenen nicht mehr.“ Nana lachte auf. „Manche haben mich auch mit ihren Handys gefilmt! Ich frage mich warum? Sollen sie sich doch das Audiobook kaufen! Aber glaubst du wirklich, das schaut sich später jemand nochmals an, wenn eine alte Frau einer Schar Kinder eine *Geschichte vom Franz* von der Nöstlinger vorliest?“

Amina lachte auf.

„Das heißt also, so eine Veranstaltung funktioniert eher, wenn wir sie ohne Handys und ohne Eltern veranstalten“, fasste Amina zusammen und Nana nickte eifrig.

„Ich werde es mir durch den Kopf gehen lassen“, sagte Amina schließlich und Nana grinste.

„Ich sehe, wie sich die Zahnräder in deinen Gehirnwindungen bereits in Bewegung gesetzt haben", schmunzelte Nana und widmete sich dann wieder dem Klappentext des Buches in ihren Händen.

Amina sah sich im Laden um, ob irgendjemand der Kunden ihre Hilfe benötigte. Hinter mehreren Bücherregalen war Lucys eifriges Geschnatter zu hören, wahrscheinlich machte sie gerade irgendeiner eifrigen Leserin ein Buch schmackhaft. Amina hörte nicht, was Lucy sagte, wurde aber auch sogleich von einer anderen Kundin abgelenkt, die drei Bücher zur Kassa brachte.

Amina kassierte, winkte dazwischen auch Nana zu, die sich verabschiedete und widmete sich dann dem beständigen Strom an Lesern, der für einen Moment zu ihr ins Geschäft schaute – auf der Suche nach einer guten Geschichte oder einem Ausflug in andere Welten.

4. Kapitel

Eine gute Woche später war es März geworden und der Schnee war geschmolzen. Nach einigen, wettertechnisch eher unentschlossenen Tagen begann dieser Morgen mit strahlendem Sonnenschein und der frischen Luft, die eindeutig den beginnenden Frühling ankündigte. Wenn auch nur für ein paar Stunden oder Tage.

Amina startete ihren Tag wie immer mit einem kurzen Besuch im „Kaffeekränzchen“, wo Bella darauf beharrte, dass sie gleich mehrere Schokocroissants einpacken sollte. Eines pro Person würde nicht genügen. „Irene hat sich diesmal selbst übertroffen“, versprach die Inhaberin des Coffee-Shops.

Auch diesmal balancierte Amina Lucys und ihren eigenen Kaffee über den Hauptplatz, wo sie auf einen unheimlich verschlafen wirkenden Bürgermeister traf.

„Otto“, rief ihn Amina bei seinem Vornamen, um auf sich aufmerksam zu machen, „was ist los? Bella war grad eben fit wie ein Turnschuh und du traumwandelst durch die Stadt!“ Amina grinste Otto zu, der mehrmals blinzeln musste, um überhaupt erkennen zu können, wer da mit ihm sprach.

Aber langsam hellte sich seine Miene doch etwas auf, wenn auch bei Weitem nicht so freundlich, wie man es von ihm eigentlich gewöhnt war. Amina runzelte ihre Stirn, während Otto leicht verärgert knurrte.

„Haselnuss“, stieß Otto hervor, dann nieste er herzhaft.

„Wie bitte?“, fragte Amina nach. Sie hatte keine Ahnung, wovon er sprach.

Otto verdrehte die Augen und atmete schnaufend ein und aus. „Diese Haselnusspollen bringen mich noch um!“ Noch einmal nieste er. „Ich habe meine Medikamente nicht rechtzeitig abgeholt und bin diesen furchtbaren Pollen vollkommen ungeschützt ausgeliefert!“ Wütend gestikulierte Otto mit seinen Händen. „Wenn ich könnte – und glaub mir: Ich habe es schon mehrmals versucht, aus unseren Gemeindegesetzen herauszulesen –, wenn ich könnte, würde ich jeden einzelnen Haselnussstrauch in dieser Stadt ausreißen lassen.“ Er schnaufte noch einmal tief durch, während Amina versuchte, ihr Lachen zu verbergen. „Gefährdung der Ausübung der Amtsgeschäfte des Bürgermeisters müsste doch eigentlich Grund genug sein, oder?“

„Ich denke nicht, dass sich die Einwohner verbieten lassen würden, Haselnusssträucher pflanzen zu lassen“, gab Amina lächelnd zu bedenken und Otto grinste verschmitzt.

„Das nicht", sagte er, „aber alle Pflanzen, die wir als Stadt mittlerweile setzen, sind allergikerfreundlich." Er lächelte. „Und wir bieten heuer erstmals Schulungen für allergikerfreundliche Gärten an. Wenn ich die Haselnuss schon nicht ausrotten kann, dann versuche ich, wenigstens die Anzahl dieser tödlichen Pflanzen zu minimieren."

Bei „tödliche Pflanzen" war es um Aminas Zurückhaltung schließlich doch geschehen und sie brach in lautes Gelächter aus. Zum Glück war Bella gerade in diesem Moment aus dem „Kaffeekränzchen" herausgeeilt und begrüßte ihren Mann mit all der Vorsicht, die sie einem grantigen Allergiker gegenüber aufbringen musste, was immer noch herzzerreißend kitschig und fast ein wenig unangenehm war, sodass sich Amina für einen Moment wegdrehte.

„Ich habe dazu ein paar Bücher im Geschäft", sagte Amina, als sich Bella und Otto wieder in einen öffentlichkeitstauglichen Abstand zueinander bewegt hatten.

„Wozu?", fragte Bella.

„Zur Gartengestaltung allgemein natürlich, aber auch zum Thema Gärten für Allergiker", erklärte Amina, „das wird tatsächlich immer wichtiger, da Allergien durch die Klimakrise immer häufiger vorkommen. Auch dazu habe ich ein paar Bücher … –"

„Mach doch einen Büchertisch bei der Veranstaltung", schlug Bella vor, „oder kommt mit dem Bus vorbei!"

„Hm? Wohin?"

„Zu den Allergiker-Schulungen“, sagte Bella.

„Schulungen für allergikerfreundliche Gärten“, korrigierte Otto automatisch und Bella verdrehte die Augen.

„So viel Zeit habe ich nicht, um so lange Titel auszusprechen“, lachte sie und küsste Otto auf die Wange.

Bevor sich die beiden erneut nur einander widmeten, drehte sich Amina weg und verabschiedete sich. „Ich denke darüber nach“, rief sie den beiden zu, wohl wissend, dass weder Bella noch Otto auf die soeben entwickelte Idee vergessen würden.

So waren die beiden eben: Otto war stets ums Wohl der Stadt bemüht, während Bella sich immer darum kümmerte, dass die vielen kleinen Betriebe der Stadt voneinander profitierten.

Während sie den Weg zurück ins „Seitenweise“ antrat, erstellte Amina eine Liste an Büchern, die zu Ottos Schulungen passen würden.

Tief in Gedanken versunken bog sie schließlich in den kleinen Hof ein, der zum Hintereingang ihres Geschäfts führte – und war fast ein wenig überrascht, als sie Lucys VW-Bus blitzblank und in der frühen Morgensonne blinkend vorfand.

„Kaffee!“, rief Lucy anstelle einer Begrüßung aus, als sie durch die geöffnete Seitentür krabbelte und auf Amina zulief. „Wo warst du so lange?“

Amina erzählte von ihrer Begegnung mit Otto und Bella und Lucy lachte. „Das gibt’s nur mit den beiden, oder?

Ein Zwei-Minuten-Gespräch und plötzlich geht man mit einer neuen Projektidee nach Hause."

Amina lachte. „Genau das Gleiche habe ich mir auch gerade gedacht." Sie lachte nochmals auf. „Das oder man ist ein wenig verstört, weil die beiden so ungeniert ihre Liebe … bekunden … zelebrieren. Wie nennt man das?" Amina hatte eigentlich gedacht, dass sie Lucy mit diesem weiteren kleinen Seitenhieb auf Otto und Bella zum Lachen bringen würde, aber anstelle eines Grinsens begegnete ihr Lucys weicher, fast mitleidiger Blick.

Diesen Blick kannte Amina nur zu gut …

Abwehrend hob sie bereits ihre Hände, aber Lucy ließ sich nicht abbremsen.

„Auch du wirst bald jemanden finden", sagte Lucy dann auch schon mit ihrer sanften Stimme und Amina zählte langsam rückwärts von zehn bis null, um nicht unfreundlich zu werden.

Sie hasste es grundsätzlich, über ihre verunglückten Dates zu sprechen. Sie hasste es ebenso, über ihre gescheiterten Beziehungen zu sprechen. Aber sie hasste es vor allem, wenn das Thema von Lucy angesprochen wurde.

Irgendwann kurz nach ihrer Ankunft in der Stadt hatte Lucy sich mal mit Nana unterhalten, die Aminas bisher durch ihr Leben gezogenen Männer als „Nichtsnutze" zusammengefasst hatte. Amina wusste nicht, warum gerade dieses Wort aus der immer lustigen, immer umsichtigen Lucy diese eigenartige softe Version werden ließ, aber trotz ihrer beständig wachsenden Freundschaft und obwohl sie sich immer besser kennenlernten, hielt sich Lucys Beziehungsmitleid beharrlich.

Und das war kaum zu ertragen.

„Lass uns nicht darüber reden", sagte Amina daher so neutral es ihr möglich war.

„Siehst du, ich glaube, genau das ist das Problem", säuselte Lucy weiter und Amina wollte ihr nur entgegenbrüllen: „Wo ist Lucy? Komm zurück, normale Lucy!" Aber ein weiteres Mal entschied sie sich gegen den Wutausbruch, bot Lucy eines der Croissants an und wechselte einfach radikal das Thema.

Denn schließlich war es heute das erste Mal in diesem Jahr, dass sie mit dem Bus vor der Volksschule Station machen würden.

5. Kapitel

Die Kinder begrüßten sie wie alte Bekannte, jedes auf seine Art. Die einen mit schüchternem Lächeln, die anderen mit einem erwachsenen Kopfnicken, einige mit direktem Blick und laut ausgesprochenem Gruß. Und wiederum andere ignorierten den Bus komplett, widmeten sich ihren Handys, Fußbällen oder anderen Plänen, die in der großen Pause wichtiger waren.

Amina und Lucy ließen die Kinder in Ruhe den Bus erkunden, den sie am Schulhof geparkt hatten, und erklärten nochmals das Prinzip: Man durfte sich Bücher ausborgen, das wurde dann in einer Art Bibliotheksausweis notiert. Oder man brachte eines seiner alten Bücher und tauschte dieses für eines aus der Auswahl im Bus ein.

„Ich kann mich gar nicht entscheiden", seufzte die kleine Helene und wog zwei Bücher in ihren Händen hin und her, während die Schulglocke das Ende der Pause verkündete. Gestresst riss das Mädchen die Augen auf.

„Was hältst du davon, wenn ich die Bücher für dich zur Seite lege und du kommst nach dem Unterricht nochmals vorbei?", schlug Amina vor. Sie ließen den Bus für den Vormittag im Schulhof stehen und öffneten seine Seitentür ein weiteres Mal, wenn die Schule zu Ende ging. Manche Kinder waren mutiger bei der Bücherauswahl, wenn die Eltern in der Nähe waren, manche brauchten einfach länger bei ihrer Entscheidung so wie Helene.

Diese nickte nun ernsthaft und legte ihre zwei Bücher sorgfältig in Aminas Hände, dann sprintete sie über den Hof davon zurück ins Schulgebäude.

Der Bus hatte sich während des Gesprächs mit Helene geleert und auch Lucy war nirgendwo zu sehen. Amina runzelte die Stirn und begann, den Bus wieder in Ordnung zu bringen. Sie räumte die Bücher zurück in die Regale und hob die Bücherkisten, die sie stets so vor dem Bus positionierten, dass sich viele Kinder gleichzeitig informieren konnten, zurück in das Innere des Autos.

Lucy eilte ums Eck, ihr Telefon in Händen, gerade als Amina die Schiebetür des Busses zuschob.

„Ich muss leider weg", sagte Lucy hastig und drückte Amina den Autoschlüssel in die Hand.

„Was? Wohin?", fragte Amina irritiert. „Bleiben wir nicht zu Mittag auch noch hier?"

„Doch, doch", antwortete Lucy und tauchte unter den Beifahrersitz, um ihre Handtasche hervorzuholen. „Die Kinder rechnen ja damit. Aber ich muss ins Krankenhaus."

Amina riss erschrocken die Augen auf. „Warum?“, fragte sie hysterisch und ging die lange Liste an Menschen durch, für die Lucy ins Krankenhaus eilen musste.

Aber Lucy lächelte beruhigend und schüttelte den Kopf. „Es ist nichts Ernstes“, sagte sie, „Felix hat sich beim Fußball das Knie verdreht oder den Knöchel verstaucht, das habe ich nicht ganz verstanden. Aber Bobby konnte nicht lang sprechen, weil sie zurück in den Unterricht musste.“ Lucy lachte auf. „Offenbar hatte Bobby minutenlang mit Lehrern und Rettungssanitätern verhandelt, dass sie Felix ins Krankenhaus begleiten würde, was ihr natürlich niemand erlaubt hatte. Also hat Bobby bei mir angerufen, weil sie wusste, dass ich noch am ehesten verfügbar bin und mich schwören lassen, dass ich sofort ins Krankenhaus fahre, um Felix zu betreuen.“ Lucy riss die Augen auf. „Ich bin mir nicht einmal sicher, ob Felix will, dass jemand von uns ihn begleitet. Aber wenn Bobby sich was in den Kopf gesetzt hat …“

„Aber brauchst du dafür nicht den Bus?“, fragte Amina. „Wie willst du ins Krankenhaus kommen? Und einen verletzten Felix wieder mit nach Hause nehmen?“

Aber Lucy winkte nur ab. „Ich fahre mit dem Taxi hin. Und bis Felix mit dem Röntgen fertig ist, habe ich sicher Hans schon erreicht.“

Amina lächelte. „Meld’ dich aber, wenn du etwas brauchst.“

Lucy nickte, grinste und winkte ihr zum Abschied zu.

. . .

Amina schloss den Bus ab, um sich zu Fuß für die kurze Zeit bis zum Schulschluss auf den Weg zurück in den Buchladen zu machen, in dem an diesem Vormittag Magda allein die Stellung hielt. Gerade als das Schloss des alten VW-Busses knackste, vernahm sie eine Mischung aus Räuspern und Keuchen am hinteren Ende des Busses.

Irritiert hielt sie inne und horchte noch einmal in die Umgebung. Der Wind rauschte leicht durch die Luft, in der Ferne hörte man das übliche Surren der Stadt, aus einem Klassenzimmer drang lautes Kindergelächter.

Aber da.

Da war es erneut. Dieses röchelnde Atmen.

Langsam bewegte sich Amina zum hinteren Ende des Busses.

Und traute ihren Augen nicht.

Da lehnte doch tatsächlich Luis Kramer, hielt sich beide Hände vor die Brust und atmete so schnell, als sei er gerade einen Marathon zu Ende gelaufen.

Amina eilte zu ihm. „Ach du meine Güte! Haben Sie mich erschreckt! Was ist los? Was fehlt Ihnen?" Amina sprach schnell auf ihn ein, aber Luis schüttelte nur den Kopf. Er riss an seinem Schal, als wollte er ihn sich abnehmen, aber irgendwie hatte sich alles verheddert und er schnürte sich den Stoff nur enger um den Hals.

Was wiederum seine Atmung weiter beschleunigte.

„Stopp!", sagte Amina laut und streng, berührte ihn leicht am Arm, um seine hektischen Bewegungen abzubremsen. „Stopp", wiederholte sie ruhiger und endlich schien er von ihr richtig Notiz zu nehmen. „Tut Ihnen etwas weh?“, fragte Amina langsam und Luis Kramer schüttelte den Kopf.

Er atmete immer noch schnell und auch seine Augen waren weit geöffnet. Als hätte er irgendetwas Überraschendes … oder Erschreckendes gesehen.

Amina begann, langsam seinen Schal zu lockern und versuchte, Luis' Blick zu halten. Aber nach nur wenigen Augenblicken drehte er sich schnaufend von ihr weg, fast beschämt.

„Können Sie mir sagen, was Ihnen fehlt?“, fragte Amina ruhig, nachdem der Schal endlich locker über seine Daunenjacke hing. „Bekommen Sie jetzt besser Luft?“, fragte sie nach und Luis nickte. Sie öffnete auch den Reißverschluss der Jacke ein wenig und die Körperhaltung des Schriftstellers lockerte sich etwas.

Amina berührte ihn am Arm und motivierte ihn, die wenigen Schritte bis zur Seitentür des Busses zu gehen. Zur Ausstattung des Bücherbusses gehörte auch ein riesiger Sitzsack, falls jemand nur sitzend seine Buchauswahl treffen konnte und Amina bot Luis diesen an, aber er lehnte ab.

Sein Atem ging immer noch unnatürlich schnell, aber immerhin etwas langsamer als zuvor. „Ich brauche … einen … stabilen Rücken“, presste der Schriftsteller schließlich gespickt mit Seufzern hervor.

Fürs Erste war Amina nun beruhigt, dass es ihm vielleicht den Atem, aber zumindest nicht die Sprache verschlagen hatte. Sie zog Luis weiter zur Beifahrertür des Busses und schob ihn auf die Sitzbank dort. Dann umrundete sie den Bus und stieg beim Fahrersitz ein.

Luis Kramer stellte beide Beine bewusst auf den Boden, lehnte seinen Rücken an und nahm einige tiefe, schnelle Atemzüge. Allein die Körperhaltung schien eine beruhigende Wirkung auf ihn zu haben.

„Möchten Sie etwas trinken?“, fragte Amina, aber ihre Frage schien Luis aus irgendeiner Art Trance zu reißen, denn er blickte sie wieder mit diesen erschrockenen Augen an.

Als hätte er für einen Moment vergessen, dass sie da war.

Schon wieder.

Amina lächelte Luis zu, nicht wissend, was sie sonst machen sollte. Seine Stirn runzelte sich und er sah sie für einen Augenblick fast wütend an. Dann ließ er seinen Kopf resigniert nach vorn fallen und schüttelte sich leicht.

„Das ist so peinlich“, murmelte er.

„Ich finde nicht“, sagte Amina, erntete dafür aber nur einen weiteren wütenden Blick.

„Sie sind die Frau aus dem Buchladen, oder?“, fragte er dann und Amina nickte.

„Natürlich!“, seufzte Luis und Amina sah ihn verwirrt an. „Da will man einmal inkognito … und ich mache mich vor einer *Buchhändlerin* nicht nur einmal, sondern gleich *zweimal* zum Affen.“

„Das stimmt doch nun wirklich nicht!“, warf Amina ein, aber Luis Kramer lehnte sich laut aufstöhnend auf dem Sitz zurück und schloss die Augen.

„Haben Sie schon die Journalisten angerufen?“, fragte er dann und drückte seinen Zeigefinger und seinen Daumen auf die Nasenwurzel, was sein Stirnrunzeln nur verstärkte. „Oder noch besser: Posten Sie meinen *Niedergang* doch bitte auf Facebook und Instagram! Das treibt ihre Umsätze sicher in die Höhe. Wie konnten Sie es nur verabsäumen, ein Foto von mir im Schnee zu machen? Das garantiert Ihnen Bekanntheit im gesamten deutschsprachigen Raum!“ Seine Stimme triefte vor Sarkasmus und Bitterkeit, aber Amina hielt sich vielmehr mit den ungerechten Vorwürfen auf. Wie kam er auf die Idee, dass sie aus seiner offenkundigen Hilfsbedürftigkeit Kapital schlagen würde? Vor allem über die sozialen Medien! Das war ja lächerlich! Sie wusste ja nicht einmal … –

„Ich wüsste nicht einmal, wie das geht“, sagte Amina ruhig und Luis drehte seinen Blick zu ihr. „Posten oder was auch immer. Ich bezahle eine, nein eigentlich zwei Frauen, dass sie dies für mich erledigen.“ Und soweit sie die dazu gehörenden Statistiken lesen konnte, machte sich das Honorar für Irene und Lucy durchaus bezahlt. Vor allem, weil sie sich selbst nicht mit diesen verwirrenden Dingen auseinandersetzen musste.

„Sie können nicht posten?“, fragte Luis ungläubig.

„Ich kann nicht mal wirklich SMS schreiben“, lachte Amina, „ich *liebe* Sprachnachrichten, dafür muss ich nur zwei Mal auf den gleichen Knopf drücken und alles ist gesagt, was ich sagen wollte." Sie grinste ihn an, auch wenn er sich ihre Freundlichkeit nicht wirklich verdient hatte.

Aber wann hatte man schon mal einen echten, berühmten Schriftsteller in einem Bücherbus sitzen!

Außerdem machte Luis Kramer sie neugierig.

Wie ein gutes Buch kitzelte dieser Charakter vor ihr in ihrem Bauch und sie konnte kaum erwarten, was sich auf den nächsten Seiten tat.

Luis Kramers Neugier schien von ihr jedoch weniger geweckt zu werden, denn er sah sie weiterhin skeptisch an. Aber sein Atem wurde noch eine Spur langsamer und sein Gesicht hatte nun auch das Panische verloren.

„Sie hatten eine Panikattacke", sagte Amina, als ihr endlich aufging, woher die Atemnot und der erschrockene Gesichtsausdruck gekommen waren. Ihre Erkenntnis schien bei Luis jedoch jeglichen Kampfgeist aus seinem Körper entweichen zu lassen, so kraftlos sackte er in sich zusammen.

„Verraten Sie's nicht", flüsterte er.

„Versprochen", flüsterte Amina zurück.

„Ich kann nichts dagegen tun", sagte Luis dann leise. „Sie kommen unregelmäßig und immer im falschen Augenblick." Er seufzte. „Und eigentlich sollten die Attacken hier verschwinden. Deshalb hat man mich hierhergeschickt. Damit ich Ruhe habe. Und das Buch schreibe. Und …"

Sein Atem war wieder schneller geworden, während er gesprochen hatte, aber Amina hatte ihn mit einer Berührung seines Oberschenkels unterbrochen.

„Nicht sprechen“, sagte sie ruhig. „Lehnen Sie sich wieder an wie vorhin.“ Luis folgte ihrer Aufforderung und positionierte sich gerade auf dem Beifahrersitz, lehnte seinen Kopf an.

„Sie müssen mir nichts erklären“, sprach Amina weiter. „Ich bleibe jetzt einfach hier mit Ihnen sitzen und Sie konzentrieren sich darauf, dass Sie ruhig atmen.“

Sie nahm wahr, wie Luis leicht nickte, also zog sie ihre Hand zurück. Aber sie kam nicht weit. Mit schnellem Griff hielt Luis ihre Fingerspitzen fest und verwickelte ihre Hände ineinander.

Nun gut. Luis Kramers Hand zu halten, war wirklich keine große Schwierigkeit für sie, dachte sich Amina.

„Ich werde niemandem von unseren Begegnungen erzählen“, ergänzte sie zusätzlich, weil sie das Gefühl hatte, der Schriftsteller brauchte auch noch diese Beruhigung.

„Danke“, murmelte er daraufhin, aber Amina forderte ihn nur ein weiteres Mal auf, nichts weiter zu sagen.

Nicht wissend, was sie sonst noch tun sollte, konzentrierte sich Amina auf ihre eigenen Atemzüge, versuchte sich zu erinnern, was sie in ihrem Leben schon über Yoga oder andere Entspannungsübungen gelernt oder gelesen hatte. Schließlich begann sie, mitzuzählen: Vier Schläge einatmen, sechs Schläge ausatmen.

Und wieder von vorn.

Und wieder von vorn.

Aus den Augenwinkeln nahm sie wahr, wie sich Luis' angespannte Körperhaltung langsam auflockerte, wie sich sein Oberkörper immer bedächtiger hob und senkte, seine Atemzüge ruhiger wurden.

Irgendwann schien er einzuschlafen und Amina schmunzelte für sich.

Von all den vielen Männern, mit denen sie in ihrem Leben zu tun gehabt hatte, war das der erste, der in ihrer Gegenwart regelmäßig einschlief.

Luis Kramer erwachte erst wieder, als die Schulglocke über den Hof schallte. Für einen Moment blickte er verwirrt um sich, bis seine verschlafenen Augen auf Amina trafen. Dann lächelte er leicht und drückte ihre Hand, bevor er sie losließ.

Er holte ein paar Mal Luft, als wollte er etwas sagen, aber nicht genau zu wissen, was.

„Es kommen in wenigen Sekunden ein paar Hundert Schüler hier auf den Hof", informierte ihn Amina. „Und ein Teil davon wird auch hierher zum Bus kommen."

Luis sah sich um, nickte und sah dann wieder zu Amina.

„Wenn Sie hinten um den Bus herumgehen, sehen Sie zwei große Kastanienbäume. Gehen Sie zwischen denen durch, dann finden Sie einen schmalen Radweg, auf dem Sie unerkannt entkommen können", erklärte Amina. „Hier vorn warten die Eltern." Sie deutete in Richtung des Schulgebäudes und der sich langsam füllenden Straße davor.

Wieder nickte Luis und noch einmal wirkte er so, als wollte er etwas sagen, aber die ersten Kinder, die durch die Tür kamen, hielten ihn davon ab.

„Sie können auch bleiben", sagte Amina lächelnd, „ich muss jetzt jedenfalls die Bücher rausstellen, sonst klettern mir hundert Kinder gleichzeitig in den Bus und das hält die alte Büchse hier nicht aus." Sie lachte auf. „Lucy redet nie wieder mit mir, wenn dem Bus was passiert."

Mit diesen Worten eilte Amina aus dem Bus und zur seitlichen Schiebetür, um die Bücherkisten aus dem Auto zu heben. Was ihr dabei half, nicht darüber nachzudenken, was Lucy zur Magie des Busses, in dem Amina gerade die Hand des schlafenden Luis Kramer gehalten hatte, zu sagen hätte …

Kurze Zeit später trafen bereits die ersten Kinder ein und als sie nach einigen Minuten wieder zum Beifahrersitz blickte, sah sie, dass der Platz bereits leer war.

Luis Kramer hatte sich unbemerkt aus dem Staub gemacht.

Und Amina spürte tatsächlich so etwas wie leichte Enttäuschung deswegen.

6. Kapitel

Zwei Tage später waren bereits die ersten Forsythienblüten in der Stadt zu entdecken und Amina erlaubte sich, hoffnungsvoll aufzuatmen.

Es wurde tatsächlich wieder Frühling.

Wie jedes Jahr.

Lucy hatte am Vormittag bereits einzelne Zweige des gelb blühenden Strauchs ins Geschäft gebracht und in einer großen Vase eingefrischt. Amina berührte die Knospen, die in den kommenden Tagen vollends zu leuchten beginnen würden, zart mit der Fingerkuppe und sah erst davon hoch, als die Glocke über der Eingangstür vertraut läutete.

Felix mühte sich mitsamt seinen Krücken durch den Eingang und Amina eilte zu ihm, um ihm die Tür zu öffnen. Lucy hatte Amina bereits am Vortag darüber informiert, dass sich Felix „bloß“ einige Bänder gezerrt hatte und deshalb seinen Fuß eine Zeit lang nicht belasten durfte.

„Teenager und immobil, du kannst dir gar nicht vorstellen, wie dick die Luft in unserem Haus zurzeit gerade ist“, hatte Lucy erzählt und die Augen verdreht, „das Beste ist ja, dass Hans bei jedem Trotzschub, den Felix hat, gleichermaßen zum Teenager wird.“ Sie lachte auf. „Irgendwann werde ich den Rhythmus des Türenknallens in einen Song einarbeiten.“ Amina hatte gelacht, natürlich, wie konnte sie auch anders. Lucys Tiraden über das Leben mit ihrem So-gut-wie-Stiefsohn Felix waren stets amüsant – und lieferten tatsächlich ausreichend Futter für all ihre kreativen Werke, sei es ein neues Lied, sei es ein Sketch, den sie mit Doris, Felix’ jüngerer Schwester, einstudierte.

Als er durch die Tür des „Seitenweise“ humpelte, sah Felix tatsächlich erbärmlich und ungewohnt unglücklich aus, aber er grunzte ein „Dankeschön“, manövrierte sich zur Couch und ließ sich laut ächzend darauf fallen. Dann verdrehte er die Augen und seufzte herzzerreißend.

„Ich habe das Buch vergessen“, jammerte er los und versuchte, sich wieder von der Couch zu erheben.

„Welches Buch?“, fragte Amina.

„Ich wollte ein Buch kaufen und dann lesen“, sagte er abwesend, während er sich auf seine Krücken konzentrierte.

„Welches Buch denn?“, wiederholte Amina und ergänzte noch ein „Bleib sitzen!“, weil es unmöglich war, diesem aussichtslosen Zweikampf mit den Krücken weiterhin zuzuschauen.

Felix war kein passionierter Leser, soweit sie das bisher verfolgt hatte. Er kam zwar häufig in ihr Geschäft, aber meist, weil er Bobby begleitete, die regelmäßig die kuriosesten Titel für ihre Sprachforschungen aus den Tiefen des Internets hervorholte und – dankenswerterweise – stets bei Amina bestellte und abholte.

Felix konzentrierte sich während Bobbys Studienausflügen zwischen die Bücherregale des „Seitenweise“ meist auf sein Handy oder irgendeine der Zeitschriften, die Amina im Angebot hatte. Ganz selten hatte sie ihn auch schon dabei beobachtet, wie er fast heimlich und versteckt Skizzen in ein Schulheft gezeichnet hatte.

„Irene hat gesagt, ich soll das lesen“, murmelte Felix schließlich, in unter einer Sekunde von grantig zu schüchtern gewechselt.

„Hm?“, fragte Amina nach, weil sie kein drittes Mal die gleiche Frage stellen wollte.

Felix kramte nach seinem Telefon, tippte ein paar Mal darauf herum und hielt Amina dann das Display hin, sodass sie den Titel und den Autor des Buches lesen konnte.

Amina lächelte und nickte wissend. „Ein gutes Buch“, sagte sie, „ich glaube, ich habe es lagernd.“

„Alter, ich hasse diesen Scheiß-Knöchel so sehr!“, keifte Felix plötzlich wütend los und deutete auf seinen bandagierten Fuß. „Jetzt muss ich auch noch *lesen*!“ Amina verkniff sich das Lachen, sah sich aber heimlich um, ob irgendeiner ihrer Kunden von Felix’ Wutausbruch Notiz genommen hatte. Aber es schien sich niemand weiter um ihn zu kümmern. Die drei Personen, die sie von der Couch aus wahrnehmen konnte, waren viel zu sehr in ihre Buchauswahl vertieft, als dass sie auch nur mit der Wimper gezuckt hätten.

Amina nahm am Stuhl neben Felix Platz und sah ihn freundlich an. „Du musst überhaupt nicht lesen“, sagte sie.

Der Junge verdrehte die Augen. „Ich habe *nichts* zu tun!“, presste er wütend hervor. „Alles, was ich normalerweise mache, geht nur zu Fuß oder am Fahrrad oder was weiß ich wie.“ Er schnaufte empört auf. „Lucy und der Papa lassen mich nur eine Stunde lang Computer spielen am Tag. Und wenn ich das nur um eine Minute überschreite, muss ich eine Woche lang für die Familie Frühstück richten und das gesamte Gästehaus putzen. Und diesem Verrückten, der derzeit in dem Haus wohnt, gehe ich lieber aus dem Weg.“ Er grollte leise vor sich hin. „Außerdem brauche ich ja hundert Jahre, bis ich mit diesen dämlichen Krücken irgendetwas erledigt habe.“

„Wie lange musst du die Krücken noch verwenden?“, fragte Amina geduldig.

„Ende nächster Woche muss ich zur Kontrolle, dann wird darüber entschieden, ob ich sie noch weiterhin brauche“, sagte Felix düster.

„Na ja, das ist ja doch ein absehbarer Zeitraum“, gab Amina zu bedenken, erntete dafür jedoch nur einen finsteren Blick von Felix.

Mit 16 liefen die Uhren offenbar noch anders.

Amina erhob sich langsam vom Stuhl, kündigte an, dass sie das Buch für Felix holen würde, und machte sich auf den Weg. Auf halber Strecke zum betreffenden Regal läutete jedoch das Telefon neben ihrer Kassa und sie bog schnell ab, um das quälende Läuten nicht allzu lang durchs Geschäft klingen zu lassen.

„‚Seitenweise', Amina am Apparat“, sprach sie fröhlich in den Hörer, aber die andere Seite blieb still.

„Hallo?“, fragte Amina zaghaft in den Hörer und erntete dafür ein empörtes Schnaufen.

„Sind Sie die Frau mit dem Bus?“, fragte die Stimme am anderen Ende und die klang doch irgendwie bekannt …

„Jaa“, sagte Amina zaghaft, „und Sie sind …?“

„Luis Kramer“, stellte sich der Schriftsteller vehement vor. Amina grinste. Bei all ihren Begegnungen war ihr gar nicht aufgefallen, was für eine angenehme Stimme er eigentlich hatte.

„Mein Name ist Amina“, sagte sie freundlich, „wir hatten noch gar keine Gelegenheit, uns einander richtig vorzustellen.“

Luis Kramer grunzte verärgert ins Telefon.

„Hören Sie“, sagte er, „ich rufe an … Sie lesen ja keine SMS … und Lucy sagte mir, wie Ihr Geschäft heißt.“

„Lucy arbeitet ja auch oft hier mit“, sagte Amina, „auch der Bus war eigentlich ihre Idee. Sie musste neulich nur … –“

„Weiß ich alles schon“, unterbrach sie Luis Kramer und klang ein wenig entnervt, „sie redet ja ständig von all ihren Projekten.“

Amina lachte auf. Sie konnte sich richtig vorstellen, wie die lebenslustige Lucy auf den verschlossenen Luis unbekümmert einredete.

„Was kann ich für Sie tun?“, fragte Amina schließlich, wie sie es bei jedem anderen Anrufer auch gemacht hätte.

„Gar nichts“, antwortete Luis kurz angebunden und für einen Moment fühlte sich Amina etwas vor den Kopf gestoßen. „Ich wollte mich entschuldigen … und bedanken …“, setzte der Schriftsteller schließlich fort.

„Wofür?“, fragte Amina zurück und wieder schnaufte Luis Kramer in die Leitung.

„Für neulich, im Bus“, sagte Luis, „und auch vor Ihrem Geschäft im Schnee.“ Er räusperte sich, holte tief Luft und sie hörte ihn etwas murmeln wie „Das kann ja wohl nicht so schwer sein!“, dann räusperte er sich erneut. „Hören Sie“, setzte er fort, „es tut mir leid, dass ich zweimal in Ihrer Gegenwart eingeschlafen bin. Und ich danke Ihnen, dass Sie mich im Bus rasten haben lassen, ohne ein großes Trara drum zu machen.“

„Selbstverständlich …“, setzte Amina an. Das war doch wirklich nicht der Rede wert. Aber Luis Kramer unterbrach sie erneut.

„Das ist gar nicht so selbstverständlich“, gab er zurück, „jeder hat eine Meinung zu meinen … zu meinem … zu diesen … *Anfällen*. Es ist gut, wenn mal jemand … –"

„Also, ich habe schon eine Meinung dazu“, warf Amina ein, ohne ihn fertig sprechen zu lassen, „natürlich will ich nicht, dass Sie leiden. Und wenn ich Ihnen irgendwie helfen kann … –"

„Ich brauche keine Hilfe“, rief Luis Kramer ins Telefon, „ich brauche Ruhe im Kopf! Einfach nur Ruhe im Kopf!“

Amina schwieg irritiert.

„Und was ist so laut in Ihrem Kopf?“, fragte sie leise und hoffte, dass keiner ihrer Kunden oder Felix diesem unerwartet verlaufenden Gespräch zuhörte.

Aber sie schien auf diese Frage keine Antwort zu erhalten.

Amina wartete noch ein paar Momente, dann holte sie Luft, um sich zu verabschieden, aber Luis Kramer schien genau in diesem Moment seine Stimme wiedergefunden zu haben.

„Das ist alles recht kompliziert“, sagte er grummelnd.

„Ich verstehe“, gab Amina zurück, ohne zu wissen, worum es gerade genau ging. „Haben Sie schon mal mit jemandem darüber gesprochen? Also, mit einem Arzt oder einem Therapeuten …?“

„Natürlich!“, bellte Luis Kramer ins Telefon. „Was glauben Sie, wer mich hierher in diese trostlose Einöde versetzt hat! Ein ganzes *Team* an ‚fürsorglichen‘, Grenzen überschreitenden Menschen. Mein Arzt, mein Therapeut, mein Agent, mein Lektor …, alle glauben sie zu wissen, dass es mir helfen würde, mich in diesen *Glaskasten* zu setzen!“ Offenbar meinte er das Gästehaus, dessen riesige Fensterfront den Blick auf die wunderschöne Hügellandschaft freigab.

„Einöde?“, hakte Amina nach. Bei aller Liebe, man konnte viel über die etwas abgeschieden gelegene Landschaft hier sagen, aber definitiv nicht, dass es hier fad oder eintönig wäre.

„Alles ist braun und grau und ich starre täglich auf dunkle Äste, die verzweifelt in den Himmel ragen“, knurrte Luis Kramer ins Telefon und, auch wenn er eigentlich gerade ihre Heimat beleidigte, Amina konnte nicht umhin, über seine Formulierung zu lächeln. Wenn er so sprach, klang es, als würde er aus einem seiner Bücher vorlesen. Und ja, sie hatte doch tatsächlich leicht Gänsehaut bekommen.

„Es wird bald etwas grüner werden vor Ihrem Fenster“, sagte sie daher lächelnd und beruhigend, „es dauert nicht mehr lange.“

Luis Kramer seufzte, aber er klang mittlerweile etwas weniger empört.

„Es tut mir leid, dass Sie immer meine schlechten Seiten abbekommen“, sagte er schließlich und klang doch etwas zerknirscht. Amina widerstand dem Drang, aus den „schlechten Seiten“ einen Wortwitz zu den vielen *guten*

Seiten seiner Bücher zu machen. Dafür war nun wirklich nicht der passende Moment.

„Was halten Sie davon, wenn ich Sie am Wochenende zu einem Spaziergang mitnehme und Ihnen jene Gegenden zeige, die Sie bald in voller Blüte sehen werden?“, fragte Amina und riss gleichzeitig erschrocken die Augen auf.

Wie kam sie denn auf DIESE Idee?

„Oder auch nicht … Sie müssen natürlich nicht … Sie wollen ja Ruhe …“, stammelte sie peinlich berührt weiter und Amina spürte, wie ihr die Hitze in den Kopf stieg. Hektisch sah sie sich nach den anderen Leuten im Geschäft um, aber weiterhin schien niemand von ihr Notiz zu nehmen. „Sie können es sich ja noch überlegen. Bis morgen. Oder bis Samstag. Oder …“ Sie seufzte. „Sie wissen jetzt ja, wie Sie mich erreichen.“ Amina lachte auf und fand aber gleichzeitig, dass sie leicht hysterisch klang. Es war an der Zeit, dass sie das Telefonat beendete.

„Vielen Dank für Ihren Anruf“, sagte sie also und klang für diese wenigen Worte tatsächlich wieder wie eine völlig normale Person. Zum Glück. „Und vielen Dank für Ihren Dank. Und Ihre Entschuldigung. Auch wenn das nicht nötig war. Melden Sie sich wirklich jederzeit.“

Oh mein Gott! Schweige, Amina, bitte!

„Ich muss jetzt weiter … Kunden … danke! Ciao.“ Dann legte sie auf und schlug sich mit der Handfläche auf die Stirn. Das riss Felix schließlich aus seinen Gedanken und er sah sie verwirrt an. Amina zuckte mit den Schultern und machte sich dann endlich doch auf die Suche nach dem Buch für ihn.

. . .

Wenige Minuten später nahm Amina wieder neben Felix Platz und hielt ihm zum einen Nick Hornbys „Fever Pitch“, zum anderen ein großes Notizbuch mit unlinierten Seiten und einen Bleistift hin.

Felix sah sie verwirrt an.

„Das Notizbuch ist ein Geschenk von mir“, sagte Amina. „Ich weiß, du verwendest normalerweise kleine Schulhefte für deine Zeichnungen, aber vielleicht möchtest du ja mal etwas mehr Platz füllen.“ Sie lächelte Felix zu, der sich überrascht bei ihr bedankte.

Er nahm ihr alles ab und strich mit seinen Händen sanft erst über das Notizbuch, dann über das Taschenbuch mit dem Fußball am Cover. „Irene hat mir das Buch empfohlen“, sagte Felix leise. „Sie meinte, ich soll etwas zu einem Thema lesen, das mich interessiert.“

„Guter Tipp“, sagte Amina, „das Buch ist auch sehr unterhaltsam.“

„Ja?“

Amina nickte. „Du kannst ja fürs Erste nur ein Kapitel lesen und dann pausieren.“

Felix sah sie nachdenklich an, den Kopf zur Seite gelegt, und Amina lächelte ihm zu.

„Oder du liest keine einzige Seite und verrätst es niemandem.“ Felix grinste. Amina erhob sich erneut von ihrem Sessel und tippte leicht auf das Notizbuch, das auch auf Felix’ Schoß lag. „Und falls du etwas festhalten möchtest, das sich im Geschäft abspielt, während du hier sitzt, verrate ich es auch niemandem." Sie lächelte Felix zu und wandte sich wieder in Richtung der Bücherregale.

„Warum liest du so gerne?", fragte Felix schließlich und Amina drehte sich noch einmal um. Er sah fast ein wenig aus, als wäre ihm die Frage peinlich.

„Ich tauche gerne in andere Welten ein", sagte Amina leise, „ich lese gerne über Menschen und ihre Eigenheiten oder Schwierigkeiten, ihre Erlebnisse und Entscheidungen. Ich mag es, dass ich all das aus sicherer Distanz erleben und nachempfinden kann."

„Also, ohne eigene Anstrengung", sagte Felix und Amina lachte überrascht auf.

„Ja", sagte sie lachend, „vermutlich bin ich einfach nur faul. Zu faul für echte Erfahrungen."

Felix grinste.

„Bobby sagt übrigens etwas Ähnliches", ergänzte er dann, „über das Lesen. Sie sagt, sie will andere Welten *kennenlernen.* Etwas Neues erfahren."

Amina nickte. „Das ist auch ein guter Grund fürs Lesen."

„Aber es ist so mühsam!", seufzte Felix. „Diese vielen Wörter!" Er lachte erschöpft auf. „Ich bin schon ganz müde, wenn ich nur eine Seite vor mir sehe."

„Dann lies mal nur einen Satz und hör dann wieder auf", schlug Amina vor.

„Das geht doch nicht!", warf Felix ein.

„Na sicher geht das!“, entgegnete Amina. „Es wird sich hier niemand darüber beschweren, was du liest und in welchem Tempo du liest. Lass dir Zeit. Und wenn dir der erste Satz gefällt, liest du vielleicht den zweiten. Und so weiter. Oder du legst das Buch ganz weg und starrst in die Luft.“ Sie lächelte ihm zu. „Du kannst hier so lange sitzen bleiben, wie du willst. Vielleicht setze ich mich später mit meinem Buch zu dir, wenn es so ruhig bleibt.“

Als Felix halbwegs entschlossen dreinblickte und es sich auf der Couch gemütlich machte, fand Amina, dass es an der Zeit war, ihn mit seinem Buch und dem Notizbuch allein zu lassen.

Es war vor allem an der Zeit, sich wieder den anderen Kunden im Geschäft zu widmen.

7. Kapitel

Es war bereits finster, als Amina quer über den Hauptplatz eilte. Das „Kaffeekränzchen“ leuchtete sein gemütliches Licht auf die Straße hinaus, ein Wegweiser durch die frühe Dämmerung des Märzabends.

Noch bevor sie das Lokal betrat, hörte Amina Irene lachen. Sie grinste, öffnete die Eingangstür und wurde mit großem Hallo begrüßt. Bella kämpfte gerade mit dem Korken einer Proseccoflasche, Lucy balancierte vier Gläser an einen Tisch und Irene stand mitten im Geschäft und gab eine täuschend echte Imitation von Bobby zum Besten.

Die Frauen lachten und teilten jede ihre eigenen Erfahrungen mit Bobby oder auch Felix, den beiden unzertrennlichen Teenagern, die eine der stärksten Verbindungen inmitten dieser im Laufe der Jahre gewachsenen Wahlfamilie waren. Und trotz ihrer nicht prognostizierbaren Stimmungsschwankungen schien es auch den beiden Jugendlichen sehr gut zu tun, von all den unterschiedlichen Erwachsenen rund um sie herum bemuttert, gefordert und immer wieder auch mal umarmt zu werden.

Amina war eigentlich als eine der letzten in diesen mittlerweile sehr eingeschworenen Freundeskreis hineingerutscht – oder vielmehr von Lucy hineingezerrt worden. Natürlich war sie aufgrund ihrer Profession stets gut bekannt mit Nana, Otto und Bella – alle für sich auf seine eigene Art umtriebig und unausweichlich, wenn man etwas in dieser Stadt auf die Beine stellen wollte.

Die Freundschaft mit Irene war aus der Zusammenarbeit entstanden. Aminas technischer Totalausfall erforderte dringende Unterstützung in allen Belangen und Irenes Erfahrungen als Agenturchefin, die sie für ein angenehmeres Leben hier am Land, gemeinsam mit Tom, an den Nagel gehängt hatte, kamen Amina zugute. Nun hatte das „Seitenweise“ nicht nur eine Website, diverse Social-Media-Profile und – seit Kurzem – auch einen Online-Shop, sondern Amina auch eine unterhaltsame Freundin mehr.

In dieses Zusammenspiel zwischen digitaler Kompetenz und loyaler Freundschaft fügte sich auch Lucy, nachdem sie vor etwas mehr als einem Jahr in der Stadt gelandet war. Die ehemalige Influencerin setzte ihre unerschöpfliche Kreativität unter anderem auch fürs „Seitenweise“ ein und schrieb lebendige Buchempfehlungen, dekorierte das Geschäft und ließ sich zudem zahlreiche „Crossmedia“-Aktivitäten für den Buchladen einfallen, die Amina stets aufs Neue begeistern konnten. Sie konnte sich zwar mittlerweile unter all diesen Begriffen wie etwa „Crossmedia“, „online“ und „offline“ etwas vorstellen, aber ihr Kopf schien sämtliche Ideen zu blockieren, sobald er sich mit irgendeiner Form von digitaler Distribution auseinandersetzen musste.

Mitunter auch aus diesem Grund hatten die vier Frauen eine Art Stammtisch im „Kaffeekränzchen“ eingerichtet. Sie trafen sich zumindest zweiwöchentlich nach Ladenschluss und während sich die Proseccoflasche sowie die Kuchenvitrine leerten, sammelten sie Ideen und notierten die nächsten Arbeitsschritte für ihre jeweiligen Projekte und Geschäfte.

Bella hatte endlich den Korken aus der Flasche befreien können und füllte die vorbereiteten Gläser üppig, Lucy startete in eine Lobeshymne über das heutige Tagesgericht des „Kaffeekränzchen“ und Irene klappte ihren Laptop auf.

„Was steht heute auf dem Programm?“, fragte Bella, als sie Amina unaufgefordert das Rote-Rüben-Risotto, von dem Lucy gerade eben noch geschwärmt hatte, auf den Tisch stellte. „Iss“, sagte sie freundlich. „Das sind Walnüsse“, ergänzte sie noch und deutete aufs Gericht, „außerdem ist Schafskäse dabei, von diesem Bauern, bei dem wir neulich vorbeigewandert sind.“

„Wann wart ihr wandern?“, fragte Lucy.

„Es hat doch geschneit!“, warf Amina ein und verrührte den Käse und die Nüsse im dampfenden Risotto. Das Essen roch köstlich!

Bella warf ihnen nur einen mitleidigen Blick zu und Irene kicherte leise vor sich hin. Lucy und Amina waren bei Weitem nicht so aktiv und *wetterfest* wie Irene und Bella, die zu den unmenschlichsten Tageszeiten und unwirtlichsten Wetterbedingungen zu sportlichen Aktivitäten aufbrachen. Zum Glück hatte es sich im Verlauf des vergangenen Jahres eingebürgert, dass Lucy und Amina die beiden nur zu harmlosen, kurzen Spaziergängen bei Schönwetter begleiten mussten.

Während Amina die ersten Bissen ihres Risottos auf der Zunge zerschmelzen ließ, fasste Irene zusammen, was sich beim „Kaffeekränzchen“ und beim „Seitenweise“ seit ihrem letzten Stammtisch digital getan hatte. Lucy nickte die meiste Zeit eifrig mit, ergänzte die eine oder andere Anekdote, wenn es irgendwo einen besonderen Kommentar gegeben hatte, und startete dann in einen kurzen Abriss über das geplante Frühlings-Special im „Seitenweise“. Nachdem sich die Sonne seit ein paar Tagen tatsächlich regelmäßig blicken ließ, stand der Umsetzung ihrer Ideen nichts mehr im Wege.

Bella schenkte ihnen allen gerade ein weiteres Mal nach, als Amina die Idee ansprach, die Vorlesestunden für Kinder wieder aufzunehmen. Während sie alle Probleme, die zur Einstellung der Veranstaltungsreihe geführt hatten, zusammenfasste, konnte sie gleichzeitig sehen, wie die Gesichter (und Köpfe) der drei anderen Frauen in den Problemlösungsmodus schwenkten.

„Ich will keines dieser moralischen Kinderbücher vorlesen", sagte Amina schließlich, „sondern einfach gute Geschichten. Etwas Spannendes vielleicht, etwas Lustiges … Auswahl haben wir ja genug!"

Die anderen Frauen nickten.

„Lucy könnte lesen", schlug Irene vor, „sie hat die meiste Bühnenerfahrung von uns."

„Wir könnten auch kurze Teaser-Videos für Social Media machen, um die Aktion zu bewerben", sagte Lucy, „ob ich lese oder nicht, können wir ja noch entscheiden."

Amina nickte dankbar für die Vorschläge.

„Ich bin mir nicht sicher, ob eine Stunde zu lang ist für so eine Veranstaltung", sagte sie schließlich.

„Das müsstest du wohl eher ausprobieren", gab Bella zu bedenken. „Mach einmal 45 Minuten, einmal 60 Minuten, einmal 30 Minuten und schau dir an, worauf die Leute am ehesten reagieren."

„Ich dachte mir", sagte Amina und wandte sich an Bella, „dass ich dir Kaffeegutscheine abkaufe und diese an die Eltern verteile. Dann sind sie nicht weit weg, aber auch nicht mehr direkt neben den Kindern."

„Natürlich!", Bella klatschte in die Hände, „du betreust die Kinder, ich betreue die Eltern."

Die Frauen lachten alle auf und stürzten sich weiter in die Planung. Innerhalb kürzester Zeit hatten sie die organisatorischen Details festgelegt und sich darauf geeinigt, ab April jeden Samstagnachmittag in etwa eine Stunde Kinderprogramm im „Seitenweise“ anzubieten.

„Lucy als neue Nana“, grinste Irene, „das wird ihr gefallen.“

Lucy riss erschrocken die Augen auf. „Ach du meine Güte, das sind ja sehr große Fußstapfen, in die ich hier trete!“

„Aber nein“, sagte Amina ruhig und legte ihre Hand auf Lucys Schulter, „du bist nur dafür verantwortlich, dass wir hier eine Generation an Lesern heranziehen, also die zukünftigen Kunden für mein Geschäft.“ Amina zwinkerte ihr zu, um zu erkennen zu geben, dass sie ihre Aussage nicht ganz ernst gemeint hatte, und Lucys Gesicht verzog sich spöttisch. „*Das* ist meine leichteste Übung“, sagte sie gespielt hochnäsig und wechselte dann binnen Sekunden ihre Miene in eine voller Unsicherheit. „Aber Nana zu vertreten …“

Irene und Bella kicherten und auch Amina konnte sich das Lachen nicht verkneifen.

Die Frauen scherzten noch ein wenig miteinander, leerten ihre Proseccogläser und machten sich dann langsam auf den Weg nach Hause.

Gerade als sie durch die Tür nach draußen traten und Bella den Schlüssel im Schloss herumdrehte, kam Otto ums Eck gebogen und sein Gesicht wurde von einem mitreißenden Strahlen überzogen.

„Ihr seid schon fertig!“, rief er aus, „wunderbar!“ Er näherte sich Bella, die als letzte die drei Stufen zum „Kaffeekränzchen“ herunterkam und beugte sich ihr entgegen: „Darf ich Sie nach Hause begleiten?“, flüsterte er ihr zu und Bella kicherte los wie ein Teenager.

Lucy schnaubte durch die Nase, im Versuch, sich das Lachen zu verhalten, aber weder Bella noch Otto nahmen von ihr – oder irgendetwas sonst rund um sie herum – Notiz. Wie immer verschwanden die beiden in ihrer eigenen Bubble.

Gedankenabwesend winkten die zwei Irene, Lucy und Amina zu und eilten dann in jene Richtung davon, in die ihr Haus lag.

Amina sah ihnen lang und nachdenklich hinterher, nicht zum ersten Mal mit diesem leicht nagenden, unangenehmen Gefühl der Sehnsucht in ihrem Bauch. Intensiver als ihre jährlich wiederkehrende Frühlingssehnsucht, aber nicht intensiv genug, um das Gefühl als Neid zu bezeichnen.

„Mir ging’s auch so“, sagte Lucy leise neben ihr und lehnte sich leicht an Aminas Schulter, als wollte sie sie trösten.

„Wie?“, fragte Amina, obwohl sie bereits wusste, was Lucy meinte. Wie im Reflex begann sie, zur Beruhigung von zehn bis null zu zählen.

„Als ich die beiden zum ersten Mal getroffen habe, habe ich mich genauso gefühlt, wie du gerade aussiehst“, antwortete Lucy mit ihrer behutsamen Stimme voller Beziehungsmitleid.

Amina seufzte. „Es ist ja nicht so, dass ich genau *das* auch will ...“, begann sie und es konnte nur am Prosecco liegen, dass sie sich auf das Gespräch einließ.

„Aber irgendetwas in diese Richtung, oder?“, sagte Irene und Amina zuckte mit einer Schulter, nicht wissend, was sie sagen sollte.

Ihre Beziehungsgeschichten waren ein ständiges Auf und Ab, mit sehr hohen Höhen, noch tieferen Tiefs und vor allem sehr, sehr viel Langeweile dazwischen. Man sollte meinen, dass es mit Zunahme des Alters einfacher werden würde, eine Beziehung einzugehen, nachdem man sich selbst und seine Bedürfnisse besser kannte als etwa mit Anfang 20. Aber genau das Gegenteil schien der Fall zu sein.

Je besser man wusste, was man in einer Beziehung wollte, desto enger und kleiner wurde das Feld, aus dem man auswählen konnte.

Fast mikroskopisch klein.

Und Amina testete und probierte, wo sie nur konnte. Sie hatte gelernt, diverse Apps zu bedienen und einigte sich meist sehr schnell auf persönliche Treffen, nachdem ihr all das Chatten und SMS schreiben ja so zuwider war. Aber irgendetwas war mit diesen Apps oder auch dem Algorithmus dahinter faul, denn wer auch immer als für sie passendes Ergebnis ausgespuckt wurde, war für Amina meist entweder fürchterlich langweilig oder fürchterlich affig, wenn nicht sogar fürchterlich beziehungsuntauglich.

„Ich mache gerade eine Pause“, sagte Amina, „eine Dating-Pause.“

„Ja?“, Lucy hob ihre Augenbrauen überrascht.

„Gut für dich“, sagte Irene und Amina fühlte sich von beiden Reaktionen irgendwie schlecht behandelt. Dieses um sich greifende Beziehungsmitleid war auch wirklich schwer zu ertragen!

Aber was sollte sie von den beiden auch groß erwarten. Beide Frauen lebten ihren jeweiligen Beziehungstraum, Irene mit Tom und Lucy mit Hans. Auch wenn Amina wusste, dass für ihre beiden Freundinnen der jeweilige Weg ins Beziehungsglück kein einfacher gewesen war, war sie auch erfahren genug, um zu wissen, dass jemand mit einer rosaroten Brille im Gesicht das Liebesleben anderer Personen nicht mehr neutral bewerten konnte.

„Nach dem Faschingsdienstagsdesaster …“, begann Amina, wohl wissend, dass sie nicht näher darauf eingehen musste. Und tatsächlich verzogen sich die Gesichter beider Frauen in eine Grimasse zwischen leidvoller Erinnerung und Mitleid für Amina.

Und schließlich war hiermit auch der Leidenspunkt für Amina erreicht. Sie richtete sich zu voller Größe auf und drückte dann ihre Schultern zurück.

Es war, wie es war. Sie hatte in vielen Bereichen ihres Lebens Glück gehabt und Zufriedenheit erreicht und das ganz ohne große Hilfe. Vielleicht sogar trotz der kuriosen Stolpersteine, die ihr die verschiedenen Männer, denen sie im Verlauf der vergangenen Jahrzehnte eine Chance gegeben hatte, in den Weg gelegt hatten.

„Ich mag mein Leben“, sagte sie leiser, als ihr lieb war, aber dennoch mit stabiler Stimme.

„Ich mag dein Leben auch“, sagte Lucy lächelnd und umarmte sie fest.

Amina grinste.

Dann verabschiedete sie sich und ging langsam zurück auf die andere Seite des Platzes, wo ihr gemütliches Leseeck und das aktuelle Buch auf sie warteten.

Beim Gedanken daran wurde ihr warm im Bauch und die wohlbekannte Zufriedenheit kehrte zurück.

Wie gesagt, sie hatte Glück gehabt, hier zu landen. Und das wusste sie jeden Tag zu schätzen.

8. Kapitel

Am Freitagnachmittag war Aminas Geschäft gut gefüllt mit Kunden, die Geschenke und Bücher und Inspirationen jeglicher Art suchten. Die Luft flirrte zwischen den Bücherregalen. Zwei Damen unterhielten sich angeregt in der Sitzecke, einander zugewandt, über die Bücher in ihren Händen diskutierend. Amina und Magda hatten alle Hände voll zu tun, während Lucy sich um die Frühlingsdekoration kümmerte. Immer wieder blieben Kunden neben der Auslage, in der Lucy mit Buchstützen und Vasen und Lichterketten herumkrabbelte, stehen und verwickelten sie in ein Gespräch.

Wann immer Amina mal Zeit hatte, den Kopf aus den vielen Kundenwünschen zu heben, sah sie Lucy lachend und plaudernd vor sich. Wie schon bei Irene wenige Jahre zuvor war auch bei Lucy diese deutliche Entspannung im Gesicht zu sehen, die von einem zufriedenen Leben zeugte. Diese Entspannung, die erst Wochen oder Monate nach ihrer beiden Ankunft hier in der Stadt deutlich zutage getreten war. Nachdem sie ihre Geschichten, die sie auf den Weg in die Stadt geschickt hatten, abgeschüttelt hatten. Nachdem sie erkannt hatten, dass die Stadt hier *ihr Ort* war.

Amina erkannte sich selbst wieder in diesen zufriedenen Gesichtern. Auch sie war vor fünf Jahren in die Stadt zurückgekehrt, verwirrt und orientierungslos und ohne Plan. Und hatte nur wenige Wochen benötigt, um zu erkennen, dass sie hierbleiben würde.

Dass sie hierbleiben wollte.

Sie mochte die Freundlichkeit der Leute, sie mochte das Tempo, sie mochte auch ihre Arbeit.

Und so widmete sie sich – zufrieden lächelnd – ihren Kunden, während der Freitagnachmittag fröhliche Wochenendstimmung verbreitete.

Irgendwann kurz vor Ladenschluss läutete das Telefon und nach einigen Augenblicken hörte sie Magda nach ihr rufen.

„Der Herr am Telefon will nur mit dir sprechen", sagte Magda und verdrehte leicht die Augen, reichte Amina dann aber den Telefonhörer.

„Es ist wirklich ein wenig lästig, dass Sie keine SMS lesen", sagte Luis Kramer am anderen Ende der Leitung und Amina grinste.

„Hallo", sagte sie freundlich und beschloss, seinen Vorwurf zu ignorieren, „möchten Sie ein Buch bei mir bestellen?" Sie lächelte noch breiter, als sie ihn wieder empört schnaufen hörte, bevor er sein Anliegen vorbrachte.

„Ich hasse es, zu wandern", sagte Luis Kramer schließlich und Amina lachte auf.

„Gut, ich auch", antwortete sie, ließ ihm dann wieder Zeit, bis er weitersprach.

„Ihr Spaziergang … am Wochenende …, ist der Weg steil?", fragte er dann.

„Nein", sagte Amina bestimmt, „das können wir uns aussuchen, worauf wir Lust haben." In ihrem Bauch kribbelte es leicht.

Griff Luis Kramer tatsächlich ihre so holprig vorgetragene Einladung zum Spazierengehen auf?

„Ich kann nicht zu weit weg von der Zivilisation", sagte er dann leise.

„Was heißt das?", fragte Amina sanft.

„Ich muss wissen, wie weit das nächste Gasthaus entfernt ist, zum Beispiel." Er schnaufte wütend auf. „Falls ich wieder … mit dem Atmen …"

Amina dachte kurz nach. Dann nickte sie.

„Ich zeige Ihnen eine meiner Lieblingsrouten", erklärte sie dann, während sie in ihrem Kopf den Weg vor sich sah, „wenn Sie möchten, schauen wir uns diese vorher auf der Landkarte an." Sie lächelte. „Aber das ist eigentlich nur ein kurzer, einfacher Weg, immer entlang von einzelnen Siedlungen."

„Gut“, sagte Luis Kramer dann, „am Sonntag um 14 Uhr habe ich Zeit.“

Amina verkniff sich ein Lachen, bestätigte einfach nur den Termin.

Und legte dann mit diesem besonderen Prickeln im Bauch auf, das eine gewisse Art von Vorfreude ankündigte.

Das prickelnde Knistern in ihrem Bauch kehrte am Sonntag gleich nach dem Frühstück zurück und verstärkte sich, als Amina am frühen Nachmittag ihre Sportschuhe anzog. Bis zu dem Zeitpunkt, an dem sie den leichten Anstieg zwischen den Apfelbäumen, der zum Gästehaus führte, erklomm, redete sie sich ein, dass diese Aufregung auf den anhaltenden Sonnenschein und den Rückzug ihrer Frühlingssehnsucht zurückzuführen war.

Ihr Magen pochte jedoch zweimal sehr heftig, als das Gästehaus, die geöffnete Schiebetür und ein auf der Terrasse davor auf und ab wandernder Luis Kramer zu sehen war. Amina atmete tief durch, lächelte und gab dann einen leichten Pfiff von sich, um auf sich aufmerksam zu machen.

Luis Kramer beobachtete sie auf den letzten Metern durch den Apfelgarten, der in wenigen Wochen wohl in voller Blüte stehen würde. Das war jedes Jahr aufs Neue ein einmaliges Spektakel, das viele Leute aus der Gegend anzog und Lucy im Vorjahr zu diversen neuen Projekten inspiriert hatte.

Aber den Gedanken daran schob Amina zur Seite und wandte sich nun lächelnd dem bekannten Schriftsteller zu, während sie die wenigen Schritte Distanz zwischen ihnen überwand. Er sah anders aus als auf den Fotos, die in seinen Büchern oder auch auf seiner Website zu finden waren. Natürlich, diese tiefschürfende Ernsthaftigkeit, mit der Autoren stets in schwarz-weiß abgelichtet wurden, prägte das gesamte Bildmaterial des Schriftstellers und umgab ihn auch jetzt ständig. Aber hier, in Fleisch und Blut vor ihr, zeigten sich wesentlich mehr Facetten, die man eben nur erkennen konnte, wenn man einer Person real gegenüberstand.

Amina wusste, dass er nur wenige Jahre älter war als sie, aber sein Gesicht war gezeichnet von Anstrengung, Sorgen oder Schlaflosigkeit. Seine Haut war winterblass, als hätte sie seit langer Zeit keine Sonne mehr gesehen. Er trug teures Gewand, eine kurze orange Daunenjacke, die seine dunklen, fast schwarzen Haare betonte, dazu Sportschuhe, die vermutlich noch keinen ganzen Kilometer absolviert hatten. Einzig seine Jeans schienen älter, bequemer zu sein, aber sie passten wie angegossen.

Luis Kramer war attraktiv, vor allem hier in der Frühlingssonne. Amina schluckte für einen Moment, zwang sich dann aber, alle Gedanken an seine Attraktivität zu verdrängen, all dem Kribbeln in ihrem Bauch keine Aufmerksamkeit zu schenken.

Denn Luis Kramer sah auch irgendwie … *einsam* aus. Als würde er einen Freund benötigen, aber vergessen haben, wie man Freundschaften pflegte.

Trotzdem – oder vielleicht gerade deshalb – war er auf ihr Angebot, ihm die Gegend zu zeigen, eingestiegen.

Und war das nicht einmal eine Wendung im Buch, das ihr Leben beschrieb, mit der sie völlig zufrieden war? Es war nicht nötig, diese zarte erste Verbindung durch Komplikationen, wie etwa einen kribbelnden Bauch, zu erschweren.

„Hallo", sagte Amina zur Begrüßung und streckte dem Schriftsteller ihre Hand hin. „Ich heiße Amina", ergänzte sie noch mit einem Augenzwinkern und Luis Kramers Stirn entfaltete sich überrascht. Er nahm ihre Hand und sah ihr direkt in die Augen. „Luis", stellte er sich vor und lächelte leicht.

Da war es wieder, dieses Kribbeln.

Amina katalogisierte sein Lächeln als weitere Facette, die die Öffentlichkeit über den Schriftsteller nicht kannte, und freute sich, dass sie in den Genuss davon kam.

In wenigen Worten erklärte Amina die Route, beschrieb den Weg relativ genau und gab auch an, wie lang sie für die einzelnen Passagen benötigen würden. Es war nur ein Spaziergang, ein Weg, den viele Familien und Senioren häufig absolvierten, weil er durch einige Waldabschnitte und über keine schweren Steigungen führte. Aber Amina merkte, wie jegliche Information darüber, was sie unterwegs erwarten würde, Luis zu entspannen schien, also schilderte sie den Weg in allen Farben, die ihr einfielen.

Und schließlich machten sie sich auch tatsächlich auf den Weg.

Wie von Amina angekündigt, passierten sie mehrere Waldstücke, die jedoch noch kaum Grün zeigten. Vereinzelt fand sich der eine oder andere Nadelbaum, der die langen Reihen an Baumstämmen durchbrach, aber noch kaum einer der Laubbäume zeigte das zarte Aufkeimen der neuen Blätter.

Doch das würde nicht mehr lang dauern.

„Das ist einer der schönsten Momente hier", begann Amina schließlich auch zu erzählen, während sie neben einer Buche stehen blieb und sich an den stabilen Stamm lehnte.

„Warum halten wir an?", fragte Luis Kramer und sah sich um. Er schnaufte leicht, was aber eher am unebenen Laubboden und seiner Untrainiertheit liegen dürfte als an einer erneut auftauchenden Panikattacke.

„Schau dich um", sagte Amina und deutete nach oben, „was siehst du?"

„Totes Gehölz", antwortete Luis bitter.

Amina lachte auf. „Ja, man hat den Eindruck, oder?" Sie richtete sich auf und sah den Schriftsteller direkt an. „Aber wenn wir nächste Woche wieder hierherkommen, werden wir die ersten Blätter sehen und Knospen." Sie sah wieder nach oben, wo die dunklen Zweige in den hellblauen Frühlingshimmel reichten. „Es ist jedes Jahr ein Wunder, wenn das Leben im Frühling von Neuem beginnt", sagte Amina leise. „Dass aus der Kälte und dieser leblosen Masse hier wieder etwas Lebendiges herauswächst. Dass das Starre nur *vermeintlich* war …"

Amina senkte ihren Kopf erneut und richtete ihren Blick auf Luis Kramer, der sie nachdenklich ansah. Dann nickte er und plötzlich legte sich etwa Herausforderndes, fast Schalkhaftes über sein Gesicht.

„Wir werden es nächste Woche ja sehen", sagte er mit einem Augenzwinkern und Amina schob ein weiteres Mal jegliches Prickeln und Kribbeln und Flattern in ihrer Magengegend zur Seite, lächelte darüber hinweg und machte sich weiter auf den Weg. Sie blieben noch einige Minuten in diesem Wald, durch den sich ein schmaler Trampelpfad wand, bis sie an eine Weggabelung gelangten.

„Wir hatten eigentlich besprochen, dass wir hier auf diesem Weg bleiben", sagte Amina und deutete auf einen Pfad, der auf gleicher Höhe weiterlief und sich nach wenigen Metern zu einem breiteren Schotterweg, der zwischen mehreren Äckern durchführte, entwickelte. „Aber dieser Weg hier führt in wenigen Minuten zu einer Aussichtsstelle. Allerdings müssten wir dafür ein Stück bergauf gehen." Sie sah Luis zögerlich an, der die Augen verdrehte, aber den zweiten Weg, den anstrengenderen, anpeilte.

„Falls mir wieder die Luft wegbleibt, musst du eben die Rettungstrupps koordinieren", sagte er grantig und kurz angebunden.

„Ich dachte, das ist nur Panik!", sagte Amina verunsichert und blieb stehen.

Luis drehte sich um und sah sie zornig an: „Nur Panik? *Nur* Panik?“

Amina hob beschwichtigend ihre Hände. „So habe ich das nicht gemeint … –”

„Ich glaube jedes Mal, ich *ersticke*!“, rief Luis ihr entgegen und deutete rund um seinen Brustkorb herum. „Hier zieht sich ein Kettenhemd immer enger herum!“ Auch ohne ihr übliches Blätterwerk schluckten die Bäume seinen Ruf, seine Verzweiflung. Als dämpften sie die Intensität seiner Gefühle. „Jedes Mal!“, rief er noch einmal hinterher, als wollte er den Effekt des Waldes ein weiteres Mal testen.

„Ich dachte, es sei kein physisches Problem“, sagte Amina ruhig. „Wenn deine Lunge oder dein Herz keine Anstrengungen aushalten, können wir hier nicht gehen.“

„Bis jetzt hat noch kein Arzt etwas gefunden“, murmelte Luis und Amina näherte sich langsam. Sie sah ihn an, eine stille Aufforderung an ihn, dass er weitersprach.

„Sie sagen, der Stress existiert nur in meinem Kopf. Die Atemlosigkeit existiert nur in meinem Kopf. Mein Herz, meine Lunge, mein ganzer Körper – alles ist gesund und in Ordnung. Ich sollte mehr Bewegung machen. Jeder muss immer Bewegung machen.“ Luis warf seine Hände in die Luft. „Aber wer kann denn *Bewegung* machen, wenn ihm schon bei harmlosen Alltagstätigkeiten der Atem stockt.“

Amina hatte das Gefühl, Luis’ Frust bis in ihre eigenen Knochen zu spüren. All die Ratlosigkeit und Enttäuschung, all die Angst strahlten von seinen Schultern aus, vibrierten zwischen den Baumstämmen hindurch. Bis zu ihr.

„Dann gehen wir jetzt halt langsam", sagte sie bemüht unbekümmert und machte einige Schritte an Luis vorbei. „Komm!", rief sie über ihre Schulter und begann den kurzen Aufstieg.

Die vergangenen Wintermonate hatten entweder die Route oder Aminas Erinnerung verändert. Jedenfalls wurde der Weg, je weiter nach oben sie stiegen, nicht wie von Amina erwartet breiter, bis man auf einer Kuppe landete, von der aus man einen Teil der vielen Weingärten überblicken konnte.

Ganz im Gegenteil.

Der Weg wurde schmäler. Die Baumstämme und Büsche ragten immer weiter über den Trampelpfad herein, bis sie schließlich vor einer schmalen Lücke einer dicht verzweigten Hecke Halt machten. Durch die blattlosen Zweige konnte man Umrisse eines Hauses erkennen und Amina zwängte sich, ohne lange nachzudenken, durch den Abstand im Gebüsch.

Es war ihr zutiefst unangenehm, dass sie ihr Versprechen, Luis nicht zu weit von der Zivilisation wegzuführen, nicht unbedingt halten konnte. Man war hier in der Gegend zwar nie lang weit entfernt von einem Bauernhof oder einer Siedlung, aber sie musste sich auch eingestehen, dass sie an dieser Stelle des Waldes noch nie gewesen war und das verunsicherte Amina natürlich auch ein wenig.

Luis fluchte leicht, als er ihr durchs Gebüsch folgte, und Amina hörte auch, wie die Zweige über das glatte Material seiner Jacke strichen. Aber sie konnte sich in diesem Moment auch kaum um Luis' Komfort kümmern, zu sehr war sie abgelenkt von dem Gebäude, das sich hier vor ihren Augen aufgetan hatte.

Mitten im Wald, umringt von diesen riesigen, jahrzehntealten Bäumen, lag offenbar ein großes Grundstück, in dessen Mitte ein altes Bauernhaus thronte. Das Dach war verwittert und schien an manchen Stellen undicht zu sein, aber ein guter Teil davon war, wie eine ganze Seite des Hauses, mit Efeu bewachsen. Darunter kam dieses alte, stabile dunkle Holz zutage, das von dicken, weißen Mauern getragen wurde. Ein Fensterbalken hing wie am seidenen Faden, von unsichtbaren Kräften irgendwie vorm Absturz bewahrt. Die Scheibe des gleichen Fensters war an einer Stelle zerbrochen und auch dort hat sich der Efeu einen Weg gebahnt, direkt ins Haus hinein. Für einen Augenblick war die Frühlingssonne hinter einer kleinen Wolke verborgen und der Schatten des Waldes legte sich noch deutlicher über die Atmosphäre.

Amina hielt die Luft an. Der Ort war magisch, ein Versprechen voller Geheimnisse, ein Versteck für …

„Wer wohnt hier?“, drang Luis' Stimme leise durch den Zauber und Amina registrierte sehr spät, wie nah er hinter ihr stehen musste.

„Was glaubst du?“, flüsterte sie als Antwort.

Sie hörte ihn Luft holen und sog im gleichen Atemzug den Geruch, den Luis verströmte, ein: den Duft einer Wildblumenwiese, dazu ein Hauch frischer Marillen.

Dabei war es gerade mal März.

„Zwerge“, sagte Luis leise und antwortete so auf ihre Frage.

„Oder ein Zauberer“, flüsterte Amina.

„Eine alte Bauersfrau, die mit ihrer Backkunst das Wetter beeinflussen kann“, sagte Luis und Amina hörte ihn grinsen.

„Zitronenkuchen, wenn es Sommer wird?“, schlug sie vor, mit noch immer leiser Stimme.

„Kokosbusserln, wenn es schneien soll“, gab Luis zurück.

Amina hielt ihre Nase in die Luft und sog betont übertrieben den Atem ein. „Ich rieche … Apfelstrudel aus den letzten Äpfeln des vergangenen Herbsts“, kicherte Amina und drehte sich leicht um.

Luis stand unmittelbar hinter ihr mit gleichermaßen fasziniertem und verzaubertem Blick aufs Haus gerichtet, wie sie selbst gerade noch das Gebäude fixiert hatte.

Es dauerte ein, zwei Sekunden, bis sie sich ihrer ungewohnten Nähe bewusst waren und all die Fantasiegerüche ihrer saisonal inspirierten Fantasiekuchen wichen dem durchaus realen Duft nach Marillen, den Luis verströmte.

Und während weitere ein, zwei Sekunden vergingen, in denen Luis, leicht lächelnd, zurückwich, die übliche Distanz zweier sich fast fremder Personen wiederherstellte, vergaß Amina darauf, dass sie sich eigentlich verboten hatte, Luis attraktiv zu finden.

Hör auf zu starren, Amina!

Aber ihre innere Stimme drang kaum zu ihr durch, schon gar nicht, als Luis' Lächeln etwas breiter wurde.

Und gleichzeitig kam die Sonne hinter den Wolken hervor.

Amina schüttelt sich aus ihrer Starre und ließ sich von den wärmenden Sonnenstrahlen ablenken. Das Sonnenlicht veränderte die Stimmung in diesem verlassenen Garten und Amina und Luis begannen, sich gleichzeitig in Bewegung zu setzen.

Sie näherten sich dem Haus, vor dessen Eingangstür eine schmale Holzbank direkt in der Sonne stand.

Luis überholte sie mit raschen Schritten und ließ sich auf das knarrende Holz fallen. Aber die Bank hielt und so nahm auch Amina Platz, atmete mehrmals tief ein und aus, um das Prickeln, das sich aus ihrem Bauch bis in die Zehenspitzen verteilt hatte, abzuschütteln. Sie öffnete ihre Jacke und zählte die Sonnenstrahlen, die erst ihre Nasenspitze, dann ihre Augenlider wärmte. Amina spürte, wie ihre Wangen auftauten und die Muskeln in ihrem Hals von der Sonnenwärme lockerer wurden.

Sie hörte Luis atmen.

Langsam.

Noch langsamer.

In diesem Sonntagsnachmittagsrhythmus, wie er nur im Frühling möglich war. Wenn einen die erste Wärme des Jahres schläfrig machte. Wenn sich das Wochenende dem Ende zuneigte, aber noch so viele freie Stunden vor einem lagen, für die man kein Programm hatte. Wenn man vor lauter Entspannung, vor lauter freier Zeit einfach für einen Moment eindöste. Als würde man schweben.

Minutenlang.

Oder vielleicht auch nur für einige Sekunden.

Jedenfalls unberührt von jeglicher Verantwortung und Verpflichtung.

Amina lächelte und gab diesem friedlichen Gefühl in sich nach, wohl wissend, dass die Atemzüge neben ihr darauf hinwiesen, dass Luis ein weiteres Mal neben ihr eingeschlafen war.

Lautes Rascheln und verärgerte Männerstimmen rissen Amina aus ihren Gedanken. Sie wusste nicht, wie lang sie hier gesessen waren und sich von der Sonne aus der Winterstarre tauen hatten lassen. Aber nach einer halben oder vielleicht auch einer ganzen Stunde war plötzlich die Umgebung auf die unfreundlichste Art lebendig geworden.

Amina setzte sich auf und bemerkte, wie sich auch Luis aus dem Dämmerzustand herausschüttelte. Er sah sie verwirrt an, während sich die Stimmen näherten. Amina deutete mit dem Finger an ihre Lippen, aus irgendeinem Grund wollte sie, dass sie unentdeckt blieben, und Luis nickte.

Selbstverständlich, sollte das heißen.

Die Stimmen waren mittlerweile nah genug und wenn Amina sich nicht täuschte, unterhielten sich drei Männer, von denen bloß einer im regionalen Dialekt sprach. Man unterhielt sich über die schwierige Zufahrt und die unterschiedlichen Baumarten in diesem Wald.

„Und das Haus hier?", fragte der Mann, der sich zuvor schon über die schlechte Zufahrt beklagt hatte, und auch diese harmlose Frage klang wie ein Vorwurf. Als wäre er beleidigt, dass das Haus hier stand.

„Das kann man herrichten", antwortete der Mann mit dem einheimischen Dialekt.

„Gut, gut, gut", sagte die dritte Stimme.

„Wann beginnen die Arbeiten?", fragte der Einheimische.

„Sobald du unserem Kaufpreis zustimmst", lachte der vorwurfsvolle Mann.

Das Lachen des Einheimischen war gerade noch höflich.

„Darüber reden wir noch einmal", antwortete er ausweichend. „Aber ihr könntet euch schon um die Genehmigungen kümmern. Mit der Gemeinde reden."

„Dieser Otto Wie-auch-immer-er-heißt hat gar nichts zu melden", gab der grantige Mann scharf zurück. „Wir haben das schon längst mit anderen Stellen … geklärt." Die Stimme verzog sich beim Wort „geklärt" so vieldeutig, dass sich Amina mit hochgezogenen Augenbrauen zu Luis drehte.

Und in seinem Gesicht fand Amina die gleichen Schlüsse wieder, die auch sie bereits gezogen hatte.

„Ich bin mir nicht sicher“, begann der Einheimische zögerlich, „ich bin mir nicht sicher, ob ihr tatsächlich das ganze Waldstück auf diesem Grund roden dürft.“

Die beiden Männer lachten auf, als hätte der dritte gerade tatsächlich etwas Lustiges gesagt.

„Wer soll es uns denn verbieten?“, fragte jener Mann, der bis jetzt noch am wenigsten gesprochen hat. „Es wird hier jeder froh sein, wenn wir ein bisschen Leben in diese verschlafene Gegend bringen.“

Das Rascheln nahm daraufhin wieder zu und die Stimmen der Männer entfernten sich langsam. Offenbar hatte man genug gesehen.

Und Amina spürte, wie sich die gesamte gerade noch getankte Entspannung in nur wenigen Minuten verflüchtigt hatte und einer unangenehmen Vorahnung gewichen war, die ihren gesamten Brustkorb einnahm.

Nun war sie diejenige, die ungewöhnlich schnell atmete.

Es begann bereits leicht zu dämmern, als Amina mit Luis wieder vor seinem Gästehaus eintraf. Nach einigen Minuten des schreckhaften Schweigens hatten sie begonnen, ihre jeweiligen Eindrücke zum zufällig gehörten Gespräch auszutauschen, bevor sie den gleichen Weg zurückgingen, den sie gekommen waren.

Amina rechnete es Luis hoch an, dass er nach einigen Metern Fußmarsch begonnen hatte, über allgemeine

Themen zu sprechen, offenkundig darum bemüht, sie auf andere Gedanken zu bringen. Aber sie konnte auch nicht leugnen, dass die spärlichen Informationen, die sie aufgeschnappt hatten, schon gereicht hatten, um ihre Stimmung zu dämpfen.

Amina bewegte sich in der hier in dieser Gegend stets zum Greifen nahen Natur wie jeder andere, der hier wohnte: mit Selbstverständlichkeit. Aber die angedeuteten Pläne der drei Männer berührten etwas in ihr, das für sie neu war.

„Es ist ein Gefühl, als ob jemand von außen etwas zutiefst Persönliches von mir attackiert“, versuchte sie in Worte zu fassen, wie es ihr ging. Sie richtete ihren Blick auf die Apfelbäume, auf denen bereits tiefer Nachmittagsschatten lag. „Dabei kannte ich diese Gegend bis heute gar nicht.“

„Du wolltest gar nicht zu diesem Haus gehen?“, fragte Luis und ging auf ihre eigentliche Kränkung vorerst gar nicht ein.

Amina schüttelte verlegen den Kopf. „Ich hatte eigentlich ein anderes Ziel vor Augen.“

Luis sah sie eindringlich an. „Ich dachte, du hast mich absichtlich dorthin geführt …“

„Warum hätte ich das machen sollen?“

„Damit ich die Inspiration wiederfinde“, murmelte Luis.

„Hast du sie verloren?“, fragte Amina leise, nervös und voller Angst, das plötzliche Vertrauen zwischen ihnen mit einer falschen Bewegung zunichtezumachen.

Aber Luis zuckte bereits wieder mit seinen Schultern und verschloss seine Miene, rollte seinen Körper ein. Er atmete einmal, zweimal tief durch, dann sah er Amina direkt an.

„Es klang tatsächlich nicht gut, worüber sich die drei Männer unterhalten haben“, nahm er daraufhin ihren eigentlich geäußerten Gedanken wieder auf. „Auch ich habe ein ungutes Gefühl“, gab er zu, dann schnaubte er durch die Nase. „Dabei habe ich ja wirklich keinerlei Verbindung zu dieser … *Einöde* hier.“ Luis zwinkerte leicht, wohl um Amina zu verstehen zu geben, dass er die Bezeichnung „Einöde“ nicht mehr ganz so ernst meinte.

Aber in Aminas Kopf arbeitete bereits eine Fülle an Ideen vor sich hin und sie war zu abgelenkt, um auf Luis’ Seitenhieb zu reagieren. Sie würde erst mit Otto und Bella sprechen, die wussten meistens, was sich in der Stadt abspielte. Auch ihre Tante Gerti sowie Nana hatten oft unergründliche Informationsquellen.

Zum Glück waren die Montagvormittage oftmals ruhiger in ihrem Geschäft, da würde sie Zeit haben für einige Telefonate.

Schließlich brachte sie dann doch noch so viel Konzentration auf, um sich freundlich und ernst gemeint erfreut von Luis zu verabschieden, der sich wiederum herzlich für den Ausflug bedankte.

„Was macht das Kettenhemd?“, fragte Amina zum Abschluss und nahm wahr, wie Luis überrascht seine Stirn runzelte. Er schien kurz nachzudenken und für einen Augenblick machte sich Amina Vorwürfe, dass sie ihn auf einen Gedanken gebracht hatte, den er offenkundig gerade vergessen hatte.

„Es sitzt sehr locker“, sagte Luis mit fester Stimme und sah ihr direkt in die Augen. Das Blau seiner Augen schien im Laufe des Nachmittags intensiver geworden zu sein, fand Amina und konnte nicht anders, als Luis zuzulächeln.

Der erwiderte ihr Lächeln.

Und wie!

Wie die Abendsonne nach einem Sommergewitter.

Ich lese eindeutig zu viel, dachte Amina und mit einem Winken machte sie sich auf den Heimweg.

9. Kapitel

Das unangenehme Gefühl, das sich am Sonntagnachmittag eingestellt hatte, unmittelbar nachdem Amina die drei Herren und ihre Pläne im Wald gehört hatte, begleitete sie durch den Beginn der neuen Woche. Amina ertappte sich immer wieder aufs Neue dabei, wie sie unkonzentriert auf Kundenanfragen reagierte und gelegentlich einfach ins Leere schaute. Mehrmals war sie versucht, spontan den Hauptplatz zu überqueren, um Bella nach weiteren Informationen zu befragen oder nach dem Telefon zu greifen, um Otto oder ihre Tante nach dem am Vortag entdeckten Grundstück zu fragen.

Aber nachdem sie nicht einmal genau wusste, wie sie das Grundstück und den Weg dorthin beschreiben konnte, beschloss Amina, erst mal mehr Informationen zu recherchieren. Also durchforstete sie einige Landkarten der Region, die sie in ihren Bücherregalen zum Verkauf anbot, und versuchte anhand dieser, den Weg bis zum Grundstück nachzuzeichnen.

Die beständig auf- und abflauende Kundenfrequenz an diesem Montag unterbrach ihre Suche immer wieder, daher war es bereits später Nachmittag, als Amina endlich das Haus und den drumherum liegenden Wald auf einer der Karten entdeckte. Natürlich gab dies noch keine Auskunft über die Eigentümer, aber mithilfe dieser Wanderkarte würde sie weitere Erkundigungen einholen können.

Erleichtert lehnte sie sich zurück und vernahm ein amüsiertes Räuspern hinter sich. Amina drehte sich um und sprang erfreut auf. Ihre Tante Gerti stand braun gebrannt mit einem strahlenden Lächeln im Gesicht in ihrem Geschäft.

Die beiden Frauen umarmten sich fest. „Du bist wieder da!", seufzte Amina, lehnte sich etwas zurück und ließ dabei ihre Hände auf den Schultern der älteren Frau liegen.

„Seit heute Früh", sagte Tante Gerti. „Wir wollten ja eigentlich am Samstag schon zurückkommen, aber wir sind dann noch spontan ins Soča Tal gefahren."

Gerti stürzte sich sogleich in eine allumfassende Reisenacherzählung ihrer vergangenen Wochen, hakte sich bei Amina unter und die beiden nahmen in der Sitzecke Platz.

„Und was hat sich in der Zwischenzeit hier getan?", fragte Gerti schließlich.

Amina holte Luft, um von ihren Begegnungen mit Luis Kramer zu berichten. Zugegebenermaßen war das so ziemlich das Aufregendste, das sich in den vergangenen *Jahrzehnten* hier in der Stadt getan haben dürfte. Aber sie bremste sich gerade noch rechtzeitig ab, als sie sich daran erinnerte, dass Luis ja eigentlich inkognito im Ort war.

Also schloss Amina ihren Mund wieder und sah sich hilfesuchend im Buchgeschäft um.

„Wir machen wieder Leseevents für Kinder", rief sie dann viel zu laut durch den Raum, dankbar, dass sie doch noch *irgendetwas* erzählen konnte. „Wir starten im April", ergänzte Amina schließlich etwas leiser und erzählte dann im Detail von ihren Plänen, die sie mit Lucy, Irene und Bella geschmiedet hatte.

Gerti lehnte sich auf der Couch zurück und hörte Amina aufmerksam zu. Etwas später lobte sie auch die frühlingshafte Dekoration, die sich mittlerweile durchs gesamte Geschäft zog und Amina erwähnte ein weiteres Mal, wie dankbar sie für Lucys kreativen Geist war.

Kurz bevor Gerti sich wieder auf den Weg machte und das Licht vor den Schaufenstern den Abend ankündigte, besprachen die beiden Frauen auch noch organisatorische Details für das nächste Treffen des Buchklubs, das am Mittwoch stattfinden würde. Irgendeine der Damen, die bei jedem Termin dabei war, hatte angemerkt, dass es niemals Früchtetee zur Auswahl gab und Gerti hatte das Bedürfnis, sich über diese „Sonderwünsche", wie sie es nannte, zu beschweren.

„Es ist doch überhaupt kein Problem“, beschwichtigte Amina und begleitete ihre Tante in Richtung Ausgang, „der Tee ist doch schnell besorgt.“

„Gehst du wandern?“, fragte Gerti plötzlich und Amina blieb abrupt stehen. Irgendwie hatte sie den Gedankensprung der Tante verpasst. War sie in den vergangenen Sekunden abgelenkt gewesen?

Da fiel ihr Blick auf die immer noch geöffnete Karte, auf der sie das am Vortag gefundene Grundstück markiert hatte und sie schüttelte den Kopf.

„Nein“, sagte Amina, „wir … ich habe mich gestern beim Spazierengehen verirrt und ich wollte wissen, wo ich gegangen bin.“

Gerti steuerte die Karte an und warf nur wenige Sekunden lang den Blick darauf.

„Das ist der Mostwirt“, sagte Gerti beiläufig und tippte auf das Post-it, mit dem Amina ihr Suchergebnis markiert hatte.

„Mostwirt?“, fragte Amina nach und ließ den Namen durch ihre Erinnerung laufen. Aber ihr kam der Begriff kein bisschen bekannt vor.

„Hach“, seufzte Gerti und ein verklärter Blick überzog ihr Gesicht. „Das war vielleicht immer eine Gaudi!“ Sie kicherte wie ein junges Mädchen und Amina verhielt sich das Lachen. Sie hatte keine Ahnung, welche Erinnerungen gerade durch Gertis Hirn liefen, aber es waren wohl gute.

„Warum warst du dort?“, fragte Gerti Amina schließlich.

„Habe ich doch gesagt“, antwortete Amina etwas ungeduldig, „ich habe mich verirrt gestern. Ich wollte eigentlich zu dieser kleinen Aussichtsplattform hier …“ Amina tippte auf eine Stelle auf der Karte und Gerti nickte wissend.

„Ich wusste gar nicht, dass es den Mostwirt noch gibt“, murmelte ihre Tante schließlich.

„Es gibt ihn ja auch nicht mehr“, sagte Amina, „das Haus ist verfallen und verwildert. Es sieht aus, als würde es schon seit Ewigkeiten leer stehen.“

„Ja“, Gerti seufzte erneut dieses Seufzen, das sie in andere Zeiten zurückkatapultierte. „Das war damals eine tragische Geschichte.“

„Hm?“

„Rund um den Mostwirt“, sagte Gerti. „Wir waren früher jeden Samstag dort. Da gab es Tanzabende und Winterbälle und …“ Mit nur wenigen Worten nahm Gerti Amina auf eine Reise in die Zeit vor mehr als einem halben Jahrhundert mit und binnen Augenblicken sah Amina alles deutlich vor sich: den staubigen Holzboden, der unter dem Rhythmus der tanzenden Beine und Füße bebte, das Gelächter der jungen Leute, die ihre Freiheit an diesem einen Abend in der Woche auslebten, die verliebten Blicke, die man sich heimlich zuwarf. Und vor allem die Unbekümmertheit und Zuversicht, die allen ins Gesicht geschrieben stand.

Amina lächelte.

„Nun ja“, Gertis Tonfall landete wieder in der aktuellen Zeit, „erst ist dem Chef die Frau davon und dann hat er selbst sich auch aus dem Staub gemacht.“ Der Tonfall ihrer Tante war so teilnahmslos trotz der Intensität ihrer Worte, dass Amina bloß mit einem schockierten „Tante Gerti“ flüsternd antworten konnte.

Aber ihre Tante hielt sich niemals lang mit solchen Befindlichkeiten auf. Sie zuckte mit einer Schulter. „So erzählt man es sich heute halt“, ergänzte sie, „in Wahrheit haben sich *beide* auf irgendeine Insel im Südpazifik abgesetzt. Das hat man aber erst Jahrzehnte später herausgefunden. Bis dahin hatte die Stadt ausgiebig Zeit, sich mögliche Geschichten einfallen zu lassen, warum die beiden getrennt voneinander abgereist sind.“ Gerti kicherte verschmitzt, wurde dann aber gleich wieder ernst. „Sie hatten dort eine schöne Zeit, heißt es. Wir haben das aber alles erst erfahren, nachdem der Mostwirt verstorben ist und sein Neffe das Grundstück geerbt hat.“ Gerti tippte auf einen Punkt auf der Karte. „Es hat eigentlich geheißen, dass er sich um den Grund kümmert …“ Gerti ließ den Satz in der Luft hängen, offenkundig bereits wieder desinteressiert an ihren Erinnerungen an den Ort.

„Aber das Haus stand mitten im Wald“, gab Amina zu bedenken und ihre Tante runzelte die Stirn. Dann beugte sie sich über die Karte und zeichnete mit einem Finger den Weg nach, den Amina am Vortag beschritten hatte.

„Das ist alles Wald“, erklärte Amina.

Ihre Tante deutete auf einen anderen Punkt schräg gegenüber des Trampelpfads, den Amina und Luis benutzt hatten: „Hier war eine Straße. Und hier konnte man parken.“ Sie wischte über einen größeren Bereich der Karte, der etwas mehr als 100 Meter entfernt vom Grundstück des Mostwirten lag. „*Hier* war früher alles Wald“, sagte Gerti nachdenklich, dann kicherte sie. „Es war fürchterlich gruselig, wenn man nach dem Tanz hier zu Fuß durchmarschiert ist.“ Sie zuckte mit den Schultern. „Viel zu lange her!“ Gerti schüttelte sich leicht. „Warum hältst du dich mit all diesen alten Geschichten auf?“, rief sie dann aus und lachte laut auf. Aber noch bevor Amina protestieren oder sonst irgendwie reagieren konnte, beugte sich Gerti auch schon nach vorn und küsste ihre Nichte laut schmatzend auf beide Wangen.

„Wir sehen uns spätestens am Mittwoch!“, sang sie und verschwand tänzelnd durch die Eingangstür.

Kopfschüttelnd blieb Amina stehen und sah ihrer Tante hinterher, die bereits wenige Meter von ihrem Geschäft entfernt gleich wieder stehengeblieben war und sich mit einer Person, die Amina nicht erkennen konnte, unterhielt.

Dann packte sie ihre Karte ein und begann mit ihren Ritualen, die jeden Ladenschluss begleiteten.

10. Kapitel

Der Buchklub traf sich einmal im Monat an einem Mittwoch um 17 Uhr. Es gab einige Teilnehmer, die zu jedem Termin mindestens 20 Minuten zu früh erschienen, sich den gleichen Sitzplatz mit ihrer Handtasche oder einem Schal reservierten und dann einige Minuten dafür nutzten, um sich aktuelle Neuerscheinungen zu Gemüte zu führen.

Amina mochte die Buchklubabende. Es herrschte jedes Mal eine besondere Stimmung, wenn die Damen und Herren in der großen Sitzecke einen Kreis bildeten und sich dem aktuellen Krimi des Monats widmeten.

Tante Gerti und Amina hatten schon mehrmals darüber nachgedacht, den Buchklub auf eine Uhrzeit zu verlegen, die nach Ladenschluss lag, aber aus vielerlei Gründen hatten sie sich jedes Mal wieder dafür entschieden, die Treffen bei normalem Geschäftsbetrieb zu veranstalten.

Einerseits hatte Amina bemerkt, dass die diskutierende, lachende, höchst konzentrierte Runde immer wieder neugierige Laufkundschaft anzog. Auf der anderen Seite mochte Amina einfach die Stimmung, die von den begeisterten Krimilesern ausging. Das halböffentliche Diskutieren der im jeweiligen Monat gelesenen Geschichte ließ die anderen Kunden am Leseerlebnis teilhaben, machte den Text lebendiger, angreifbarer, vielleicht sogar nachvollziehbarer.

Und war das nicht auch das Besondere am Lesen?

An diesem Mittwoch hatte es bereits am Vormittag zu regnen begonnen und das schlechte Wetter hatte bis zum frühen Nachmittag angehalten. Für ein paar Stunden hatte der Regen eine kurze Pause eingelegt, aber sein beständiges Rauschen kurz vor dem Eintreffen der Buchklubgäste wieder aufgenommen. Magda hatte deshalb mehrere Regenschirmständer gleich direkt beim Eingang positioniert, um zumindest einen Teil des Wassers, das die Kunden bei dieser Witterung ins Geschäft brachten, abzufangen.

Die wortwörtlich hereintröpfelnden Gäste suchten sich ihren Platz und Amina bemerkte, dass ihr Teeangebot heute besonders gerne konsumiert wurde. Was vermutlich am unwirtlichen Wetter und nicht am neu gekauften Früchtetee lag, wie sie sich lächelnd eingestand.

Sie plauderte mit einigen der Stammkunden, die nicht nur für den Buchklub in ihrem Geschäft vorbeischauten und ließ sich dann von einer Kundin in Briefträgeruniform ablenken, die nach Ratgebern für Schwangere suchte.

Amina versuchte für alle da zu sein, so gut es ging, während sie ein weiteres Mal den Wasserkocher aktivierte, um den vom Regen durchnässten Kunden etwas Komfort bieten zu können.

Es dauerte nur wenige Minuten, bis sich die harmlosen Begrüßungsplaudereien unter den Krimilesern zu handfesten ersten Diskussionen über den dramaturgischen Aufbau des Buchs, das sie alle gelesen hatten, wandelten und Amina bemühte sich, neben der allgemeinen Geschäftigkeit im Laden mit einem Ohr zuzuhören.

Sie hatte das Buch selbst auch gelesen, allerdings vor mehr als drei Monaten und sie musste erschrocken feststellen, dass sie vergessen hatte, wer schlussendlich als Mörder entlarvt worden war.

Aus irgendeinem Grund war ihr das peinlich.

Aber der beständige Trubel im Geschäft ließ ihr keine Zeit, sich ihrer Scham hinzugeben, denn plötzlich stand ein Lieferant vor ihr und hielt ihr ein Display hin, auf dem sie unterschreiben sollte. Der junge Mann tropfte, sein Tablet tropfte und wenn sie seine hektischen und durchfrorenen Worte richtig verstanden hatte, tropften auch die drei Kisten, die er wie üblich vor die Eingangstür ihres Lagers gestellt hatte.

Aminas Lieferanten kannten sie und die Gegebenheiten des Geschäfts, daher wussten sie auch, dass sie ihre Lieferungen am besten über den Hintereingang direkt zum Lager brachten.

Amina winkte Magda kurz zu, um ihr Bescheid zu geben, dass gerade niemand an der Kassa war, dann folgte sie dem Lieferanten in den hinteren Bereich des Buchladens. Mit geübtem Blick überprüfte sie die Lieferung, unterzeichnete schließlich mit ihrem Zeigefinger und wünschte dem Mann einen baldigen Feierabend. Dafür erntete sie jedoch nur ein bitteres „Ja, ja" und verdrehte Augen, aber kurz bevor er wieder in den Regen hinauslief, blieb der Mann nochmals stehen und drehte sich zu Amina um.

„Bei Ihnen schläft jemand vor der Tür", rief er ihr zu.

„Wie bitte?", fragte Amina, die den Lieferanten zwar gehört, aber beim besten Willen nicht verstanden hatte.

„Hier schläft jemand", sagte er und deutete mit seinem Daumen nach draußen in Richtung der Hintertreppe, die zu Aminas Wohnung über dem Geschäft führte.

Der Mann winkte ihr zu und verschwand im Regen und Amina folgte ihm zögerlich nach draußen.

Der Regen hatte sehr viel kühle Luft mit sich gebracht und es roch ein wenig nach Schnee. Und Kaminfeuer. Aus den Nachbarhäusern, die sie vom Hinterhof aus sehen konnte, leuchtete bereits überall Licht durch die Fenster und die Kamine pusteten graue Wolken nach oben. Die Kachelöfen der Umgebung arbeiteten bereits wieder auf Hochtouren, vermutete Amina. Und während sie gerade noch wahrnahm, wie der Lieferant mit einer flüssigen Bewegung halb laufend in sein Auto sprang und dieses anstartete und aus dem Hof manövrierte, fiel Amina auch ein Schatten in ihrem Augenwinkel auf und drehte den Kopf in Richtung der Hintertreppe.

Tatsächlich.

Da schlief jemand.

Aber nicht irgendwer.

Das war Luis Kramer.

Amina schluckte aufgeregt. Für einen Augenblick blieb sie starr und vergewisserte sich, dass der berühmte Schriftsteller tatsächlich regelmäßig atmete, weder panisch noch sonst irgendwie beeinflusst.

Und sie musste sich eingestehen, dass sie mittlerweile bereits sehr an seine verschlafenen Atemzüge gewöhnt war, denn all die Zeit, die sie mit Luis Kramer bisher verbracht hatte, hatte er zu einem Gutteil schlafend erlebt.

Amina grinste und beugte sich leicht über die zusammengekauerte Gestalt auf ihrer Treppe. Hier war es zwar trocken, da die Treppe unter einem Dachvorsprung lag, aber es war kalt. Die Frühlingstemperaturen waren heute einem letzten Aufbäumen des Winters gewichen und Amina pustete sich ihre eigenen Finger warm, bevor sie Luis Kramer leicht an der Schulter berührte.

„Luis“, flüsterte sie, „aufwachen!“ Sie lachte kurz auf. „Es ist zu kalt, um hier zu schlafen.“ Sie wiederholte die Sätze noch ein paar Mal langsam und dann auch etwas lauter, um den strömenden Regen zu übertönen.

Schließlich wurden die Augenlider des Schriftstellers von Bewegung durchzuckt und Amina gab Luis etwas Zeit, um sich zu orientieren. Blinzelnd sah er sie an, dann fluchte er und rieb sich mit einer Hand übers Gesicht. „Ich bin schon wieder eingeschlafen!“, murmelte er, die Stimme noch schlaftrunken und rau.

Er könnte Audio-Books vorlesen mit dieser Stimme, dachte Amina und wieder prickelte es in ihrer Bauchgegend.

Verlegen, als könnte er ihre Gedanken lesen, lächelte Amina dem Schriftsteller zu.

„Es tut mir leid“, sagte Luis, weiterhin mit dieser Stimme, die nach einem Sonntagmorgen unter Daunendecken klang, und Amina hatte Mühe, dem Inhalt des Gesagten zu folgen. „Ich war zu Fuß unterwegs und dann hat es wieder zu regnen begonnen. Ich dachte, ich kann eventuell in deinem Geschäft das Wetter abwarten.“ Luis seufzte. „Aber da waren so viele Leute!“

„Es ist Buchklubabend“, warf Amina ein.

„Es hört einfach nicht auf, zu regnen,“ setzte Luis fort, ohne auf Aminas Erklärung zu reagieren.

Luis hob seinen Kopf und seine rotgeränderten Augen sahen fast schmerzhaft aus.

Amina legte ihren Kopf schief und musterte ihn ausgiebig. „Hast du eine Allergie?“, fragte sie leise und deutete auf ihre eigenen Augen, um nicht erklären zu müssen, wie sie auf diesen Gedanken kam.

Luis lachte bitter auf. „Gegen Betten, ja."

„Wie bitte?"

„Ich bin allergisch auf Schlaf", setzte er erneut an.

„Hm?" Sie runzelte ihre Stirn.

„Ich kann nicht schlafen!", rief Luis Kramer dann frustriert aus. „Deswegen schaue ich aus, als hätte ich alle Allergien dieser Welt. Meine Augen vertrocknen, weil das Sandmännchen streut und streut und streut, aber ich nie lang genug wegdriften kann."

Amina kräuselte ihre Nase. „Ich will dir ja nicht unbedingt widersprechen", sagte sie dann, „aber ich kenne dich fast *nur* schlafend." Sie lächelte ein schüchternes, halbseitiges Lächeln und beobachtete, wie Luis sie erst verdutzt, dann amüsiert ansah. Schließlich lachte er auf.

„Das stimmt!", rief er aus und lachte nochmals auf.

Amina grinste ihm zu, hörte dann aber Magda von drinnen nach ihr rufen. Sie beugte sich schnell durch die Tür, rief ihrer Kollegin ein hastiges „Ich bin gleich da" zu und wandte sich dann wieder an den schlaftrunkenen Schriftsteller auf ihrer Hintertreppe.

„Hör mal", begann Amina, „du kannst nach oben gehen, in meine Wohnung." Luis folgte mit seinem Blick ihrer Hand, die zu ihrer Wohnungstür im ersten Stock deutete. Amina kramte in ihrer Hosentasche nach ihrem Schlüssel und reichte ihn Luis.

„Du kannst oben den Regen abwarten", schlug sie ihm vor. „Der Buchklub wäre zwar aus dem Häuschen, wenn er dich hier treffen würde …" Luis riss erschrocken seine Augen auf und schüttelte den Kopf. „… aber das machen wir vielleicht ein anderes Mal." Amina zwinkerte ihm zu, während Magdas Stimme erneut zu ihnen nach draußen klang.

„Ich muss jetzt wieder rein", sagte Amina eilig, drückte Luis' Hand, die ihren Schlüssel hielt, speicherte das dadurch ausgelöste Kribbeln in ihren Fingerspitzen für eine spätere Analyse ab, und wandte sich zum Gehen. „Ich bin nicht vor halb 8 wieder in der Wohnung. Mach es dir gemütlich. Oder bleib, bis der Regen aufgehört hat." Amina lächelte. „Viel Spaß!", rief sie ihm dann zu und hörte noch sein überraschtes „Danke", bevor sie sich auf die wartenden Kunden in ihrem Buchladen stürzte.

Der Buchklub verabschiedete sich in den Regen und Amina bemühte sich sehr, ihre immer wieder zu Luis Kramer driftenden Gedanken vor den Gästen zu verschleiern.

„Warum zappelst du heute so?", fragte ihre Tante Gerti aber schließlich doch, während sie sich ihre Jacke über die Schultern zog.

Weil Luis Kramer gerade hier oben in meiner Wohnung ist, selbstverständlich!

Aber Amina lächelte nur, zuckte leicht mit der Schulter und dankte es ihrer Tante, dass sie nicht weiter nachbohrte.

Mit schnellen Griffen arbeitete Amina sich durch die Abendroutine in ihrem Laden, bis sie sich endlich – mit vor Neugier kribbelndem Bauch – nach oben in ihre Wohnung begeben konnte.

Als Amina mit ihrem Zweitschlüssel die Wohnungstür aufsperrte, wurde sie von so vielen Sinneseindrücken gleichzeitig übermannt, dass sie für einen Augenblick in der geöffneten Tür stehen bleiben musste.

Die üblicherweise abends dunkel auf sie wartende Wohnung war hell erleuchtet, Musik schallte durch die Räume und es roch nach … nach … Palatschinken? Irgendjemand sang mit Al Jarreau um die Wette und Amina schluckte.

Das wollte sie. Jeden Abend.

„… walking and talking and hawking …", Luis' Stimme näherte sich immer weiter und noch bevor sich Amina aus ihrer Überraschung unter dem Türstock lösen konnte, stand plötzlich der berühmte Schriftsteller vor ihr. Mit ihrer Schaf-Kochschürze um den Bauch. „… loving, and tugging, and hugging …", sang er und grinste Amina an.

Sonnenschein nach Feierabend.

Das will ich, dachte sie sich erneut und erwiderte Luis' Lächeln.

. . .

„Es gibt Palatschinken“, sagte Luis schließlich, nachdem er Al Jarreau das Finale des großartigen „We got by“ allein überlassen hatte. „Ich nehme an, du bist hungrig.“ Luis zwinkerte ihr zu. „Mach die Tür zu, es geht kalte Luft herein.“ Dann wandte er sich um und eilte zurück in Aminas Küche.

Nach ein, zwei Augenblinzeln schloss Amina ihre Wohnungstür, dann erst ihren vor Überraschung offenstehenden Mund.

Die Person, die ihr gerade die vierte Palatschinke servierte, war jemand anderer. Jedenfalls nicht der grantige Mann, den Amina vom schneebedeckten Asphalt geklaubt hatte. Oder der bis ins Mark panische, schwer atmende Schriftsteller hinter dem Bücherbus. Auch nicht der vollkommen erschöpfte Luis, der noch vor wenigen Stunden auf den kalten Stufen der Hintertreppe geschlafen hatte.

Nein, in ihrer Küche tänzelte – *tänzelte!* – ein lebendiger, ausgeruhter, lustiger Luis Kramer und Amina wollte die Zeit anhalten.

Oder Palatschinken als Therapie für die Welt verkünden.

Offenbar hatte Luis Kramer die Zeit in Aminas Wohnung tiefschlafend auf ihrer Couch zugebracht, wie er ihr zwischen den ersten beiden Palatschinkenportionen aufgeregt berichtete. Der starke Regen, der unaufhörlich gegen die Fensterscheiben klopfte, hatte in seinem beständigen Rhythmus wohl einschläfernd gewirkt und Luis endlich wieder etwas Erholung tanken lassen.

Und tatsächlich fühlte er sich offenbar wesentlich lebendiger, wie er selbst sagte.

So lebendig, dass er sich zum Dank durch Aminas Vorräte gewühlt hatte und aus einer Laune heraus begonnen hatte, Palatschinken zuzubereiten.

Aminas verfestigtes Single-Leben zeigte sich mitunter auch daran, dass sie niemals zwei Marmeladegläser gleichzeitig geöffnet hatte. Sie hatte diese fixe Vorstellung, dass sie – als einzige Esserin in ihrem Haushalt – niemals zwei gleichzeitig geöffnete Marmeladegläser leeren könnte, ohne Schwierigkeiten mit der Haltbarkeit zu bekommen.

Das war also einer von vielen Bereichen ihrer Vorratshaltung, an denen man sehen konnte, dass Amina allein lebte und – wenn überhaupt – nur für sich selbst kochte.

An diesem Abend war es jedoch anders.

Sie *wurde* bekocht.

Und sie öffnete ein weiteres Marmeladeglas.

Amina fischte eine Apfelorangenmarmelade, die ihre Tante Gerti im Herbst zubereitet hatte, aus der Vorratslade in ihrem Kühlschrank und erklärte Luis ausführlich, dass die für diese Marmelade verwendeten Äpfel aus jenem Garten stammten, auf den er aus seinem Gästehaus sehen konnte.

„Die Bäume werden bald zu blühen beginnen“, sagte Amina erfreut, während Luis die zischende Pfanne kurz durch die Luft schwenkte.

„Ja?“, fragte er abwesend nach und achtete darauf, dass der Teig nicht am Pfannenboden kleben blieb. „Wann beginnt denn üblicherweise die Apfelblüte?“

„In ein paar Wochen“, antwortete Amina, „das hängt immer vom Wetter ab. Je früher es warm wird, desto früher blühen die Bäume. Aber normalerweise gegen Ende April.“ Amina seufzte. „Natürlich macht der Klimawandel auch der Blütezeit zu schaffen.“

Luis servierte sich die frische Palatschinke diesmal selbst und nahm am Tisch Platz. Er hob fragend seine Augenbrauen, um Amina zum Weitersprechen zu motivieren.

„Die Jahreszeiten sind nicht mehr so konstant wie früher“, begann Amina zu erklären.

„Aber wann waren die Jahreszeiten denn schon jemals konstant“, wandte Luis ein, „schon in meiner Kindheit hat man stets von zu geringen oder zu hohen Temperaturen gesprochen. Wann war denn das Wetter schon jemals passend?“ Er zwinkerte leicht, um Amina zu verstehen zu geben, dass er sich mehr über die subjektive Wahrnehmung des Wetters lustig machte, als gleich den Klimawandel zur Gänze infrage zu stellen.

„Es ist nicht so einfach“, gab Amina zu und dachte nach. Die Temperaturschwankungen, die gerade im Frühjahr sehr heftig ausfallen konnten, machten der Landwirtschaft und all jenen, die mit und von der Natur lebten, sehr zu schaffen. Ganz zu schweigen von den Menschen selbst, deren Organismen immer häufiger Temperatursprünge von mehr als fünfzehn Grad innerhalb von Stunden bewältigen mussten. Diese Ausreißer wurden jedoch häufig als Einzelphänomene oder subjektive Erfahrungen erklärt und relativiert.

„Im Vorjahr gab es zum Beispiel schon sehr früh in der Saison, bereits Ende März, einige sehr warme Tage. Da hatte es schon fast sommerliche Temperaturen", erinnerte sich Amina, „und kurz darauf sanken die Werte wieder auf knapp über den Gefrierpunkt. Die Bäume hatten mit ihrer Blüte begonnen und sind dann viel zu schlechtem Wetter ausgesetzt worden. Das beeinträchtig die Ernte, die Insekten, den gesamten Kreislauf."

„Die Marmelade ist trotzdem köstlich geworden", sagte Luis mit vollem Mund und leckte mit der Zunge über seine Lippen, wo noch Reste von Gertis Apfelorangenmarmelade klebten.

Amina grinste ihm zu, schüttelte den Kopf und widmete sich für einen Moment ihrer eigenen Palatschinkenportion.

„Im Langzeitvergleich sieht man schon sehr deutliche Veränderungen", beharrte sie dann jedoch. „Wenn man Durchschnittstemperaturen pro Jahr oder pro Monat im Verlauf der vergangenen Jahrzehnte gegenüberstellt, sieht man, wie die Kurve stets nach oben geht."

„Aber weil es immer wieder mal ungewöhnlich kalt ist, fällt es uns insgesamt nicht so auf?", fragte Luis.

„Vermutlich", meinte Amina, „hinzu kommt ja auch, dass die Kindheitserinnerung verklärt ist. Und dass man sich natürlich über tagelangen, ununterbrochenen Sonnenschein im Sommer freut. Aber in Summe ist das wirklich schlecht für unser Leben."

Luis seufzte nachdenklich und leerte seinen Teller.

„Willst du noch mehr?", fragte er schließlich und deutete zum restlichen Palatschinkenteig.

„Sowieso!", rief Amina aus.

Nachdem der ganze Teig verbraucht und verspeist war, half Amina mit, das Geschirr in die Spülmaschine zu räumen und die Küche zu putzen.

„Tee oder Wein?", fragte sie, gerade als sie die Pfanne unters fließende Wasser hielt.

„Zur Motivation beim Putzen?", fragte Luis und lachte auf. „Wein." Er fischte die Fernbedienung zu ihrer Anlage vom Esstisch und startete die Al-Jarreau-CD von Neuem. „Immer Wein."

Amina lächelte und ließ sich von der Musik und der Gesellschaft, von der Wärme der Wohnung und dem Klang des ins Glas laufenden Weins einnehmen. Ihr Gespräch wandte sich eher allgemeinen Dingen zu: den aktuellen Nachrichten, dem zu erwartenden Wetter, dem Lieblingswein zu dieser Jahreszeit. Irgendwann erkundigte sich Luis auch nach dem Krimi-Buchklub und Amina tauchte in eine ausführliche Nacherzählung der vergangenen zwei Stunden im Geschäft.

Luis lachte mehrmals auf, während Amina erzählte, was sie zu besonders blumigen Beschreibungen der Stammgäste des Buchklubs motivierte. Vor allem, als sie ihre Tante Gerti in allen möglichen Farben darstellte, begann ihr gesamter Körper zu glühen. Denn Amina verspürte so unendlich viel Zuneigung und Dankbarkeit, dass ihre Tante ihr vor einigen Jahren hier, zwischen diesen Bücherregalen und der bescheidenen Wohnung darüber, eine Oase, um nicht zu sagen: eine Zuflucht, geboten hatte.

Irgendwann mitten in ihrer Erzählung hob Amina ihren Kopf und ihr Blick wurde von Luis' nachdenklicher und zugleich amüsierter Miene gefangen. Er sah so locker und befreit aus wie noch bei keinem ihrer Treffen zuvor.

Amina hängte das Geschirrtuch, an dem sie gerade noch ihre Hände abgetrocknet hatte, wieder an den Haken neben der Spüle und suchte ihr Weinglas, um sich damit in Richtung Wohnzimmer zu bewegen. Sie seufzte zufrieden.

„Du sagst also, dass deine Umsatzzahlen steigen, sobald deine Tante ein Buch für den Buchklub auswählt", nahm Luis einen Teil der von ihr zuvor geteilten Informationen auf und folgte ihr ins Wohnzimmer.

Amina nickte und nahm auf der Couch Platz. Der Weißwein war kühl, aber er versprach einen Hauch von Frühling und das war an diesem verregneten Märztag wohl das Beste, das ihr passieren konnte.

„Und sie wählt die Bücher ganz allein aus?", fragte Luis weiter und nahm neben ihr Platz, drehte seinen Körper in ihre Richtung, um ihr beim Sprechen in die Augen schauen zu können.

Wieder nickte Amina. „Natürlich kann ich ihr manchmal vorab Exemplare besorgen oder ich lege ein Lesezeichen in einen Verlagskatalog, falls mir irgendwo ein Buch auffällt, das für den Klub passen würde. Aber die letzte Entscheidung trifft sie", bestätigte Amina. „Und nachdem der Klub so groß ist und auch einige Leute die Auswahl lesen, obwohl sie nicht monatlich an den Gesprächsrunden teilnehmen, merke ich das am Umsatz." Amina grinste.

„Wie Oprah also …", sagte Luis und lachte auf, „deine Tante ist die Oprah der Weststeiermark. Du könntest ja so Sticker anfertigen …" Er lachte nochmals auf und Amina starrte ihn fassungslos und vor allem überrascht an.

Das war *ihr* Witz!

Und niemand außer ihr hatte den jemals lustig gefunden!

„Was?", fragte Luis verwirrt, aber lächelnd, nachdem er ihren überraschten Gesichtsausdruck bemerkt hatte.

„Nichts", antwortete Amina. In ihrer Dankbarkeit über die Palatschinken-Verköstigung beschloss sie, die Urheberschaft des Oprah-Witzes nicht für sich zu beanspruchen.

„Wir haben einen eigenen Aufsteller neben dem Bücherregal, in dem die Krimis ausgestellt stehen. Da sieht man dann Gertis aktuelle Auswahl. Und wir führen eine Liste, die Empfehlungen der vergangenen zwölf Monate hängen wir zudem ebenso auf." Amina nickte eifrig. Die Krimis waren ein wichtiger Bestandteil des Angebots in ihrem Geschäft. Passionierte Krimileser lasen grundsätzlich sehr viel und holten sich häufig Nachschub. Aber die Krimis, die Gerti auswählte, konnten auch immer Leser anziehen, die sonst eher selten lasen.

„Liest du manchmal Krimis?", fragte Amina schließlich nach.

Luis schüttelte den Kopf. „Ich lese gar nicht", antwortete er so kurz angebunden, dass Amina ihre Stirn runzelte.

„Gar nicht?" Sie bemühte sich nicht einmal, die Ungläubigkeit aus ihrer Stimme herauszuhalten.

Luis schüttelte den Kopf.

„Ich schreibe auch nicht", sagte er dann vehement und trank sein Weinglas mit drei großen Schlucken aus.

Auf einmal war die Luft um sie herum wie elektrisch aufgeladen. So musste es sich also anfühlen, wenn man auf frisches Eis trat. Jede kleinste Muskelbewegung konnte einen Unterschied machen.

Zum Glück erinnerten sich Aminas Muskeln an Situationen wie diese. In einem früheren Leben, in den Jahren, bevor sie hierher in die Stadt gekommen war, war sensible Gesprächsführung ihre Spezialität gewesen. Damals entschieden Mimik, Gestik und das Timing der gewählten Worte über Verhandlungssummen, die ihr heutzutage fast obszön erschienen. Keine Sekunde lang wollte sie zurück in diese kuriosen Situationen, die im Rückblick betrachtet fast wie ein Spiel wirkten, wenn nicht der Druck und die Verantwortung drumherum so ernst und auch vernichtend gewesen wären.

Ohne lang nachzudenken, schlüpfte Amina nun jedoch in diese alte Rolle zurück, wurde zu jener Person, die Gespräche kontrollieren konnte: Sie öffnete ihren Körper unmerklich, spürte, wie sich allen Nervenbahnen nach ihrem Gegenüber ausrichteten, um sich auf jegliche offenkundige und jegliche versteckte Reaktion einstellen zu können.

Das war für den Moment genug.

Luis würde unaufgefordert weitersprechen.

Und tatsächlich.

Nach ein, zwei Umdrehungen des leeren Weinglases zwischen seinen Fingern hob Luis den Kopf und all die Energie und Freude und Amüsiertheit und Intelligenz der vergangenen Stunde, seit sie ihn mit ihrer Schafschürze singend in ihrer Wohnung angetroffen hatte, waren auf einen Schlag abgelöst worden von einer kraftlosen, grauen Hülle, unter der man Reste des berühmten Schriftstellers Luis Kramer erkennen konnte.

Die Überraschung darüber raubte Amina fast den Atem. Beinahe hätte sie ihre ruhige Ausstrahlung abgeschüttelt und sich Luis zugewandt, dessen Äußeres nach Zuwendung, Trost, *einer Umarmung* zu schreien schien.

„Seit einem Jahr und vier Tagen und etwas mehr als zwei Stunden“, murmelte Luis Kramer vor sich hin. Dann drehte er seinen Kopf, um Amina in die Augen zu sehen.

Sein Blick schien anfangs von grenzenlos tiefer Leere geprägt zu sein, wurde dann aber von einer fast aufmüpfigen Provokation durchzogen.

Damit konnte Amina arbeiten. Diesen Blick kannte sie. Hier wollte jemand Widerspruch hören, streiten, die Energie seiner Ratlosigkeit in einer sinnlosen Diskussion loswerden.

„Seither liest du auch nicht mehr oder kam das erst später?“, fragte sie ruhig und legte ihren Kopf leicht zur Seite, um sich weiterhin freundlich zu zeigen.

Luis blinzelte kurz, überrascht, in welche Richtung sie das Gespräch gelenkt hatte.

„Ich lese …“, Luis setzte an und unterbrach sich dann aber, „ich lese manchmal etwas.“

Amina lächelte leicht und hielt seinen Blick.

„Aber ich lese keine Bücher mehr fertig“, Luis seufzte. „Manche Bücher lege ich bereits nach zwanzig, dreißig Seiten wieder zur Seite. Gelangweilt, angestrengt.“ Wieder flackerte diese streitlustige Kraft in seinen Augen auf. „Eifersüchtig.“

Sehr gut. Sprich weiter.

Aber Luis Kramer schwieg und sank etwas weiter in die Pölster ihrer Couch ein.

„Was war vor einem Jahr, vier Tagen und etwas mehr als zwei Stunden?", fragte Amina leise.

„Damals habe ich die letzte Veranstaltung der letzten Lesetournee beendet", antwortete Luis.

„Für *Hahnentritt*?", fragte Amina nach und nannte den aktuellsten Titel, den Luis Kramer veröffentlicht hatte. *Hahnentritt* war eine unglaublich komplex aufgebaute Geschichte über eine Familie, deren männliche Mitglieder seit mehreren Generationen politische Ämter besetzten. Luis war es in diesem Buch gelungen, mit der allgemeinen Handlung auch die Geschichte Österreichs unzynisch und schonungslos aufzubereiten, ohne dass es langweilig war.

An diese Facette der Geschichte konnte sich Amina besonders gut erinnern, aber sie wusste, dass ihre Tante nach der Lektüre des Buchs hauptsächlich über den Großvater, den Patriarch der Familie, gesprochen hatte. Und Nana hatte sich wiederum fast ausschließlich den Frauen im Text gewidmet, die neben den prominenten Männern ein Schattendasein fristeten, das einem beim Lesen Magenschmerzen verursachte.

Nachdem das Buch erschienen war, hatte sich das Feuilleton mehrheitlich den Parallelen zur Realität gewidmet und versucht herauszufinden, welche der Rollen im Buch besonders nahe an historische Figuren der österreichischen Nachkriegsgeschichte angelehnt waren. Nur eine einzige Journalistin hatte sich damals jenem Aspekt an Realitätsnähe gewidmet, die aus dem Zusammenspiel der Figuren entstand: der Dynamik zwischen Männern und Frauen, der Dynamik zwischen Verwandten, der Dynamik zwischen Männern und Männern. Und vor allem der Dynamik vor den Augen der Öffentlichkeit, im Gegensatz zum nicht immer geschützten Raum der eigenen vier Wände.

Das Buch war ein Meisterwerk, ein grenzüberschreitender Erfolg, monatelang an der Spitze aller Bestsellerlisten und Luis Kramer hatte eine monatelange Lesetournee bestritten, die ihn auf Theaterbühnen und in kleine Buchläden gleichermaßen geführt hatte. Er hatte unendlich viele Interviews geführt, in denen er die immer gleichen Fragen beantworten hatte müssen, die aber all den Spekulationen und Interpretationsversuchen seines Werks kaum Aufklärung geboten hatten.

Amina hatte die Intensität und die Sprache des Buchs gemocht, auch wenn ihr keine einzige der Figuren auch nur ansatzweise sympathisch gewesen war. Sie hatte nicht einmal Mitleid mit ihnen gehabt.

Sie spürte, wie Luis' Blick auf ihrem Gesicht ruhte, als wollte er ihre Gedanken verfolgen.

„Dir hat das Buch nicht gefallen“, sagte er schließlich mit ruhiger, fester Stimme und Amina lächelte.

„Ich mag die Welt nicht, die du da beschreibst“, sagte Amina leise.

„Glaubst du auch, dass ich einfach nur die Realität abgeschrieben habe?“, fragte Luis und Amina bemühte sich, dem „auch“ in seiner Frage nicht allzu große Bedeutung beizumessen. Sie zog eine Schulter hoch.

„Ich glaube, es ist schwer, danach etwas anderes zu schreiben“, sagte sie, eine Mutmaßung aus dem Bauch heraus, die sich ohne Absicht verselbständigt hatte. Erschrocken wollte sie die Worte zurückholen, als wäre das überhaupt eine Möglichkeit. Aber kaum, dass Luis sie registriert hatte, leuchteten seine Augen auf.

„Genau“, flüsterte er zischend und seine Augen wurden schmäler. „Es ist jetzt alles schon gesagt.“

„Hast du es probiert?“, fragte Amina und war sich sicher, dass Luis wusste, dass sie vom Schreiben sprach.

Er nickte. „Jeden einzelnen Tag.“

Amina lehnte ihre Schulter noch weiter auf den Rücken ihrer Couch, versank in der Lehne und legte ihren Kopf an der höchsten Stelle ab. Sie ließ ihre Hände nach vorn fallen, ein weiterer Impuls, der sie überraschte. Als suchten ihre Finger die Nähe zum gebeutelten Schriftsteller auf ihrer Couch.

„Es gibt keine Geschichten mehr in meinem Kopf“, erzählte Luis dann langsam weiter. „Der Arzt nennt es Migräne und Rückenbeschwerden, der Therapeut erklärt mir etwas von einer Erschöpfungsdepression und mein Agent glaubt, ich will nichts mehr verdienen und mich auf eine Insel absetzen.“

Amina lächelte Luis ein weiteres Mal zu, ohne etwas darauf zu sagen.

„Aber anstelle einer echten Insel haben sie mich hierher verpflanzt. In einen Garten voller Apfelbäume, die noch kein einziges Lebenszeichen von sich gegeben haben. Wo es die ganze Zeit schneit oder regnet und wenn die Sonne scheint, ist man nicht zufrieden, weil es *zu warm ist für diese Jahreszeit.*“

Amina lachte auf, als sie den Seitenhieb auf ihre Klimawandelgedanken von zuvor wiedererkannte. Und auch Luis lächelte leicht.

„Und ich schütte einer fremden Buchhändlerin mein Herz aus, als würde das auch nur irgendetwas helfen“, Luis lachte leise auf. „Nachdem ich auf ihrer Couch geschlafen habe. Und Palatschinken zubereitet habe.“

„Die köstlich waren“, schmunzelte Amina.

„Nur damit ich noch ein bisschen bleiben kann …“, murmelte Luis.

„Es gibt noch etwas Wein“, sagte Amina leise.

Aber Luis gab keine Antwort, rutschte nur auf der Couch hinab, bis er Aminas Pose auf der Rückenlehne imitierte. Sie schwiegen einige Minuten, ohne sich zu bewegen. Beide in Gedanken, umhüllt vom Soundtrack des verregneten Märzabends.

„Du schläfst ja schon fast“, flüsterte Luis nach einigen langen Minuten und schloss für einen Moment selbst seine Augen.

„Du warst noch nie so lange durchgehend munter in meiner Gegenwart", antwortete Amina lächelnd und Luis schnaubte überrascht durch seine Nase.

Sie blieben in dieser Position und versanken in Schweigen. Amina hörte das Rauschen des Regens vor ihren Fenstern, das Surren der CD, die zu Ende gespielt hatte, aber noch ungeduldig im Player lief. Luis' Atemzüge steuerten ihren eigenen Rhythmus bei als Ergänzung zu dieser Geräuschkulisse des Abends.

Und dieses schlichte, leise Schnaufen war genug, um Aminas Frühlingssehnsucht für heute in Zaum zu halten.

Es würde Frühling werden.

Bald.

11. Kapitel

Am nächsten Morgen strahlte die Sonne durch Aminas Schlafzimmerfenster, als hätte es den verregneten Vortag nicht gegeben. Sie streckte sich genüsslich, nachdem sie ihren Wecker abgedreht hatte und erst nach einigen langen Sekunden gab sie dem verschlafenen Suchen ihres Hinterkopfs nach, der sie beständig daran zu erinnern versuchte, dass heute etwas anders war als sonst.

Amina setzte sich erschrocken auf.

Luis.

Sie wickelte die Decke rund um ihren Körper und ließ die Erinnerungsstücke an den Vorabend wie Puzzleteile in ihrem Kopf nach vorn tauchen.

Die Palatschinken und der Wein. Das gemütliche Plaudern und Luis' Eingeständnis. Das Dösen auf der Couch und der Regentropfenrhythmus am Fensterbrett.

Sie hatten geschwiegen und die jeweilige Gesellschaft genossen, bis sich Amina vom Gähnen übermannt aufgesetzt und sich wieder um ihren Gast bemüht hatte. Aber Luis war, natürlich, bereits wieder eingeschlafen.

Also hatte sie ihm eine Decke über die Schultern gewickelt sowie einen Polster neben ihn auf die Couch gelegt, damit er es sich im Laufe der Nacht gemütlich machen konnte.

Falls er munter wurde.

Danach hatte sie sich um ihre eigene Abendroutine gekümmert und war nach nur drei gelesenen Buchseiten in ihrem eigenen Bett entspannt eingeschlafen.

Amina tapste leise ins Wohnzimmer, das bereits taghell erleuchtet war. Ihr Gast schlief immer noch und schnaufte leicht auf, als der Boden unter ihren Füßen etwas knarrte. Amina erlaubte sich ein paar Momente, um Luis zu beobachten.

Im Schlaf war sein Gesicht friedlich und entspannt, als wären all die Sorgen, die er sonst so offen in seiner Mimik trug, vergessen. Er hatte beide Hände unter seinen Kopf geklemmt und seine Lippen bewegten sich ein wenig, als würde er etwas essen oder kosten wollen. Viel mehr war von seinem Körper nicht zu sehen, denn er hatte sich die Decke, die ihm Amina gestern übergeworfen hatte, bis zu seinen Ohrläppchen hochgezogen und war darunter verschwunden.

Amina lächelte über das friedliche Bild vor ihren Augen und schlurfte dann weiter in die Küche. Für einen Augenblick hielt sie inne, um nachzudenken. Um die Geschichte des Vorabends, die noch immer nicht zu Ende war, irgendwie einzuordnen.

Der berühmte Schriftsteller Luis Kramer hatte sie nach einem langen Arbeitstag mit Palatschinken in ihrer eigenen Wohnung empfangen.

Amina lachte leise auf. Es war irgendwie typisch für sie, dass sie sich eher an diesem Teil des Abends festhielt, anstatt an Luis' wenigen Sätzen über seine angedeutete Schreibblockade.

Aber *diese* Information war in Wahrheit auch viel zu groß, um sie greifen zu können.

Amina seufzte und setzte sich langsam in Bewegung, öffnete ein Küchenkästchen nach dem anderen, in Gedanken versunken, ganz ohne Fokus. Natürlich war ihr das Phänomen des blockierten Künstlers nicht unbekannt. Darüber gab es ja genügend Texte und Artikel und Interviews. Aber diese Verzweiflung und Ratlosigkeit, die sich bei Luis ja offenbar auch physisch zeigte, war ein völlig neuer Aspekt für sie. Und zu einer überwältigenden Dankbarkeit, dass Luis sich ihr anvertraut hatte, gesellte sich aber gleichzeitig auch der tiefsitzende Schrecken über den Horror, den Luis empfinden musste.

Die stets um die Ecke auf ihn lauernde Panik war nun noch verständlicher.

„Du brauchst kein Mitleid mit mir zu haben", hörte sie Luis plötzlich in unerwarteter Nähe sprechen und Amina schrak aus ihren Gedanken auf. Der Schriftsteller stand, zerknittert und mit vom Kopf in alle Richtungen abstehenden Haaren, gähnend im Türstock ihrer kleinen Küche und musterte sie aufmerksam. Sie hatte ihn nicht gehört, aber was sie noch viel mehr überraschte, war, dass er ihr ansehen hatte können, worüber sie nachgedacht hatte.

Obwohl, Mitleid …

„Ich habe kein Mitleid mit dir", sagte Amina ruhig, „eher mit deinen Lesern, weil sie jetzt auf dem Trockenen sitzen. Aber du, du kannst jetzt machen, was du willst."

Luis starrte sie einen Augenblick an, dann lächelte er.

Er legte seinen Kopf leicht schief und sah sie mit blitzenden Augen an. „Guten Morgen", murmelte er, bevor er von einem weiteren herzhaften Gähnen übermannt wurde und seine Arme so weit über seinen Kopf streckte, dass sein T-Shirt nach oben rutschte und einen kleinen Streifen Haut rund um seinen Bauchnabel freigab.

Amina konnte nicht anders, als genau dorthin zu starren.

Bedauerlicherweise hielt sie den Blick auch immer noch gleich auf Luis' Bauchnabel gerichtet, als er seine Arme schon längst wieder gesenkt hatte und auch das T-Shirt wieder wie zuvor über seine Jeans hing.

Luis räusperte sich leicht und Amina fand einen ausgesprochen amüsierten Blick vor sich, als sie endlich wieder ihren Kopf auf jene Höhe hob, die angemessen war.

„Vielen Dank, dass ich hier übernachten durfte“, sagte Luis sanft.

„Jederzeit“, flüsterte Amina.

„Und worüber ich gestern gesprochen habe, …“, Luis kratzte sich erst leicht am Hinterkopf und begann dann, die vom Schlaf abstehenden Haare mit beiden Händen niederzubügeln.

„Normalerweise hole ich in der Früh einen Kaffee und ein Croissant im ‚Kaffeekränzchen‘“, unterbrach ihn Amina mit lauterer Stimme als nötig.

Luis schluckte. „Ich bin noch im gleichen Gewand wie gestern“, sagte er leise und lachte verlegen auf. „Das ist schon sehr lange her, dass ich in der Jeans vom Vortag aus irgendeiner Wohnung getaumelt bin.“

Amina grinste. „Bist du damals auch weit vor Mitternacht auf der Couch eingeschlafen?“, fragte sie mit einem Augenzwinkern und Luis schnaubte durch die Nase.

Amina stieß sich von der Küchenzeile ab, an die angelehnt sie die vergangenen Minuten verbracht hatte, und erklärte, dass sie sich für den Arbeitstag vorbereiten musste. „Ich brauche nicht lange“, ergänzte sie, „wenn du warten möchtest, holen wir uns Kaffee gegenüber.“ Sie deutete umständlich durchs Fenster auf die andere Straßenseite, wo bereits die ersten Gäste des „Kaffeekränzchen“ ein und aus gingen, und zog sich dann ins Badezimmer zurück.

Als Amina, frisch geduscht und angekleidet, durch die Badezimmertür trat, hörte sie Scheppern aus der Küche. In wenigen Schritten durchquerte sie das Wohnzimmer, vorbei an der Couch, auf der mittlerweile Luis’ Decke ordentlich zusammengefaltet unter dem Polster lag.

Luis stand pfeifend am Herd und rührte in einem Topf herum, während zwei Scheiben Brot aus dem Toaster hüpften. Amina blieb sprachlos stehen und besah die Szene vor ihren Augen, die sich nur kaum von ihrem Eintreffen am Vorabend unterschied.

Der kleine Esstisch war gedeckt und neben jedem Teller lag ein Buch. Zwischen dem Geschirr standen die Marmeladegläser vom Vortag, Butter sowie ein Teller mit Tomatenscheiben.

Auf den Platz, an dem sie am Vorabend gesessen war, hatte Luis das Buch gelegt, das sie am Vorabend auf ihrem Nachttisch liegen hatte lassen. Irgendwie rührte Amina diese Fürsorglichkeit, die sogar so weit ging, ihr Frühstückslektüre bereitzulegen. Für sich selbst hatte Luis jedoch kein Buch ausgesucht.

„Ich habe gestern alle Eier verbraucht“, sagte er und nahm Platz, riss Amina aus ihren Gedanken, „deshalb gibt’s heute nur Porridge.“

Amina sah sich nochmals alle Zutaten des unerwarteten Frühstücks an. Von der Hälfte der Dinge hatte sie nicht einmal gewusst, dass sie diese im Haus hatte. „Ich hatte das ‚Kaffeekränzchen' vorgeschlagen, da ich überzeugt war, dir kein Frühstück anbieten zu können, weil mir die Zutaten fehlen."

Luis grinste. „Du hast tatsächlich keinen Kaffee", sagte er.

„Die Kaffeemaschine ist unten im Geschäft", antwortete Amina. „Und mit dem ‚Kaffeekränzchen' gegenüber …" Sie ließ den Satz in der Luft hängen und widmete sich der Frage, die sie eigentlich am meisten beschäftigte.

„Auch auf die Gefahr hin, unhöflich zu klingen", begann sie, „aber: Warum machst du das alles?"

Luis lächelte verlegen und rührte in seinem Porridge herum, das eifrig vor sich hin dampfte.

„Es beschäftigt mich", sagte er leise und Amina nickte. „Ich sitze den ganzen Tag in diesem Glashaus und bin mit mir allein. Ich will nicht unter Leute, weil ich die Fragen nicht mehr aushalte. Ich kann nicht schreiben, weil ich …" Er ließ den Satz offen. „Ich kann nicht spazieren gehen, weil ich zu zittern beginne. Mitten am Schulhof!"

Amina lächelte zögerlich in Erinnerung an eines ihrer ersten Treffen.

„All die Leute in meiner Umgebung wollen, dass ich mich erhole, aber ich kann nicht schlafen. Und ich kann nicht sitzen. Und ich kann nicht gehen. Und ich kann nicht lesen." Luis Stimme brach ein wenig, je aufgeregter er zu sprechen begann. „Also, was kann ich tun?"

Er seufzte schwer. „Gestern bin ich hier eingeschlafen, weil ich wusste, dass du bald kommen würdest. Man hört auch leises Gemurmel aus dem Erdgeschoß. Vom Buchklub vielleicht?“ Luis zuckte mit einer Schulter. „Und die Palatschinken und das Frühstück … das ist vermutlich das Sinnvollste, das ich seit Monaten gemacht habe.“ Er schnaubte durch die Nase. „So etwas Simples. Und mit so unmittelbarer Wirkung!“ Wieder lachte er auf und fuhr sich mit seinen Händen durch die Haare. „Ich rede nur wirres Zeug“, murmelte er schließlich und begann, eines der Brote mit Butter zu bestreichen. „Ich lass dich dann in Ruhe, okay? Ich esse nur schnell noch …“ Plötzlich fielen Luis’ Schultern noch weiter ein und er schien vor Aminas Augen zu schrumpfen. „Vielleicht gehe ich doch gleich …“, sagte er schließlich und stützte sich mit seinen Handflächen am Tisch ab, um sich beim Aufstehen festhalten zu können.

Amina reagierte instinktiv und legte eine Hand auf seine. „Stopp!“, sagte sie ruhig. „Bleib.“ Sie schluckte. „Ich mag die Gesellschaft“, flüsterte sie dann. „Und das Essen.“

Für eine gute Minute sahen sie sich in die Augen und Amina schaffte es beinahe die ganze Zeit über, nicht an das nervöse Kribbeln in ihrem Bauch zu denken.

Schließlich zog sie ihre Hand zurück und lud etwas Porridge auf ihren Löffel.

„Kennst du dich mit Kinderbüchern aus?“, fragte Amina dann.

12. Kapitel

Eines der Geheimnisse, das Amina auf ewig nur für sich behalten würde, war ihre Schwäche für Männer, die sich auf etwas konzentrierten.

Sie wusste noch ganz genau, wie ihr damals vierzehnjähriger Bauch leicht zu flattern begonnen hatte, als ihr Schulkollege Gregor sich mit fokussierter Miene durch die Akkorde von Nirvanas „The Man Who Sold The World" gearbeitet hatte. Und wie ihr viele Jahre später etwa gerade jener Studienkollege ihrer Lerngruppe aufgefallen war, der sich beim Memorieren des Stoffs immer mit seinem rechten Zeigefinger über die Unterlippe gestrichen hatte. Damals wusste Amina bereits, dass es ein Muster war, dem sie nicht entkommen konnte. Und so war es auch kein Wunder, dass sie wiederum einige Jahre später just jenem Mann mit Haut und Haaren verfallen war, der ihre ersten Vertragsentwürfe, die sie als Berufseinsteigerin in einer Rechtsanwaltskanzlei verfasst hatte, gegenlesen musste.

Amina hatte schon viele Male – ernsthaft und auch weniger ernsthaft – darüber nachgedacht, was genau an konzentrierten Männern so attraktiv auf sie wirkte: die gerunzelte Stirn, die zusammengezogenen Augenbrauen, der unbeirrte Blick, die angespannte Körperhaltung? Sie wusste es nicht genau.

Was sie jedoch nach vielen Lebensjahren durchaus wusste, war, dass dieses Gefühl der Anziehung – ausgelöst von konzentrierter Körperhaltung – kein gesunder Ratgeber für die Auswahl ihrer Beziehungspartner war. Jede einzelne ihrer aus diesem Grund entstandenen Verbindungen, vor allem jene mit dem konzentriert Verträge lesenden Vorgesetzten, scheiterte in großem Stil.

Und mit großem Herzschmerz.

Auf Aminas Seite.

Daher waren die Alarmglocken in Aminas Kopf besonders laut zu hören, als sie an diesem Vormittag durch die Gänge zwischen ihren Bücherregalen eilte und auf einen höchst konzentriert Kinderbücher studierenden Luis traf. Amina war eigentlich auf dem Weg in die Reisebuchabteilung gewesen, wo sie aus den dort ebenso einsortierten Sprachkursen für Touristen ein Buch mit spanischen Übersetzungen für Restaurantbesuche fischen wollte. Aus Gewohnheit nahm sie die Abkürzung durch die Regale, die mit Kinderbüchern gefüllt waren. Bis sie abrupt stehen blieb, um das unerwartete Hindernis – Luis auf einem Sitzsack für Kinder drapiert, umringt von bunter Kinderliteratur – genauer zu studieren.

Und da war es wieder, das bekannte Bauchflattern.

Ausgelöst vom großen „Nicht stören bitte“, das Luis' Körperhaltung ausdrückte: die konzentrierte Stirn, der direkte Blick, die unbeirrbar eingerollten Schultern.

Die Hingabe.

Amina schluckte.

„Nicht das auch noch!“, jammerte die leise Stimme in ihr.

Amina unterdrückte das mittlerweile wohlbekannte Kribbeln in ihrem Körper und dazu auch gleich alle Gedanken der Sympathie, die sie für Luis hegte, und richtete sich entschlossen auf. Doch gerade in diesem Augenblick zog sich Luis aus seiner Konzentration und wandte sich ihr zu. Dann lächelte er.

Strahlend.

Und das Flattern war wieder da.

Unbeirrbar.

Bis in die Nasenspitze.

Amina schluckte ein weiteres Mal, ihr Kopf für einen Moment befreit von allen Wörtern dieser Welt, also bemühte sie sich zumindest um ein Lächeln.

„Ich bin noch nicht fertig“, sagte Luis und deutete auf die zahlreichen Bücher rund um sich herum.

„Lass dir Zeit“, antwortete Amina ruhig.

Willkommen zurück, Sprachvermögen!

Sie räusperte sich. „Du könntest dich auch nach vorn auf die Couch setzen“, schlug sie vor, „das ist vermutlich bequemer als der Mini-Sitzsack hier.“

Luis Miene wurde für einen Augenblick ernster, dann zuckte er mit einer Schulter.

„Vielleicht später. Ich sollte mal wieder zurück in meine Unterkunft“, er lachte auf, „mein Gewand wechseln und so weiter …“ Luis machte eine Wellenbewegung mit seiner Hand und Amina konzentrierte sich auf seine Finger.

Wie eine Verrückte, meldete sich die unfreundliche Stimme in ihrem Kopf erneut.

Amina schüttelte sich kaum merkbar und lächelte Luis zu. „Benötigst du Papier für Notizen oder sollen wir die Bücher irgendwo zur Seite legen?“

Luis nickte zu einem kleinen Stapel zu seiner rechten Seite. „Diese Bücher schau ich mir noch genauer durch, hier dürfte etwas für eure Kinderveranstaltung dabei sein“, meinte er.

„Ich freue mich, dass du etwas gefunden hast“, sagte Amina und strahlte.

Es war ein spontaner Einfall während des Frühstücks gewesen, Luis mit der Auswahl des ersten Buchs für das Kinder-Leseevent zu betrauen. Natürlich hätten Lucy oder Magda oder Amina selbst ebenso Ideen für das Buch beisteuern können, aber aus irgendeinem Grund sagte ihr ihr Bauchgefühl, dass diese Aufgabe für Luis genau das

Richtige sein könnte.

Und wenn sie aus seinem Lächeln schließen konnte, hatte ihr Bauchgefühl recht behalten.

Bobby seufzte so laut, als sie sich dem Verkaufstresen näherte, dass Amina erschrocken den Kopf hob. Mit einer fragend erhobenen Augenbraue antwortete sie auf das einseitige Lächeln und die hängenden Schultern des Mädchens, das sich schließlich mit beiden Ellenbogen auf dem Tisch abstützte.

„Manchmal verstehe ich nicht …", begann Bobby, unterbrach sich jedoch selbst gleich wieder. Sie hob ein kleines Buch an, in dem sie offenbar gerade geblättert hatte, und setzte erneut an. „Ich lese da ein Buch, bei dem ich nicht einmal die Einleitung verstehe." Sie seufzte erneut. „Dabei geht's hier um Emojis! Wie kann man denn *dieses* Thema *so* verkomplizieren?" Bobby schnaufte erneut. „Smileys! Lachende Gesichter! Das kann ja wohl nicht so schwer sein!" Sie verdrehte die Augen theatralisch und Amina grinste.

„Bist du mit deinen Sprachforschungen am Ende angelangt oder warum wendest du dich von den Wörtern ab, hin zu Bildern?", fragte Amina mit einem Augenzwinkern.

Wieder lächelte Bobby mit nur einem Mundwinkel. „Es klang so spannend in der Beschreibung", sagte sie und hob das Buch an, „aber ich fürchte, ich bin zu doof dafür."

Amina protestierte lautstark. So laut sogar, dass einige Kunden ihre Köpfe hoben und sich neugierig nach ihr umsahen.

„Zeig her“, forderte Amina Bobby auf und das Mädchen blätterte zu einer Stelle am Beginn des Buchs, dann hielt sie ihr die Seiten geöffnet hin.

Amina überflog den ausgesprochen wissenschaftlich formulierten Text kurz, ohne den Inhalt im Detail aufzunehmen. Tatsächlich waren die Sätze gespickt mit Fachausdrücken, die zwar für eine geisteswissenschaftlich ausgebildete Leserschaft durchaus verständlich waren – aber für sonst niemanden darüber hinaus.

Amina seufzte.

„Das ist Fachjargon“, begann sie und Bobby schnaufte empört auf. „Du musst dir keine Gedanken machen“, setzte Amina beruhigend fort. „Das verstehen wirklich nur sehr wenige.“ Sie drehte sich um und ließ ihren Blick über das Regal hinter ihrer Kassa streifen. Dann zog sie einen dicken Wälzer heraus und reichte ihn Bobby.

„Hier kannst du einige der Begriffe nachschlagen, wenn du das möchtest“, schlug Amina vor.

Das Mädchen bedankte sich, runzelte aber ihre Stirn. „Warum schreibt man so? Will man da nicht verstanden werden?“

Amina zuckte mit den Schultern. „In manchen Bereichen ist es einfach üblich“, sagte sie. „Wenn dieser Text einfacher formuliert wäre, würden die Kollegen aus dem gleichen Fachbereich eventuell schlechter darüber urteilen.“ Amina zuckte mit den Schultern. „Manche Leute verstecken sich auch hinter ihrer Fachsprache und überspielen somit Unsicherheiten."

Wieder runzelte Bobby ihre Stirn. „Wie soll das gehen?"

„Je mehr Fachausdrücke ich verwende, desto kompetenter wirke ich", gab Amina zu bedenken.

„Auch wenn dich niemand versteht?"

„Manchmal hat man Publikum, bei dem es nicht um die Inhalte geht", sagte Amina und lächelte. Dann tippte sie aufs Lexikon in Bobbys Händen.

„Probier's mal aus", sagte sie, „einige der Fachausdrücke werden dir bei deinen Forschungsarbeiten immer wieder mal begegnen. Das ist ein bisschen wie Vokabel lernen." Amina zwinkerte vergnügt, als Bobby die Augen verdrehte. „Und manchmal muss man ein Buch auch einfach weglegen und entscheiden, dass es nicht für einen ist."

Bobby sah sie nachdenklich an, dann nickte sie und zog sich mitsamt dem Lexikon in eine stille Ecke zurück.

In Gedanken ließ Amina ihren Blick durchs Geschäft streifen. Vor den großen Auslagen spazierten immer wieder Leute vorbei, die sich von den Dekorationen hinter dem Glas ablenken ließen und für einen Moment stehen blieben.

Die Sonne hatte bereits begonnen, sich für den Tag zu senken, und legte ihre Sonnenstrahlen leicht golden über die Stadt, die durch die Fenster des „Seitenweise" zu sehen war.

Das Niesen eines kleinen Mädchens riss Amina aus ihren Gedanken und sie folgte dem Laut des Kindes, das sich gerade den bequemen Sitzmöbeln näherte. Dort saßen – unbeirrt und fest konzentriert – an jeweils einem Ende Felix und Luis und widmeten sich ihrer jeweiligen Arbeit. Felix zeichnete und skizzierte in sein Notizbuch, das er wenige Augenblicke, nachdem er mit Bobby das Geschäft betreten hatte, geöffnet hatte. Amina war sich nicht sicher, ob der Junge seither schon einmal den Kopf gehoben hatte.

Vielleicht zu dem Zeitpunkt, als Luis sich kurze Zeit später mit einem Stapel Kinderbücher neben ihn gesetzt hatte. Aber auch der Schriftsteller hatte seit seiner Rückkehr ins Geschäft seine Konzentration kaum unterbrochen. Amina musterte die frischen Jeans und den dunkelgrünen Sweater, den Luis nun trug. Der Pullover war aus schlichter Baumwolle, aber er sah so weich aus, dass er nahezu zu einer Umarmung einlud.

Ein Baumwollpullover! Ein konzentrierter Mann in einem Baumwollpullover!

Amina lachte beinahe lauthals auf über ihre offenkundig wirren Gedanken. Vielleicht war diese Datingpause doch nicht so gesund für ihren Allgemeinzustand …

Das Mädchen, das zuvor geniest hatte, hatte mittlerweile die Leseecke erreicht und studierte aufmerksam die beiden Stapel an Kinderbüchern, die Luis im Laufe des Nachmittags vor sich sortiert hatte. Amina vermutete, dass ein Teil der Bücher bereits gelesen war, der andere Stapel noch von ihm begutachtet werden würde.

„Entschuldigen Sie bitte", begann das Mädchen und tippte Luis leicht aufs Knie, „sind Sie mit diesem Buch schon fertig?" Amina grinste, während das Kind auf das dritte Buch des ersten Stapels tippte und Luis erwartungsvoll ansah.

Der Schriftsteller blinzelte einige Male, vermutlich überrascht, dass ihn jemand ansprach, dann sah er sich im Geschäft um, als würde er sich vergewissern müssen, wo er gerade war. War er tatsächlich so versunken gewesen in Christine Nöstlingers „Anna und die Wut"?

Luis' Blick traf Aminas und sie lächelte ihm aufmunternd zu. Das Lächeln, mit dem Luis ihr antwortete, passte perfekt zum dunkelgrünen Baumwollpullover und ließ Aminas Knie zittern. Sie grinste noch breiter, um ihre Unsicherheit zu überspielen.

„Der Leopold hat sich dieses Buch nämlich vor mir aus dem Bücherbus genommen und ich hatte keine Möglichkeit, es mir selbst anzusehen", setzte das Mädchen unbeirrt fort und tippte weiterhin auf das dritte Buch im ersten Bücherstapel. Luis richtete endlich seine Aufmerksamkeit auf das Kind und Amina sah ihn grinsen.

„Nur zu", sagte er, „nimm das Buch heraus und mach's dir gemütlich."

Das Mädchen nickte eifrig, manövrierte das Buch behutsam aus dem Stapel und platzierte sich dann zwischen Felix und Luis auf die Couch.

Felix hatte dem kurzen Gespräch für einen Moment zugehört, arbeitete dann aber weiter an seinen Skizzen. Auch

Luis widmete sich wieder seinem eigenen Buch, nachdem das Mädchen ihr Buch aufgeschlagen hatte.

Amina kassierte bei zwei Kunden, beantwortete die Fragen einer Anruferin und wurde dann vom freundlichen Geplauder aus Richtung der Sitzecke abgelenkt. Luis und das kleine Mädchen waren mittlerweile in ein intensives Gespräch verwickelt, bei dem sie sich abwechselnd die Bücher aus den Stapeln vorhielten und kurz ihre Meinung dazu äußerten. Als Ergebnis der Diskussion schien sich auf dem Couchtisch ein dritter, wesentlich kleinerer Stapel an Büchern gebildet zu haben.

Das war vermutlich die engste Auswahl.

Amina grinste.

Sie war schon gespannt, welche Bücher Luis ausgewählt hatte.

13. Kapitel

Die kleine Glocke über der Eingangstür läutete auf und lenkte Aminas Aufmerksamkeit dorthin. Als wäre die so vertraute Tonfolge eine Spur anders, dringlicher, freundlicher erklungen.

Und tatsächlich, das nachdrückliche Läuten belohnte Amina mit einem lächelnden Luis Kramer, der zwei riesige Thermobecher mit einem eingravierten Logo des „Kaffeekränzchen“ in seinen Händen balancierte. Amina kam ihm auf halbem Weg entgegen und nahm ihm einen der Becher ab.

„Sind die neu?“, fragte sie und inspizierte die Ornamente auf der Außenseite des Bechers.

Luis nickte. „Die Inhaberin meinte, dass ich besser gleich diese Mehrweg-Becher verwenden sollte … ‚nachdem ich jetzt ja täglich komme‘.“ Luis zeichnete mit einer Hand Anführungszeichen in die Luft, um zu unterstreichen, welche Worte Bella offenbar gewählt hatte.

Amina lachte auf. „Bella hat dich also in ihr Herz geschlossen“, sagte sie grinsend.

Luis schüttelte den Kopf. „Ich war zum *zweiten* Mal in diesem Café! Sie kann sich ja gar nicht an mich erinnert haben!“

Tatsächlich war Luis schon am Vortag mit zwei riesigen Kaffeebechern (da eben noch mit jenen aus Pappe) durch die Tür gekommen, genau rechtzeitig, um Aminas vormittägliches Nach-10-Uhr-Tief mit einer köstlichen Portion „Kaffeekränzchen“-Kaffee zu bekämpfen. Sie hatten nur wenig Zeit gehabt, um miteinander zu plaudern, da zahlreiche Lieferungen zu katalogisieren und zu verstauen waren und Amina einige Personen informieren musste, dass ihre Bestellungen eingetroffen waren.

Der Großteil der am Vortag benachrichtigten Kunden stolperte nun an diesem strahlend sonnigen Samstagvormittag in ihr Geschäft und Amina hatte das Gefühl, sie hatte keine Minute zu verschnaufen. Gierig trank sie den frischen Kaffee und erkannte leichten Karamell-Geschmack hinter dem Koffein. Sie seufzte zufrieden und schloss für einen Moment die Augen.

Luis räusperte sich und blinzelte leicht, als sie wieder aus dem Karamell-Genuss auftauchte, dann lächelte er ihr zu.

„Ich werde da drüben die Zeitung lesen“, sagte er ruhig und deutete zur Couch, hielt aber ihren Blick.

Für einen Moment schienen sie beide in einer nur ihnen gehörenden, knisternden Bubble zu verschwinden, in der sie an ihren Kaffees nippten, ohne die Augen voneinander zu wenden. Ohne den Trubel des Geschäfts rund um sie wahrzunehmen.

Amina nickte und riss sich dann langsam aus der spannungsgeladenen Hülle rund um sie herum heraus. Sie blinzelte und nach einigen Augenblicken drang auch Lucys Stimme, die nach ihr rief, aus dem anderen Ende des Geschäfts zu ihr durch.

„Mach das“, sagte Amina leise zu Luis und bedankte sich für den Kaffee.

Dann widmete sie sich dem Frühlingstrubel in ihrem Geschäft.

Rund um die Mittagszeit ließ der beständige Kundenstrom langsam nach und nach Lucy verabschiedete sich auch Magda ins Wochenende. Die Samstagnachmittage waren häufig ruhiger und für Amina allein zu bewältigen. Meist räumte sie ihr Geschäft auf und plante die kommende Woche, kontrollierte abgeholte und nicht abgeholte Bestellungen und widmete sich auch den Lieferständen.

Sie mochte die Ruhe im Geschäft so knapp vor dem Wochenende. Vor allem nach einem so turbulenten Vormittag wie diesem. Die Sonnenstrahlen waren heute bereits vielversprechend warm und schienen die gesamte Stadt in Aufbruchsstimmung zu versetzen. Nach den ewig langen, kalten Monaten gab es endlich so etwas wie natürliche Wärme, die man auf der Haut spürte.

Und auch Aminas Lebensgeister sammelten sich neu.

Ließen ihre Finger kribbeln.

Luis saß seit gut zwei Stunden auf der Couch und las immer wieder in einem der Wochenmagazine, die sie im Geschäft hatte. Ab und zu hatte sich jemand neben ihn gesetzt, um gleichermaßen durch ein Buch oder eine Zeitschrift zu blättern, aber kaum jemand hatte ihn angesprochen.

Wann immer Amina in Richtung der Sitzmöbel geschaut hatte, war Luis ins Lesen vertieft gewesen. Ein einziges Mal hatte sie aus ihrem Augenwinkel gesehen, wie ein älterer, kugelrunder Herr schwer schnaufend neben Luis Platz genommen hatte. Er hatte den Schriftsteller gegrüßt, während er sich mit einem Stofftaschentuch den Schweiß von der Stirn gewischt hatte. „Jeden Samstag das gleiche“, hatte er geseufzt, aber eher gespielt betrübt als ernsthaft genervt und Luis hatte höflich genickt. Danach war Amina von einer Kundin abgelenkt worden und auch wenn sie das weitere Gespräch noch sehr interessiert hätte, hatte sie ihre Neugier hintangestellt.

Nun ließ sich Amina neben Luis auf die Couch fallen und nach wenigen Augenblicken nahm sie wahr, wie er seine Zeitschrift zuschlug und sich zu ihr drehte.

„Machen wir morgen einen Spaziergang?“, fragte Luis mit gesenkter Stimme und Amina drehte ihren Kopf umständlich, ohne ihren Körper aus den weichen Sitzpölstern heben zu müssen, um dem Schriftsteller ins Gesicht zu sehen.

„Sehr gerne", antwortete sie und lächelte.

„Es gibt offenbar eine Wiese hier in der Nähe, die übersät ist mit Krokussen", murmelte Luis.

Amina hob ihre Augenbrauen hoch und grinste. „Tatsächlich?", fragte sie augenzwinkernd. „Und wer hat dir das verraten?"

„Der Herr Gü", lächelte Luis.

„Der Herr Gü?", fragte Amina nach. „Wer ist das?"

„Der Herr Gü ist jeden Samstag in deinem Geschäft", erklärte Luis, „er sitzt immer hier auf der Couch und verschnauft ein wenig, bis seine Frau ihr Buch der Woche ausgesucht hat." Amina dachte an den dicken Mann, dessen Gesprächsauftakt mit Luis sie vorhin belauscht hatte. Sie kannte ihn tatsächlich vom Sehen, aber sie hätte nicht schwören können, dass sie ihn jede Woche am gleichen Tag in ihrem Geschäft gesehen hätte.

„Das ist also der Herr Gü", sagte sie lächelnd, „das freut mich, dass er sich hier ausruhen kann."

Luis nickte eifrig. „Der Herr Gü heißt eigentlich Günter, aber so ruft ihn seit 53 Jahren niemand mehr." Luis lächelte leicht. „Sie waren ein wenig krank in den vergangenen Tagen, der Herr und die Frau Gü", erzählte Luis weiter. „Aber sie sind rechtzeitig zum Samstagvormittagsausflug in die Stadt wieder gesund geworden."

Luis' Stimme ist beim Erzählen noch weicher geworden und Amina widerstand dem Drang, ihre Augen zu schließen. Fürs Erste blinzelte sie und wünschte sich im Stillen, dass die Geschichte des Herrn Gü noch nicht zu Ende war.

„Herr und Frau Gü werden heute Nachmittag zu dieser Krokuswiese spazieren. Er hat mir genau den Weg beschrieben, also werden wir morgen bestimmt dorthin finden."

„Welche Wiese meinte er?", fragte Amina. „Die beim Schwimmbad oder jene hinter dem Fußballfeld oder die in Richtung der Weingärten?"

Für einen Bruchteil der Sekunde riss Luis seine Augen auf, dann blinzelte er leicht. „Du kennst die Wiese", sagte er leise mit einem schiefen Lächeln.

„Ich kenne sehr viele Krokuswiesen", sagte Amina sanft, „und sie sind jedes Jahr noch schöner als im Vorjahr." Sie sah Luis direkt in die Augen. „Also freue ich mich auf morgen."

Amina setzte sich langsam auf, um sich an ihre üblichen Samstagnachmittagstätigkeiten zu machen. Halb aufgestanden fiel ihr plötzlich etwas ein und sie drehte sich nochmals zu Luis um.

„Hat dich heute eigentlich irgendjemand erkannt?", fragte sie den Schriftsteller.

Luis hob eine Schulter an, dann schüttelte er den Kopf, wiegte aber dann doch seine Schultern auf und ab, als wollte er sich umentscheiden.

„Der Herr Gü hat sich mit Handschlag von mir verabschiedet. ‚Bis zum nächsten Samstag', hat er zu mir gesagt. Und dann auch noch: ‚Wir mögen Ihre Bücher'. Dann ist er gegangen.", Luis lachte auf.

„Herr Gü hat deine Bücher gelesen?", fragte Amina nach und Luis nickte.

„Es scheint so", antwortete er, „er sagte eindeutig: ‚*Wir* mögen Ihre Bücher'." Amina lächelte.

„Das ist auch gut so", sagte sie augenzwinkernd und widmete sich dann den Aufgaben in ihrem Geschäft.

Irgendwann später, als Amina gerade im hinteren Teil des Ladens einige Bücher in den Regalen einräumte, hörte sie die leise Glocke über der Tür erklingen. Aber bevor sie sich noch in den vorderen Bereich des Geschäfts begeben konnte, hörte sie bereits Ottos Stimme durchs Geschäft tönen. Erst nannte er seinen Namen, um dann ein „Ich bin der Bürgermeister" zu ergänzen. Amina grinste und hielt einen Moment inne, als sie Luis' gemurmelte Antwort vernahm. Dann sprach wieder Otto: „Du sitzt jetzt seit drei Tagen in der Auslage, also quasi mitten am Hauptplatz. Bella hat mir daher heute erlaubt, dass ich dich offiziell in der Stadt begrüße." Amina hörte Luis überrascht auflachen und widmete sich dann schmunzelnd dem Regal vor ihren Augen.

Als Amina wenig später mit einem Stapel Bücher, die sie auf dem Wühltisch neben dem Eingang positionieren wollte, wieder in die Nähe der Sitzlandschaft kam, fand sie zu ihrer Überraschung Otto und Luis tief ins Gespräch verwickelt vor. Aus den Wortfetzen, die sie aufschnappte, schloss Amina, dass Luis von jenem verfallenen Gebäude erzählte, das sie vor wenigen Tagen zufällig entdeckt hatten. „Ich schau mir das an", versprach Otto viele Male und für einen kurzen Moment fühlte sich Amina erleichtert.

14. Kapitel

Vor ihren Augen schimmerte es in allen möglichen Lila- und Violetttönen. So weit man sehen konnte.

„Ich habe noch nie in meinem Leben so viele Krokusse auf einmal gesehen“, sagte Luis, seine Begeisterung kaum verbergend. „Das ist ja sensationell!“

Langsam spazierten sie den schmalen Schotterweg entlang, um nur ja nicht auf die Wiese und die einzelnen Blüten zu treten. Die Krokusse standen dicht aneinandergedrängt auf einer riesigen Fläche ausgebreitet, bis zu einer Kuppe, an der die Wiese sich leicht nach unten neigte, bevor sie sich zu einer Mauer des Freibads hin erstreckte.

Die Fülle an Blüten, die im leichten Wind schwankten und somit die Sonnenstrahlen drumherum zum Tanzen brachten, erzeugten einen fast sinnestäuschenden Eindruck. Die grüne Wiese darunter war kaum zu erkennen, so sehr überstrahlte das kräftige Violett der Krokusse die Grashalme.

„Sensationell", wiederholte Luis und kramte nach seinem Telefon, um dieses alljährliche Frühlingswunder fotografisch festzuhalten.

Amina schlenderte in der Zwischenzeit weiter zu einer Bank und ließ sich darauf nieder. Die Sonne schien ihr ins Gesicht. Sie rückte ihre Sonnenbrille gerade und atmete die Wärme der Sonnenstrahlen ein. Es kribbelte nahezu unter ihrer Haut vor lauter Vorfreude auf die neue Jahreszeit.

Die Krokusse waren ein weiteres untrügliches Zeichen dafür, dass die Natur wieder zum Leben erwachte. Und Aminas Erleichterung darüber spürte sie bis in ihre Zehenspitzen. Die wie tot wirkenden Äste, die winterstarre Erde, das Braun und Grau der kalten Monate ließen sich jedes Jahr in ihren Knochen nieder und es brauchte das Lila der Krokusse, die goldgelben Sonnenstrahlen und vor allem die tapferen Knospen, die sich aus den dunklen Ästen hervorkämpften, um Aminas Lebensmut aufs Neue anzufachen.

Sie atmete mehrmals tief ein und aus, die frische Frühlingsluft durchzogen von den üblichen Alltagsgerüchen des Landlebens. Von leicht feuchter Erde bis hin zum stumpf trockenen Geruch alten Laubs, das den gesamten Winter überdauert hatte. Irgendwo in der Nähe heizte jemand ein und der Geruch des im Kachelofen verbrannten Holzes vermischte sich mit der kalten Luft des Märznachmittags.

Die Bank hob und senkte sich leicht neben ihr, aber Amina ließ ihre Augen geschlossen. Vielleicht weil sie Luis so nah neben sich spüren konnte. Viel näher als sonst, was nicht nur das Rascheln seiner Jacke verriet, sondern auch sein ruhiges Ein- und Ausatmen, das sie hören konnte, obwohl die Geräusche rund um sie herum lauter sein mussten.

Es sei denn, er saß wirklich unheimlich nah.

Amina lehnte sich leicht zur Seite, mit weiterhin geschlossenen Augen und schon nach wenigen Zentimetern spürte sie leichten Widerstand durch ihre Daunenjacke. Ihr gepolsterter Ärmel traf auf einen ähnlich dick gefütterten Ärmel, was dem Kribbeln und Knistern in ihrem gesamten Oberarm keinen Abbruch tat.

Amina bemühte sich, möglichst unauffällig weiter zu atmen, aber irgendwohin musste sich die Spannung entladen und sie konnte es daher leider nicht verhindern, dass ihre Finger leicht zuckten.

Und mit ihrer Bewegung an Luis' Hand anstreiften.

Und Luis (oder zumindest seine Hand) schien bei Weitem nicht so zögerlich oder unsicher oder kribbelig zu sein wie Amina, denn nur einen Wimpernschlag später waren ihre beiden Hände ineinander verschlungen und Luis' Daumen strich sanft über ihren Handrücken.

Sogar sein Daumen strahlte so viel Konzentration aus wie sonst nur seine zusammengezogenen Augenbrauen.

Amina verdrehte heimlich und wirklich nur für sich die Augen über ihre Gedanken, hielt sie deshalb auch weiterhin geschlossen. Vor allem aber, um ihre durch Luis' Berührung vollkommen überladenen Sinne nicht auch noch mit optischen Eindrücken zu überfordern.

Einatmen. Ausatmen.

Es war, als hätte sie noch nie in ihrem Leben Händchen gehalten. Als wäre sie noch nie in ihrem Leben *konzentriert* berührt worden. Amina schluckte und widerstand dem Drang, sich zu bewegen.

Warum *berührte* sie diese kleine Geste so sehr?

„Ich habe jetzt drei Nächte hintereinander mehr als vier Stunden durchgehend geschlafen", sagte Luis plötzlich leise. „Dann war ich einige Zeit munter. Und bin dann wieder eingeschlafen. Für zwei, einmal sogar drei Stunden."

Amina drückte leicht seine Hand. „So wie ich dich kennengelernt habe, müsstest du seit ungefähr eineinhalb Minuten bereits wieder schlafen", antwortete Amina lächelnd und Luis lachte überrascht auf.

„Geht nicht", flüsterte er dann jedoch und drückte Aminas Hand leicht. „Zu aufgeregt."

Seine Worte waren hinter dem leichten Rascheln des Märzwindes fast nicht zu hören.

„Ich auch", gab Amina zu und erntete ein weiteres Drücken von Luis' Hand. „Wie ein Teenager."

Luis lachte erneut auf. „Felix und seine Bobby sind sicher wesentlich cooler in so einer Situation", sagte er lachend.

„Die beiden sind kein Paar", stellte Amina klar.

„Nicht?" Luis klang so ungläubig, dass Amina ihre Augen öffnete und sich zu ihm drehte. Sie schüttelte den Kopf. „Nein, waren sie noch nie."

Luis hob eine Augenbraue an. „Sie verhalten sich aber wie ein altes Ehepaar …", murmelte er, dann lachte er lauthals auf und fuhr sich mit seiner freien Hand mehrmals übers Gesicht. „Das ist dieses Leben in der Kleinstadt, oder?" Er grinste und drehte sich zu Amina. „Ist es wirklich wichtig zu wissen, in welcher Form zwei wildfremde Teenager, die ich bis vor ein paar Wochen noch nie in meinem Leben gesehen habe, befreundet sind?"

Amina nickte eifrig. „Ja", sagte sie vehement. „Vielleicht geht's nicht grad um die beiden, aber es zeigt, dass du Anteil nimmst. Es zeigt, dass du Leute wahrnimmst. Dass dir andere Menschen wichtig sind." Sie holte tief Luft. „Das ist eine der wichtigsten Qualitäten, die wir Menschen haben." Sie blinzelte leicht. „Niemand ist eine Insel", zitierte sie schließlich auch noch Nick Hornby oder Hugh Grant oder Jon Bon Jovi. Nein, eigentlich stammte diese Zeile aus einem Gedicht von …
–

Luis sah sie mit weit geöffneten Augen an. Dann sank er, fast erschöpft, auf die Bank zurück und schloss seine Lider. Was auch immer ihm gerade durch den Kopf gegangen war, hatte sein Energiereservoir gehörig angezapft.

„Ich kann daraus keine Geschichte machen“, murmelte Luis kaum wahrnehmbar und Amina versuchte, die Gedankensprünge, die der Schriftsteller in der vergangenen Minute gemacht haben dürfte, im Stillen nachzuvollziehen.

„Man kann ja wohl Anteil nehmen, ohne daraus ein schriftstellerisches Werk zu machen“, gab Amina schließlich zu bedenken.

Aber Luis gab ihr keine Antwort. Als sie sich zum ihm umdrehte, hatte er seinen Kopf in den Nacken gelegt und sein Gesicht direkt in die Sonne gerichtet.

Für einige Momente studierte sie Luis’ Gesicht, dessen Wangen leicht rosig von der Sonne und vom Frühlingswind waren. Seine Augenbrauen waren zusammengezogen, aber nicht in dieser (Amina betörenden) konzentrierten Art, sondern angestrengt, überfordert nahezu.

Wenn es nach Amina ginge, musste er nie wieder … –

Sie unterbrach ihren eigenen Gedanken erschrocken und biss sich auf die Zunge, um das nicht zu Ende gedachte „… musste er nie wieder *schreiben*“ nicht auszusprechen.

Stand es ihr wirklich zu, ihre Meinung zu äußern? Hier laienhaft gesprächstherapeutisch Sätze um sich zu werfen?

Luis saß offenkundig tief in seiner Krise und er schien rundum gut betreut zu werden – von Ärzten, Therapeuten und natürlich seinem Verlag. Und auch wenn eine Form von Erleichterung kurz aufgeblitzt war, als er für Amina Palatschinken zubereitet hatte, war es doch anmaßend von ihr, zu glauben, dass sie irgendetwas dazu beitragen konnte, ihm aus seinem Tief herauszuhelfen.

Mit wenigen Bewegungen lehnte sich Amina ebenso auf der Bank zurück und imitierte Luis' Kopfhaltung, um möglichst viel Sonnenlicht ins Gesicht gestrahlt zu bekommen.

Ohne seine Hand loszulassen.

Amina konzentrierte sich vor allem darauf, dass die Verbindung zwischen ihren beiden Händen besonders stabil war.

Was vor allem ihr selbst eine neue Form von Sicherheit gab.

„Wenn es nach mir geht, müsstest du niemals wieder ein Buch schreiben", sagte Amina dann leise.

Nun hatte sie es also doch gesagt.

Amina hörte Luis scharf Luft holen, konzentrierte sich aber unbeirrt auf die Wärme, die ihre Handfläche ausstrahlte. Genau dort, wo sie auf Luis' weiche, noch so unbekannte, aber dennoch fast vertraute Haut traf.

Wie die ersten Frühlingssonnenstrahlen auf der Nasenspitze.

Auf dem Rückweg nahmen sie die Abkürzung durch den Wasserfallwald, von dem niemand so genau wusste, warum er so hieß. Amina hatte sich schon mehrmals danach erkundigt und auch in Geschichtsbüchern über die Region nachgesehen, aber der Ursprung des Namens war nicht herauszufinden.

Das Lustige daran war ja, fand Amina, dass der Wald weder einen Wasserfall noch sonst irgendeine Wasserquelle versteckte. Nicht einmal nach Regenfällen sammelte sich besonders lange Wasser in den im Laufe der Zeit entstandenen Vertiefungen und Fahrspuren im Schotterboden des Forstwegs.

Amina und Luis spazierten langsam zwischen den Bäumen hindurch, die hoch und mächtig in die Luft ragten. Die wenigsten zeigten ihr Grün bereits, nur vereinzelt entdeckte man hie und da einige erste Blüten an einem kleinen Strauch, der zwischen den Stämmen von selbst aufgegangen war. Am Ende des Wasserfallwalds, dort, wo die ersten Siedlungen begannen und der Weg zum Stadtzentrum nicht mehr weit war, befand sich ein altes Fabriksgebäude. Ursprünglich eine Baumwollspinnereifabrik, lag das alte Haus seit Jahrzehnten ungenutzt am Stadtrand.

Als die Fabrik in ihr Blickfeld kam, blieb Luis fasziniert stehen. Das Gebäude war nicht sehr groß, ähnlich einer mittelgroßen Villa vielleicht, aber es zeichnete sich vor allem durch diese besonderen, für alte Fabriksgebäude typischen Fenster aus. Hoch und mit kleinen Ziegelsteinen umrundet strahlte das alte Haus eine besondere Eleganz aus.

Amina erzählte, was sie über die Geschichte der Fabrik wusste, was man sich nach all den Jahrzehnten immer weiter und immer weiter berichtete. Und sie skizzierte ebenso die Geschichten über die wechselnden Eigentümer der vergangenen Jahre nach. Von ignoranten Erben, nachlässigen Investoren, sich überschätzenden Privateigentümern bis hin zum frisch angebrachten „Zu Verkaufen"-Schild, das am Zaun des Geländes prangte.

„Es ist sehr schön", sagte Luis leise. Er wirkte wie in Gedanken versunken und Amina spürte in sich eine kribbelnde Neugier, um zu erfahren, woran er jetzt gerade so intensiv dachte. Fiel ihm in diesen Momenten eine Geschichte ein? Verpflanzte er einzelne Charaktere in diese Szenerie?

Aber noch bevor Amina eine Frage stellen konnte, riss sich Luis vom Anblick der Fabrik los, lächelte Amina zu und griff nach ihrer Hand. Zu ihrer beider Überraschung zog er sie an sich, wickelte die ineinander verschränkten Hände um ihren Rücken, um Amina für einen Moment eng an sich zu drücken. Die unerwartete Nähe, Luis' Wärme, die durch seine Jacke hindurch strahlte, sowie sein so einprägsamer Geruch nach Wildblumen umhüllten Amina und machten sie fast ein wenig zittrig.

Aber damit nicht genug.

Luis' kalte Nasenspitze berührte sie leicht an der Schläfe, nur wenige Augenblicke, bevor er einen zarten Kuss an genau diese Stelle hauchte.

Und Amina seufzte.

Lauter, als ihr lieb war.

Sie glaubte, Luis kichern zu hören, aber in Wahrheit war ihr das in diesem Moment auch egal. Denn er umarmte sie nun auch mit seinem zweiten Arm, legte seine Hand an ihren Hinterkopf.

Einundzwanzig. Zweiundzwanzig. Dreiund … –

Dann war der Moment vorbei und mit einem letzten sehnsüchtigen Blick auf Luis' Nasenspitze, der einzige Körperteil, auf den Aminas Augen in der Schnelle scharf stellen konnten, wurde sie wieder aus der Umarmung entlassen und sie setzten ihren Weg Hand in Hand fort.

Fast drei Sekunden.

Fast drei Sekunden lang hatte die Umarmung gedauert und Amina wusste bereits jetzt, dass es viele Stunden sein würden, in denen sie diese überraschenden drei Sekunden analysieren musste. Vor allem würde sie endlich mal ausgiebig darüber nachdenken müssen, warum sie die leichteste Berührung des Schriftstellers jedes Mal nahezu aus der Bahn warf. Sie verlor regelmäßig ihre Fähigkeit zu sprechen und zu denken, vollkommen beschäftigt mit all den Eindrücken und *Gefühlen*, die durch ihren Körper zuckten: sein Geruch, seine Berührungen, seine Wärme, die vielen, vielen Informationen, die er ganz ohne Worte transportierte. Dazu das Kribbeln und Zittern bis in ihre Fingerspitzen, die Wärme und die Freude, die Nervosität und trotz allem das Gefühl, *etwas richtig zu machen*.

Am meisten beschäftigte Amina jedoch, warum sie all die vielen Dates und Begegnungen mit anderen Männern in ihrem Leben nicht einmal ansatzweise auf die Annäherung an Luis Kramer, den fast weltberühmten Schriftsteller, vorbereiten hatten können.

Es war, als würde sie jedes Gefühl zum ersten Mal in ihrem Leben fühlen. Als wäre all das bisher Dagewesene reine Beschäftigungstherapie gewesen. Man konnte es nicht einmal als Vorbereitungskurs bezeichnen, denn nichts, wirklich gar nichts hatte sie auf diese Intensität vorbereiten können.

Dabei hatten sie sich bisher mal nur in Daunenjacken gehüllt umarmt!

Amina fürchtete sich fast vor dem Tag, an dem sie erstmals in Berührung mit Luis' dunkelgrünem Baumwollpullover kam.

Auch wenn sie es gleichzeitig auch kaum erwarten konnte.

15. Kapitel

Der Geruch von frisch angebratenem Knoblauch wehte über die Treppe bis ins Erdgeschoß zum Hintereingang des „Seitenweise", als Amina am darauffolgenden Mittwoch nach Ladenschluss die Stufen zu ihrer Wohnung nach oben stieg. Je weiter sie zur Tür kam, desto intensiver wurde der Geruch und Stufe für Stufe gesellten sich weitere Nuancen frisch gekochten Essens dazu, bis sie schließlich die Wohnungstür öffnete und sie von warmem Licht, dem Duft von Abendessen und dem Rauschen des Dunstabzugs, nur übertönt von einem live (mit)gesungenen „Your Song" (der Ewan McGregor-Version aus „Moulin Rouge"), empfangen wurde.

„Hallo?", rief Amina etwas zögerlich in die Wohnung und ließ die Tür ins Schloss fallen. Sie kickte ihre Schuhe von den Füßen und warf ihren Schlüssel auf die Anrichte. Als sie sich aufrichtete, wartete Luis mit einem Glas Rotwein in der Hand im Durchgang zu Aminas Wohnzimmer.

Für einen Augenblick starrten sie sich nur an. Amina war zu sprachlos, um nur irgendeine Regung zu zeigen. Und Luis … ja, sie war viel zu sehr mit ihren eigenen überschwänglichen Gefühlen beschäftigt, um sich über Luis' vielleicht etwas zaghaften und unsicheren Gesichtsausdruck Gedanken zu machen.

Was würde sie nur dafür geben, jeden Tag oder jeden zweiten Tag, vielleicht auch nur einmal pro Woche so in ihrer Wohnung begrüßt zu werden? In diesen bereits gewärmten, hell erleuchteten Räumen, die vielversprechend nach Abendessen rochen. Und wo dieser clevere Mann in seinem (heute weinroten) Baumwollpullover zwei Schritte auf sie zumachte, um ihr zur Begrüßung jene Stelle über dem Aug' zu küssen, wo ihre Augenbraue auslief. Wo er sie seit ihrem Krokuswiesenspaziergang jeden einzelnen Tag mit einem zarten Kuss begrüßt hatte, wenn er vormittags ihren Kaffee ins Geschäft gebracht hatte.

Bis heute Vormittag hatte es gedauert, dass Amina gelernt hatte, in den Momenten des Kusses nicht die Luft anzuhalten, sondern intensiv, wenn auch unauffällig, einzuatmen. Um nur ja nichts von diesem frischen Wildblumenwiesen-Sommer-Gefühl zu verpassen, das Luis' Nähe in ihr auslöste.

Heute Vormittag war auch der erste Tag gewesen, an dem Aminas Finger nicht mehr gute 20 Minuten gezittert hatten, nachdem Luis mit Kaffee und Augenbrauenkuss ins Geschäft gekommen war. Heute hatte sie sich in den Minuten davor auch mehrmals ertappt, durch die Auslage des Buchladens nach draußen zu sehen, ob das mittlerweile noch vertrauter gewordene Gesicht des Schriftstellers schon irgendwo am Hauptplatz zu erkennen war.

Am Montag hatte sich Amina fast ein wenig überrumpelt gefühlt, als sich Luis mit zwei Thermosbechern aus dem „Kaffeekränzchen“ in den Händen durch die Eingangstür gezwängt hatte. Nach einem schlichten „Guten Morgen“, das er nach dem Augenbrauenkuss in ihre Schläfe gemurmelt hatte, hatte er ihren Becher hinter der Kassa abgestellt und sich dann mit seinem Kaffee und einigen Kinderbüchern auf der Couch niedergelassen.

Amina hatte sich an diesem Montagvormittag um eine üppige Bestellung einer gut zehn Kilometer entfernt liegenden Volksschule gekümmert, die einen Teil ihrer während der Schul-Weihnachtsfeier erhaltenen Geld-Spenden in die Aufstockung ihrer Bibliothek investierte. Und während sie Stückzahlen und ISBN-Nummern verglich, hatte sie immer wieder einen Blick zu Luis geworfen, der abwechselnd in einem der Kinderbücher gelesen und dann wieder durch einen der Verlagskataloge geblättert hatte, die Amina hinter der Kassa aufbewahrte.

Irgendwann kurz vor Mittag hatte sich eine der Yoga-Mütter zu Luis gesellt und ihn in ein Gespräch verwickelt. Die Yoga-Mütter, wie Amina sie im Stillen nannte, war eine Clique an Frauen zwischen Mitte 20 und Mitte 30, die ausschließlich in Leggings und kunstvoll übereinandergeschichteten Shirts in der Stadt zu sehen waren. Mit einem gewissen Neid beobachtete Amina regelmäßig, wie die Yoga-Mütter Bequemlichkeit der Kleiderwahl über alles stellten und bei jeder Witterung wie frisch auf dem Weg ins Fitnessstudio aussahen.

Die Yoga-Mutter neben Luis auf der Couch hatte sich durch einige aktuelle und auch weniger aktuelle Bücher von englischsprachigen Autorinnen gearbeitet, die in den vergangenen Jahren einen der wenigen Plätze im Feuilleton gefunden hatten: Elizabeth Strout, Siri Hustvedt, aber auch Zadie Smith und J. Courtney Sullivan.

Alles in allem eine gute Auswahl, wie Amina fand, für die man aber Zeit zum Lesen benötigte. Kurze Zeit später hatte eine Freundin von Aminas Tante Gerti einen Sonderwunsch, nämlich die Printversion eines neuen Theaterstücks, das sie vor Kurzem im Wiener Burgtheater gesehen hatte, und Amina hatte sich in die Recherchen gestürzt.

„Dieses Buch kennen Sie aber nicht?", hatte sie kurze Zeit später die Yoga-Mutter fragen gehört und die Reflexe der Buchhändlerin hatten sie ihren Kopf heben lassen. Die Frage war jedoch nicht an Amina gerichtet gewesen, sondern an Luis, der zwei Bücher von Elizabeth Strout in seinen Händen hin- und hergewiegt hatte, als würde diese Geste eine Entscheidung herbeiführen können. Luis hatte eines der Bücher angehoben (*Olive Kitteridge* – Natürlich, das haben wir ja alle gelesen, hatte sich Amina gedacht) und das andere Buch (jenes über den verwitweten Pastor in einer Lebenskrise) auf den Rücken gedreht, um den Klappentext zu studieren.

Amina hatte beschlossen, sich nicht in die Unterhaltung einzumischen, auch wenn ihre Erfahrung die Kundin eher in Richtung der episodenhaften Erzählungen rund um das Leben von Olive Kitteridge dirigieren würde. Jemand, der funktionelle Kleidung im Alltag trug, hatte Aminas Meinung nach wenig Zeit, weshalb kurze, in sich abgeschlossene Texte womöglich unterhaltsamer zu lesen waren.

Amina hatte daraufhin nur immer wieder kurz dem Gespräch von Luis und der Yoga-Mutter gelauscht, hauptsächlich dann, wenn einzelne Satzfetzen über die Bücher vor ihnen am Tisch bis zu Aminas Platz an der Kassa drangen. Irgendwann, nach einigen Minuten des Bücher-hin-und-her-Reichens, hatte sich zwischen den beiden eine Diskussion über die ideale Zeit zum Lesen entsponnen. Die Yoga-Mutter hatte für die frühen Morgenstunden plädiert, Luis war ein passionierter Abendleser („Als ich noch gelesen habe", hatte ihn Amina kurz vor sich hinmurmeln gehört). Aminas präferierte Lesezeit („Immer.") hatte sie jedoch für sich behalten.

Als Magda an diesem Montag für den Nachmittagsdienst ins Geschäft gekommen war, hatte sich Amina für eine kurze Mittagspause zurückgezogen. Doch als Amina danach wieder zurück ins Geschäft gekommen war, war Luis bereits wieder verschwunden.

Am Dienstag hatte sich Luis nach der üblichen Begrüßung – Kaffee, Augenbrauenkuss und gemurmeltes „Guten Morgen" – das Leseexemplar jenes Buchs der Strout geschnappt, das er am Vortag mit der Yoga-Mutter besprochen hatte und war für eine gute Stunde in der Geschichte sowie Aminas Buchladen-Couch versunken.

„Als ich so jung war, habe ich auch noch in dieser Haltung gelesen", hatte Aminas Tante Gerti bei einem Besuch an diesem Vormittag im Geschäft Luis' Leseposition kommentiert. Je länger er las, desto runder wurde sein Rücken, bis er sein Ohr auf der Lehne der Couch ablegen konnte und sein Nacken lang gestreckt war, um trotz seiner fast eingeigelten Körperhaltung weiterhin lesen zu können.

„So jung ist er gar nicht", hatte Amina jedoch etwas geistesabwesend geantwortet, vollkommen fasziniert von dieser neuen Facette männlicher Konzentriertheit, die sie hier mitten in ihrem Geschäft ungeniert studieren konnte.

Als Tante Gerti nicht unmittelbar geantwortet hatte, hatte sich Amina vom Studium der einzelnen Wirbel, die sich durch Luis' (heute dunkelblauen) Baumwollpullover abgezeichnet hatten, losgerissen und Tante Gertis hochgezogene Augenbraue und ihren amüsiert verzogenen Mundwinkel ignoriert.

„Ich finde, er hat das *genau passende* Alter …", begann Tante Gerti und noch niemals zuvor hatte jemand vieldeutiger jede einzelne Silbe eines eigentlich so harmlosen Satzes betont.

„Um Elizabeth Strout zu lesen?", hatte Amina unschuldig, aber augenzwinkernd geantwortet. „Dafür hat man *immer* das passende Alter!" Tante Gerti hatte den Kopf in den Nacken gelegt und lauthals aufgelacht.

Luis hatte den ganzen Dienstagvormittag unbeirrt weitergelesen, so lang, bis Amina die Hälfte ihres Mittagssandwiches vor ihn auf den Tisch stellte und ihn zum Essen aufforderte.

Luis hatte blinzelnd von seiner Lektüre aufgesehen, als würde er gerade erst wieder einmal seine Umgebung wahrnehmen. Und ja, es wurde dabei ungewöhnlich warm in Aminas Bauch, als Luis sie (und das halbe Sandwich in ihren Händen) wahrnahm und daraufhin strahlend zu lächeln begonnen hatte.

Nur wegen des Sandwiches, Amina! Auch du lächelst Essen regelmäßig an!

Der Dienstagnachmittag hatte einen weiteren deutlichen Vorgeschmack auf den Frühling gegeben und Amina hatte mit Lucy darüber debattiert, ob es sich bereits bezahlt machen würde, die kleine Balkon-Sitzgarnitur erneut vor dem Geschäft aufzustellen. Manche ihrer Kunden nutzten die Sonnenstrahlen, die nachmittags direkt vor Aminas Geschäft hinschienen und blätterten sich im wärmenden Sonnenlicht durch ihre Buchauswahl. Meistens brachte Amina die sommerlichen Sitzmöbel erst Ende April vors Geschäft, aber nachdem der Frühling neuerdings immer früher ins Land zog …

Seufzend hatte sie die Überlegungen darüber verschoben, um sich nicht vom durch den Klimawandel bedingten Temperaturanstieg die Laune verderben zu lassen. Die diesbezüglichen Sorgen verfolgten sie ohnehin schon Tag für Tag – beim Nachrichtenkonsum, beim Einkaufen, bei der Durchsicht der einzeln in Plastik verpackten Bücher, die sie in die Regale ihres Ladens sortierte.

Fürs Erste hatte Amina daher mal nur den kleinen Holzkeil unter ihre Eingangstür angebracht und diese fixiert, damit die frische, sonnengewärmte Luft auch in ihren kleinen Buchladen strömen konnte.

Luis war in der Zwischenzeit vom pensionierten Hauptschuldirektor in Beschlag genommen worden, der – passend zum Datum und vor allem jedem Lehrerklischee entsprechend – über die Iden des März referierte. Amina hatte Luis aufmerksam zuhören und leicht schmunzeln gesehen sowie seinen insgesamt wesentlich entspannter wirkenden Gesichtsausdruck wahrgenommen.

Und wieder hatte sie diese Wärme in ihrem Bauch empfunden, die bis hinter ihr Brustbein strahlte. Nicht nur, weil sich Luis hier wohlfühlte. Und seine Attraktivität durch diese neu gefundene oder wiederentdeckte Entspanntheit noch mehr zur Geltung kam als bisher.

Nein, auch die Art und Weise, wie die einzelnen Kunden in ihrem Geschäft den berühmten Schriftsteller in ihrer Mitte begrüßten: mit diesem für die Stadt und Gegend typisch unhysterischen und unkapriziösen Stil. Man nahm ihn wahr, man gab ihm Zeit, man sprach mit ihm wie mit jeder anderen Person auch.

Und Luis ließ es sich gefallen.

Während der Frühling vor den großen Auslagenfenstern den letzten Resten des Winters den Garaus machte, ließ sich auch Luis Kramer hier, mitten in Aminas Sammlung von Geschichten, aus der Winterstarre befreien.

. . .

Und so war es dann eigentlich auch kein großes Wunder gewesen, als Luis Kramer heute, am dritten Tag in Folge, mit zwei Kaffees ins Geschäft gekommen war, erst Aminas Augenbraue, dann ihre Schläfe begrüßt hatte und dann ihren Kaffee am gleichen Platz wie an den Vortagen abgestellt hatte.

„Guten Morgen", hatte Amina zurückgelächelt und sie kannte Bücher, die ihr an dieser Stelle Herzerlaugen ins Gesicht geschrieben hätten.

„Ich möchte gerne ein Notizbuch kaufen und heute Abend für dich kochen", hatte Luis gesagt und wenn Amina nicht auf weitere regelmäßige Atemzüge achten hätte müssen, wären ihr wahrscheinlich die leicht pinken Spitzen von Luis' Ohren aufgefallen, nachdem er seine Frage gestellt hatte.

Das war doch eine Frage. Oder?

„Die Notizbücher findest du da hinten", Amina hatte sich fürs Erste auf ihren Buchhändlermodus gestützt, der ihr zumindest eine etwas ruhigere Stimme und regelmäßige Atmung garantierte.

Luis hatte genickt, sich jedoch nicht von der Stelle bewegt, sondern Amina freundlich angesehen.

„Essen wir heute Abend gemeinsam?", hatte er leise gefragt und Amina hatte mit einem nur leicht an ein Grunzen erinnerndes „Hmpf" geantwortet. Sie hatte heftig genickt, da ihre Stimmbänder offensichtlich vorübergehend die Kooperation eingestellt hatten.

„Hast du schon etwas vor?", hatte Luis gefragt und Amina hatte sicherheitshalber nur den Kopf geschüttelt.

„Das heißt, ich kaufe ein und koche?“, hatte er weiter gefragt und Amina hatte genickt.

„Den Wohnungsschlüssel gibst du mir …?“, hatte Luis begonnen und sich unterbrochen, weil Amina wiederum genickt hatte.

Es wäre doch zu schön, wenn sie sich doch einfach nicht wie eine Idiotin verhalten würde!

„Fein!“, hatte Luis gesagt und sich nach vorn gebeugt, um ihre Wange (*ihre Wange!*) zu küssen. „Dann sehen wir uns später!“

Der heutige Mittwoch signalisierte auch den drittletzten Mittwoch vor dem nächsten Treffen des Krimi-Buchklubs und der Großteil der Mitglieder kam kurz nach Ende der Senioren-Pilatesstunde, die mittwochs im Gemeinschaftssaal des Pfarrheims stattfand, ins „Seitenweise“, um das aktuell empfohlene Buch zu kaufen und auch sonst durch die Regale zu stöbern.

Also hatte Amina alle Hände damit zu tun, Kinderbücher zu bestellen, die eine Enkelin ihrer Großmutter als Sprachnachricht diktiert hatte, eine Auswahl an Büchern über Carport-Begrünungen zusammenzustellen, zwei Bücher über den Genuss des Zu-Fuß-Gehens zu empfehlen und zu versprechen, bei Eintreffen einer angekündigten Neuauflage eines Kochbuchklassikers mindestens drei Personen gleichzeitig Bescheid zu geben („Gerne auch als Sprachnachricht“, erinnerte man Amina ein weiteres Mal daran, dass wirklich jede Altersgruppe medienkompetenter war als sie.).

All das geschah, während Amina fleißig Krimis kassierte – und eine überraschend hohe Anzahl an Büchern, die Luis Kramer im Laufe seiner Karriere veröffentlicht hatte.

Amina schmunzelte im Stillen und freute sich vor allem darüber, dass die meisten der Pilates- und Krimibuchklub-Kundinnen sich mit „Bis bald, Amina! Schönen Tag, Herr Kramer!“ verabschiedeten.

„Ich musste heute eine große Nachbestellung von Luis-Kramer-Büchern in Auftrag geben“, sagte Amina lächelnd, als sie nun mitten in ihrem Vorzimmer eines der Weingläser entgegennahm. Der Rotwein reflektierte das Licht der Spots, die den Raum erleuchteten, und bei jedem Schwenk des Glases passte sich die Farbe des Weins der Farbe von Luis' Pullover an. „Vermutlich wird der Buchklub eine Sondersitzung anberaumen, um eines deiner Werke zu besprechen.“

Ewan McGregor setzte im Hintergrund zum großen Finale an und Luis' Lippen zuckten, als könnte er sich kaum zurückhalten, mitzusingen. Amina grinste und nahm einen Schluck vom Wein.

Während das Lied im Hintergrund auslief, lächelte Luis jedoch strahlend.

Dann runzelte er plötzlich die Stirn.

„Herr Gü sollte dazu auch unbedingt eingeladen werden“, sagte er vehement. „Ich glaube, er kommt nicht oft unter Leute.“ Dann drehte sich Luis um und ging zurück in die Küche.

Wann würde es endlich einmal einen Moment geben, in dem Amina nicht überrascht oder sprachlos über eine unerwartete Wendung im Gespräch mit Luis reagieren würde?

Für den Augenblick zuckte sie jedoch mit den Schultern, auch wenn sie niemand sehen konnte, nippte ein weiteres Mal an ihrem Weinglas und ließ den vertrauten Geschmack von ihrem gesamten Mundraum Besitz ergreifen, während sie Luis in die Küche folgte.

16. Kapitel

Amina seufzte zufrieden. Das Champignonrisotto, das Luis zubereitet hatte, zerfiel in ihrem Mund und sättigte sie mit angenehmer Wärme. Luis grinste zufrieden, als er sich selbst noch mehr Risotto auf die Gabel häufte.

„Vielen Dank fürs Kochen“, sagte Amina zum wiederholten Mal und wie schon die vierzehn Mal zuvor schüttelte Luis nur leicht den Kopf und lächelte ihr zu.

Aminas Blick fiel auf ein Buch, das zwischen dem Schneidebrett und einem Glas mit eingefrischter Petersilie auf der Anrichte lag.

„Hast du mit Richard Russo gekocht?“, fragte Amina und zwinkerte leicht.

Luis grinste etwas verlegen. „Beim Risotto kochen kann man nicht lang weg vom Herd, aber es ist auch so langweilig. Da lese ich eigentlich immer." Er räusperte sich. „Da habe ich früher immer gelesen." Er lächelte nachdenklich. „Und heute seit Langem auch wieder einmal."

Amina hatte Luis heute im Laufe des Tages beobachtet und amüsiert dabei zugesehen, wie sein Bücherstapel immer weiter angewachsen war. Er hatte zahlreiche Bücher aus den Regalen gezogen und hineingelesen, manche davon auf seinen Stapel gelegt, andere wiederum zurückgestellt. Diesen einen Roman von Richard Russo jedoch hatte er sofort gekauft, ebenso wie ein dickes Notizbuch mit quietschgelbem Einband.

„Warum hast du in manche Bücher heute nur kurz reingelesen, an unterschiedlichen Stellen, und manche Bücher von vorn zu lesen begonnen?", fragte Amina neugierig. Sie entdeckte, dass Luis eine ihrer Weihnachtsservietten etwa beim ersten Achtel des Buchs zwischen die Seiten gesteckt hat. „Ich habe übrigens gefühlt eine Million Lesezeichen im Geschäft, falls Du mal Ersatz für die Serviette benötigst", ergänzte sie freundlich. Luis grinste.

„Vielen Dank", sagte er, dann lehnte er sich zurück und nahm einen Schluck Wein. „Manche der Bücher kannte ich schon. Da habe ich nur nochmals etwas nachgesehen und versucht, bestimmte Passagen wiederzufinden."

„Wonach suchst du?", fragte Amina. Luis' Gesicht wurde nachdenklich, als würde er sich die passenden Worte zurechtlegen.

„Ich sammle Beschreibungen von Kleinstadt-Leben", sagte Luis schließlich und Amina atmete vor lauter Überraschung ein Reiskorn ein. Sie hustete, spülte mit Rotwein nach, entschuldigte sich und musste danach ein weiteres Mal husten.

Luis sah sie ein wenig besorgt an und Amina musste seiner Einschätzung recht geben. Es war, als hätte sie jegliche Umgangsformen der Zivilisation in Luis' Anwesenheit verlernt. Er sagte einen Satz und sie erstarrte vor Überraschung. Oder es verschlug ihr die Sprache. Oder sie verschluckte sich am Essen.

Es war, als wäre sie das erste Mal in der Nähe eines attraktiven Manns.

Eines attraktiven Manns, der sie so aufmerksam ansah, als wollte er etwas daraus lernen.

Amina schüttelte die Analyseversuche ihres Hinterkopfs ab und widmete sich wieder Luis' Kleinstadt-Philosophien.

Beschreibungen von Kleinstadt-Leben also …

Amina dachte nach. Sie hatte neben Elizabeth Strout und Richard Russo auch ein Buch von Juli Zeh sowie Robert Seethalers „Ein ganzes Leben" unter Luis' Auswahl entdeckt.

„Ich habe auch eine sehr aktuelle Übersetzung von ‚Middlemarch' im Geschäft", sagte Amina schließlich. Der Roman von George Eliot war mit „Eine Studie über das Leben in der Provinz" untertitelt und vielleicht bot ja auch dieser Text Unterstützung bei der Annäherung an das Thema.

Luis lächelte freundlich und bedankte sich. „Das ist eine ausgezeichnete Idee."

Langsam schlossen sie ihr Essen ab, unterhielten sich über Bücher, die sie beide gelesen hatten, besprachen die aktuellen Nachrichten und Amina erzählte nochmals im Detail nach, wie die Damen des Pilates-/Buchklubs heute ihren Vorrat an Luis-Kramer-Büchern geplündert hatten.

Bei diesem Thema verfärbten sich Luis' Ohrspitzen wieder leicht rosa, was Aminas bis zum Anschlag mit Risotto gefüllten Bauch in freundliches Flattern versetzte. Sie trank ein paar kräftige Schlucke Wein, um dem Flattern einen offensichtlicheren Grund zu geben und hörte Luis zu, wie er vom Thema ablenkte, indem er von den Gesprächen, die er in den vergangenen Tagen geführt hatte, erzählte.

Irgendwann übersiedelten sie auf die Couch, sprachen und lachten, tranken den Wein, während Aminas Wangen immer wärmer wurden. Sie wusste, dass sie ihr übliches Werktagslevel an Weinkonsum irgendwann vor eineinhalb Gläsern überschritten hatte.

Egal. Wer weiß, wann sie wieder einmal so ohne großen Aufwand essen, trinken und Gedanken spinnen konnte.

Amina lehnte sich zufrieden zurück, hob ihr überraschend gut gefülltes Weinglas an (Wann hatte hier jemand nachgeschenkt?) und trank daraus. Luis hatte vor Kurzem zu kichern begonnen, anfangs über irgendeinen Instagram-Account mit einer singenden Sonnenblume, im

Moment googelte er gerade nach Quokka-Selfies, die er ihr jeweils unter die Nase hielt.

Amina grinste weinselig vor sich hin.

Die Musik im Hintergrund war irgendwann vor einer guten Stunde einige Jahrzehnte in die Vergangenheit gereist und Michael Jackson's „Bad“ verklang gerade gemeinsam mit Luis' Summen. Der nächste Song begann und während Aminas weingetränktes Hirn noch durch den Wurlitzer ihrer Erinnerung scrollte, leuchteten Luis' Augen auf.

„I believe the children are our future …”, trotz des beträchtlichen Weinkosums verpasste Luis' den Einsatz nicht.

Amina lächelte über Whitney Houstons nächsten zwei Textzeilen hinweg, aber Luis zuckte mit keiner Wimper. Mit unerschütterlicher Balladen-Miene sang er sich textsicher durch die erste Strophe und lachte dann mit Amina gemeinsam die zweite Strophe über.

Plötzlich sprang Luis auf, hielt sich sein Telefon wie ein Mikrofon vors Gesicht und hielt wiederum mit Whitney Schritt: „I decided long ago, never to walk in anyone's shadows …”

Das konnte Amina nicht auf sich sitzen lassen.

“If I fail, if I succeed …”, stieg sie mit ein und arbeitete sich aus vollem Hals auf den Höhepunkt des Refrains zu.

. . .

Im Film „About a boy“ gab es ja diese eine Szene, in der Hugh Grant mit Toni Collette und Nicholas Hoult „Killing me softly“ singt. Bis man Hugh Grants Stimme aus dem Off hört: „„…the worst part was, when they closed their eyes.”

Amina konnte niemals so betrunken sein, um nicht an diese Szene zu denken, sobald sie zu singen begann.

Und ihre Augen schloss.

Aber sie lachte nur kurz auf und konzentrierte sich dann so gut es ihr weingetränktes Hirn erlaubte auf den restlichen Song, mit tatkräftiger Hilfe von Whitney Houston. Und dem stimmgewaltigen Luis Kramer, der unbeirrt durch ihre kleine Wohnung dröhnte.

Bis zum nächsten Song.

Und zum nächsten.

Irgendwann war auch die zweite Flasche Rotwein zu zwei Drittel geleert und es war an der Zeit für Ella. „I've got a crush on you, sweetie pie …“, sang die Fitzgerald durch Aminas Wohnzimmer und irgendwie war Amina mit ihrer Wange an Luis' Schulter gelandet, einer seiner Arme lag angenehm um ihre Taille gewickelt. Mit seiner anderen Hand hielt er Aminas Hand auf seinem Brustkorb fest.

Aminas rotweingetränkte Sinne fokussierten sich auf den beständigen Herzschlag unter ihrer Handfläche, auf Luis' Atem, der ihr rechtes Ohr kitzelte, und auf das angenehme, angenehme, angenehme Gefühl, von Ella Fitzgerald verstanden zu werden.

„Ella weiß immer im richtigen Moment, was zu sagen ist", murmelte Amina daher in den weinroten Pullover unter ihrer Wange.

„Hm?", fragte Luis über die Musik hinweg.

Amina hob ihren Kopf, um ihre Stimmbänder näher an Luis Ohr zu bringen, aber … – Ach, du meine Güte! Was waren diese Augen schön! Und irgendwie sah er sie an, als ob …

Ja, irgendwie …

Sie trafen sich auf jeweils halbem Weg.

Luis' Lippen waren weich. Und zaghaft. Fast fragend für den Anfang. Aminas Lippen kribbelten unter dem Kontakt zu Luis' Mund.

Karamell und Marillenmarmelade. Wolken aus Zuckerwatte.

In ihrem Körper erwachte jede einzelne Nervenbahn zum Leben, nicht dass sie nicht ohnehin schon gut aufgewärmt vom Tanzen waren. Aber das hier, das war ein gänzlich neues Gefühl.

Diese elektrifizierende Intensität eines ersten Kusses.

Der in einen vielversprechenden zweiten Kuss überging.

Und einen dritten.

Amina stellte sich leicht auf die Zehenspitzen, um für einige Momente das Kommando zu übernehmen. Sie wickelte ihre Arme eng um Luis und zog ihn an sich.

Der weinrote Pullover hielt, was er versprach. Warmer, weicher Stoff wickelte sich im Gegenzug um sie und Amina küsste, ertastete, erprobte diese neugewonnene Nähe zu Luis in einem Zustand der Leichtigkeit, der ihr wohlbekannt, aber auch wieder fremd war.

Wie eine lang zurückliegende Erinnerung.

So musste Fliegen sein.

Mit ihren Händen, Armen und allem, was ihnen zur Verfügung stand, begannen Amina und Luis den jeweils anderen Körper zu ertasten. Amina spürte, wie sich die Schulterblätter und Rückenmuskeln von Luis unter ihren Handflächen bewegten, während seine Hände ihren Oberkörper entlang tanzten, über den Rücken, die Taille, den Bauch – bis sie Zugang unter ihr T-Shirt fanden.

Amina schnappte für einen Moment nach Luft. Die leicht rauen Hände des Schriftstellers setzten ihre gesamte Hautoberfläche in Brand, ihre Bauchmuskeln zuckten nach innen und zur Seite, aber Luis' Hände waren bereits wieder auf ihrem Rücken gelandet, zogen sie näher an ihn heran. Bis sich eine der Handflächen zwischen ihren Schulterblättern niederließ und Amina erleichtert aufseufzte.

Sie musste nirgendwo hingehen. Sich um nichts mehr kümmern. Diese schlichte Geste, diese warme Handfläche auf ihrem Rücken entspannten ihren Kopf und ihren

Geist und das ließ ihr genügend Raum, um im Gegenzug Luis langsam und beständig zu erkunden.

Dieser lachte kurz auf, als Amina ihm mit einem Seufzen den Pullover auszog.

„Dir ist sicher warm“, murmelte sie nur kurz, bevor sie sich wieder seinen Lippen widmete. Für einen Moment ließ sie ihre Augen geöffnet und erkannte, dass Luis' Blick vergnügt aufblitzte. Sein Gesicht war leicht gerötet.

Vom Wein oder von den Küssen.

Egal.

Sie musste unter dieses T-Shirt, das er unter seinem Pullover trug.

Sie musste noch näher an ihn heran.

Mit flinken Fingern arbeitete sie sich unter den Baumwollstoff und wieder lachte Luis kurz auf.

„Was?“, fragte Amina und beugte sich kurz zurück, um ihm direkt in die Augen zu sehen.

„Das kitzelt“, flüsterte Luis.

Frank Sinatra sang derzeit gerade darüber, wann er jeweils „a very good year“ erlebt hatte und Luis summte in Aminas Nacken, knabberte kurz an ihrem Ohrläppchen und für einen Augenblick schien die Zeit still zu stehen, so intensiv kribbelte es in ihrem gesamten Körper.

Zwei tiefe Atemzüge und drei Küsse später drehten sich die Uhren wieder im gewohnten Tempo weiter.

„Kribbelst du auch von Kopf bis Fuß?", fragte Amina und erkundete die Konturen von Luis' Kinn mit ihren Lippen.

„Jaa-haaa …", seufzte Luis und Amina kicherte. Dann schnappte sie Luis' Hand und zog ihn hinter sich her in ihr Schlafzimmer.

Amina beugte sich nach vorn, um das kleine Licht auf ihrem Nachtkästchen einzuschalten und öffnete dann die schmale Schublade, legte einige Kondome neben die Lampe und richtete sich wieder auf.

Luis umarmte sie von hinten, seine Hände fanden wie automatisch wieder unter ihr Shirt und Amina zitterte leicht unter dem angenehmen Kontakt. Luis küsste sie im Nacken und unter dem Ohr und dann wieder im Nacken, was das Zittern und Kribbeln in ihrem Körper stets auf elektrisch hohem Level hielt.

Amina drehte sich langsam in der Umarmung um und ließ ihre Finger über Luis' Gürtel streifen. „In mein Bett darf man nur ohne Jeans", sagte Amina und widmete sich der Gürtelschnalle.

Luis lachte auf. „Tatsächlich?", fragte er und öffnete geschickt ihre Hose, ließ seine Hand zart über ihren Po streichen, bevor er mit schnellen Bewegungen ihre Kleidung zum Teil nach unten, zum Teil nach oben zog, mit großer Hilfe von Amina natürlich. Mit ähnlicher Effizienz streifte Luis dann auch seine Jeans und sein T-Shirt ab und –

Amina schluckte. Luis war ein Geschenk für ihre Augen. Sie lachte innerlich auf. (Etwas hysterisch vielleicht, aber das war ja nur für ihre Ohren bestimmt.)

Es war natürlich kein Wunder, dass jemand, der sogar in unterschiedlich gefärbten Baumwollpullovern attraktiv war, auch ohne besagte Pullover ansehnlich sein würde, aber mal ernsthaft!

Luis war schön, gepflegt, wohlproportioniert, seine Schulterbreite passte zu seiner Körpergröße und Amina wusste wirklich, wie lächerlich und vor allem oberflächlich es war, nach einem vitruvianischen Menschen zu suchen, aber – *Ladies and Gentlemen, take your seats!* – sie hatte ihn gefunden.

Luis' Augen tanzten vergnügt, als wüsste er ganz genau, was sie gerade dachte und Amina holte Luft, um sich zu rechtfertigen, aber sie kam nicht dazu.

„Du bist wunderschön", sagte Luis mit dieser konzentrierten Ernsthaftigkeit, die ihr *seit Tagen* Bauchkribbeln bescherte und sie jetzt – mit mehreren Achtel Rotwein intus und ihren vom Tanzen und Singen und Küssen und Umarmen aufgeladenen Nervenbahnen – beinahe wie ein Teenager kichern ließ.

Mit größter Anstrengung legte sie all die überschüssige Energie, die gerade durch ihren Körper blitzte, in ein – erwachsenes – Lächeln.

Luis lächelte zurück. Und wie!

Dann küsste er sie.

Und wenn schon die Umarmung während des Tanzens und danach während des Küssens ein Ereignis war, das Bücher füllen konnte, war es immer noch kein Vergleich zu diesem sensationellen Gefühl, als sie beide Haut an Haut ins Bett fielen.

Sie krabbelten unter die Decke, achteten darauf, dass sie stets so viel Kontakt wie möglich hielten: von Kopf bis Fuß, mit in den Nacken des anderen eingegrabenen Gesichtern, ineinander verwickelten Füßen, Bauch an Bauch und natürlich küssend.

Ständig küssend.

Die dicke Decke bildete einen Kokon, der frische Geruch der Bettwäsche mischte sich mit dem Duft von Wildblumen, Marillen und dem Glitzern einer durchtanzten Nacht.

Sie drehten sich, lachten und kicherten, lernten sich kennen – mit allen Sinnen. Bis Luis irgendwann nach einem der bereitgelegten Kondome griff, den Kontakt zwischen ihnen nur kurzfristig unterbrechend und sie schließlich endlich ineinander verschmelzen konnten.

Und war das nicht noch besser, als zu Ella Fitzgerald zu tanzen?

17. Kapitel

Die ersten Takte von „Listen to your heart“ machten sich in Aminas Kopf breit, während sie sich langsam in die Realität tastete. Sie hielt ihre Augen geschlossen, während sie ihren Körper einer Inventur unterzog: der pelzige Rotweingeschmack auf der Zunge, Durst wie nach drei wasserlosen Tagen in der Sahara, ein pochender Schmerz in der linken Kopfhälfte, musikalisch ummalt von Roxette in der Ohrwurm-Dauerschleife, der gesamte Körper fühlte sich wie durchgeknetet an vom Tanzen und … –

Amina schlug die Augen auf und hielt für ein paar Sekunden den Atem an. Da! Ein lässig um ihren Bauch geschlungener Arm. Und eine fremde Nasenspitze … zwischen ihren Schulterblättern?!

Langsam schob sich Amina nach vorn, versuchte sich aus der Umarmung zu lösen, während die Erinnerung des

Vorabends in immer schneller auftauchenden Szenen durch ihren Kopf tanzte.

Oh nein!

Das durfte ja nicht wahr sein!

Immer und immer wieder passierte ihr das Gleiche!

Ach, du meine Güte!

Sie hatte gesungen!!!

Vor Zeugen!

Amina horchte in die Wohnung hinein. Irgendjemand musste schließlich doch noch die Musik abgedreht haben, nachdem sie mit Luis ins Bett gefallen war. Sie drehte sich langsam und versuchte, das beharrliche „Listen to your heart / take a listen to it …" in ihrem Kopf zu verdrängen.

Abgesehen von der Erinnerung an ein Solo von „Let it go", das sie, kurz bevor die Musik sich in Richtung Ella und Frank bewegt hatte, mit einem besonders akkurat nachempfundenen „… the cold never bothered me anyway" dargeboten hatte, war der vergangene Abend ja durchaus gelungen und unterhaltsam und sinnlich und überraschend gewesen.

Meine Güte, konnte Luis küssen! Und … –

Der Mann der Stunde bewegte sich neben ihr und Amina spürte, wie sich der um ihren Bauch geschlungene Arm anspannte und sie einige Zentimeter über ihre Matratze zog, bis sie von Kopf bis Fuß umhüllt vom immer noch nach Wildblumen riechenden, wärmenden Schriftsteller war. Amina seufzte zufrieden.

„Morgen“, murmelte Luis in ihren Hinterkopf und bewegte und schob und zupfte so lang herum, bis er Aminas Augenbraue in Kussweite hatte.

Wie jeden Tag, wenn sie sich das erste Mal sahen.

Und damit startete das Kribbeln wieder und tänzelte durch ihren ganzen Körper.

„Ich entschuldige mich dafür, dass mich Rotwein glauben lässt, ich sei Idina Menzel“, murmelte Amina in ihren Kopfpolster und Luis lachte leise auf.

„Soweit *ich* dich kennengelernt hab', stört dich die Kälte eigentlich jeden Tag“, sagte er leise und Amina kicherte.

„Frühlingssehnsucht sagt Tante Gerti dazu“, gab sie zurück.

Luis wickelte seine Arme noch enger um sie.

„Ist dir jetzt kalt?“, flüsterte er.

Amina schüttelte den Kopf, so gut es eben ging, eingemümmelt zwischen dem Kopfpolster und dem Schriftstellerkopf, der sich in ihrem Nacken vergrub, wenn er gerade nicht sprach.

„Geht's dir gut?“, flüsterte Luis und Amina nickte.

„Wie geht's dir?“, fragte Amina und Luis umarmte sie nochmals enger.

„Hervorragend“, antwortete er. Sie hörte ihn grinsen. „Was für ein Abend!“

Amina lachte auf.

„Deine Playlist …“, seufzte Luis. „Von Partystimmung zu Verführung …, du solltest das verkaufen.“

Amina lachte erneut auf. „Das ist nur der Zufallsgenerator“, gab sie zu und Luis kicherte.

„Ich kann nie wieder Sinatra hören, ohne rot zu werden …“, flüsterte er und Amina hatte das Gefühl, ihr gesamter Körper wurde heiß und kalt. Aber vor allem heiß.

Sie schwiegen für einen Moment, lächelnd in Gedanken versunken. Amina spürte, wie ihre Augenlider wieder schwer wurden und sie versuchte krampfhaft, munter zu bleiben. Vom durch die Vorhänge dringenden Licht ausgehend musste sie wohl bald ins Geschäft, um zu öffnen. Eventuell würde sie heute Bella anrufen, ob ihr jemand Frühstück aus dem „Kaffeekränzchen“ bringen konnte.

„Woran denkst du gerade?“, unterbrach Luis plötzlich ihre ernährungslogistische Planung. „Dein ganzer Körper ist gerade eine Spur … angespannter … geworden.“

„Tatsächlich?“ Amina drehte sich leicht, um Luis in die Augen sehen zu können. Sie blinzelte die letzten Sandkörner weg und konzentrierte sich auf sein Gesicht. Seine Augen waren eine Spur kleiner als sonst, aber die Fältchen drumherum wackelten freundlich. In seinem Blick lag so viel Wärme …

Amina schluckte.

„Ich habe an einen Arbeitstag mit Kater gedacht“, flüsterte Amina. Luis beugte sich nach vorn und küsste ihre Stirn, dann ihre Nase, dann ihren Mund.

„Ich helfe dir“, murmelte er gegen ihre Lippen.

„Das musst du nicht ...“, begann Amina und streckte sich ein bisschen nach Luis, der seinen Kopf anhob und sie eindringlich ansah.

„Nicht aufhören“, murmelte sie.

„Womit?“, fragte Luis verschmitzt.

„Mit dem Küssen“, grinste Amina.

„Warum bist du so?“, Luis klang nachdenklich, küsste sie aber endlich weiter.

„Wie?“, Amina knabberte ein wenig auf seiner Unterlippe herum.

Luis legte seinen Kopf auf ihre Schulter.

„Sprachlos oder *frozen* oder abwehrend, wenn ich dir helfen will oder etwas Gutes tun will ...“, setzte Luis das Gespräch von zuvor fort.

„Ich bin ...“, Amina schluckte. „Was?“, fragte sie verwirrt.

„Manchmal schaust du mich nur an“, sagte Luis und küsste eine Zierleiste entlang ihres Schlüsselbeins. „Dann reagierst du kaum. Als ob du schockstarr wärst. Anfangs dachte ich, du überlegst, wie du mich zurückweisen kannst. Aber jetzt glaube ich, dass dein Kopf in diesem Moment überlastet ist mit Gedanken und Reaktionen und

… Gefühlen?“ Er küsste sie lauthals auf den Mund. „Und deshalb frierst du für einen Moment ein.“

Luis setzte sich auf und ließ einen Schwall kalter Luft unter den Deckenkokon, der sie die ganze Nacht umhüllt hatte. Amina spürte, wie sich leichte Gänsehaut rund um ihren Bauchnabel bildete.

Als hätte er es ahnen oder sehen können, legte Luis seine Hand genau auf diese Stelle und wärmte sie wieder auf.

Amina seufzte. Natürlich war ihr das selbst schon aufgefallen, dass sie in manchen Begegnungen mit Luis schlichtweg überfordert war. Vor allem, wenn er sie zum Essen einlud oder ihre Augenbraue küsste oder …, aber wollte sie dem wirklich auf den Grund gehen? Diese Nettigkeiten waren ja ohnehin in wenigen Tagen oder Wochen wieder vorbei. Entweder, weil er abreiste. Oder, falls Luis überraschenderweise hierblieb, würden sich diese netten Gesten aus einem anderen Grund nicht zur Gewohnheit entwickeln.

Also war es am besten, sich gar nicht erst daran zu gewöhnen.

Alles hatte ein Ende.

Vor allem Aminas Liebschaften.

Luis fuhr mit seiner Hand sanft über Aminas Wange und lächelte sie fast traurig an. Woher wusste er, dass dies genau die Berührung war, die sie in diesem Moment benötigt hatte?

„Kannst du Gedanken lesen?“, fragte Amina, aber Luis schüttelte den Kopf.

„Du bist immer so nett“, flüsterte sie dann. Luis lächelte, kurz, dann wurde er wieder ernsthafter.

„Ist das okay?“, fragte er.

Amina nickte.

„Warum machst du das?“, fragte sie dann.

„Was?“

„Das Nettsein“, sagte Amina.

Luis dachte nach, sah Amina in die Augen, freundlich, aber auch ernst.

„Ich würde gerne sagen aus Dankbarkeit“, antwortete Luis leise. „Du holst mich aus meinem Kopf heraus.“ Er schluckte und strich mit seinen Fingern über Aminas Gesicht, immer wieder über jene eine Stelle am Rande ihrer Augenbraue. „Aber es ist mehr als das. Selbst wenn Du nämlich nichts sagst, blitzen deine Augen auf, wenn ich dich zum Beispiel zum Essen einlade. Oder über ein Buch spreche. Oder dich hier an der Schläfe küsse. Und das gibt mir – frei nach Jack Nicholson – *ein gutes Gefühl.*“

Amina lehnte sich in den Kopfpolster und lachte lauthals auf, als sie Luis sah, wie er seinen Mund in besonders breites Grinsen verzog und seinen Kopf ähnlich triumphierend wackeln ließ, wie man es vom Schauspieler kannte.

Sie setzte sich auf, zog ihre Augenbrauen zusammen. „You want the truth?“, spielte sie eine weitere ikonische Nicholson-Rolle nach. „You can’t handle the truth!“

Luis lachte auf.

„Falscher Film“, sagte er.

„Einer der besten Filme“, antwortete Amina grinsend und schwang ihre Beine aus dem Bett, um sich auf die Suche nach Wasser und Kopfschmerztabletten zu machen.

Aber bevor sie aufstand, lehnte sie sich nochmals zurück, küsste Luis zärtlich und flüsterte: „Du gibst mir auch ein gutes Gefühl.“

Der Computer in Aminas Geschäft gab ein müdes Piepsen von sich, als er hochfuhr, und selten in ihrem Leben fühlte sie sich so verstanden von einem technischen Gerät wie in diesem Augenblick.

Amina sperrte die Eingangstür auf, ließ den Rollladen hochfahren und trat vor ihr Geschäft, um einige Atemzüge frischer Luft zu nehmen.

Es roch nach Frühling, eindeutig.

Es roch nach frisch aufgetauter Erde und den ersten Blüten des Jahres.

Es roch nach Sonnenschein und Sommerwärme.

Sie atmete ein, sie atmete aus.

. . .

Der Rotwein-Kopfschmerz pochte nur mehr sehr abgedämpft in ihrem Kopf dahin, die Schmerzmittel und der Liter Wasser, den sie – gefühlt – getrunken hatte, leisteten ganze Arbeit.

Amina ließ ihren Blick über den Hauptplatz schweifen.

Das Uhrengeschäft öffnete ebenso gerade für den Tag, während beim Bäcker bereits mehrere Leute ein und aus gingen. Vor dem „Kaffeekränzchen" standen einige Leute beisammen, zum Teil mit Kaffeebechern in der Hand, aus denen es herausdampfte.

Amina sah Luis aus dem Geschäft treten, beide Hände vollgefüllt mit dem versprochenen Katerfrühstück, und sie lächelte, als sie ihn neben der Gruppe an tratschenden Personen stehen bleiben sah. Worüber sich die paar Menschen auch unterhielten, es amüsierte alle, denn nur wenige Momente später drang lautes Lachen über den Platz.

Und wieder kribbelte es in Aminas Bauch und es wurde warm.

Gewöhn dich nicht daran. Er reist bald wieder ab.

Auf ihr Hirn war Verlass, wenn es darum ging, den sprichwörtlichen Kübel mit Eiswasser über sie zu leeren.

Amina verdrehte über sich selbst die Augen und ließ sich dann vom sich nähernden Schriftsteller ablenken. Selbst mit vom Schlaf verlegenen Haaren und in der Kleidung vom Vortag, die die Nacht zerknitternd auf ihrem Schlafzimmerboden verbracht hatte, sah Luis umwerfend aus. Am liebsten würde sie das Geschäft für heute geschlossen lassen und sich mit Luis ein weiteres Mal nach oben in ihre Wohnung zurückziehen, ihn noch einmal und ganz ohne die Mut machende Unterstützung des Rotweins von seinem Pullover befreien, seine Schultern und Arme erkunden. Und überprüfen, ob ihre weingetränkte Erinnerung sie nicht täuschte und Luis tatsächlich am Haaransatz im Nacken, dort, wo man seine Halswirbel ertasten konnte, eine besonders sensible Stelle hatte. Wenn man ihn dort berührte, schloss er jedes Mal die Augen und gab den friedlichsten Ton von sich, während sich sein gesamter Körper entspannte.

Amina wollte ihn küssen. Dort. Und drumherum.

„Guten Morgen", sagte Luis, als würden sie sich gerade zum ersten Mal sehen. Er zog Amina für einen leichten Kuss an sich heran. Die mit Frühstück gefüllten Papiersackerl raschelten in ihrem Rücken, dort, wo Luis' Hand durch ihren Pullover wärmte.

„Hi", seufzte Amina erfreut und nahm Luis einen der Kaffeebecher ab.

„Komm, lass uns essen", sagte Luis und zog Amina ins Geschäft.

18. Kapitel

„Das Spiel ist am Sonntag“, sagte Felix und begann, auf einem leeren Blatt seines Notizbuchs eine Skizze anzulegen, mit der er den Weg zum Sportplatz beschrieb. Luis rückte näher, um besser sehen zu können.

„Hast du Zeit?“, fragte der Schriftsteller dann und hob seinen Kopf, um Amina, die lesend neben den beiden gesessen war, anzusehen.

„Wann denn?“, fragte Amina.

„Am Sonntag“, antwortete Felix und klang leicht entnervt.

„Ich denke, Amina wollte die Uhrzeit wissen“, warf Luis schmunzelnd ein und zwinkerte Amina zu.

„11 Uhr“, antwortete Felix unbeirrt und zeichnete ein paar Bäume in seine Skizze ein, um die Ahornallee, die auf dem Weg ins Stadion lag, leichter erkennbar zu machen.

„Das geht sich aus", sagte Amina. „Wenn Luis sich ums Frühstück kümmert, schaff ich's am Sonntag um 11 Uhr ins Stadion." Sie zwinkerte zurück und freute sich heimlich über Luis' leicht pinke Ohrenspitzen.

Frühstück am Sonntag bedeutet eventuell auch Abendessen und Sinatra am Samstag …

Luis' Augen blitzten auf, als wüsste er genau, woran sie gerade dachte.

Great minds …

„Dann hinterlege ich zwei Tickets für euch an der Kassa", unterbrach Felix Aminas zugegebenermaßen nicht sehr jugendfreie Gedanken und sie nickte ihm bemüht aufmerksam zu.

Über den Freitagnachmittag war bedauerlicherweise ein ausgiebiger Regenguss gezogen, was die Kundenfrequenz in ihrem Laden etwas reduziert, ihr jedoch einige Stunden Lesezeit beschert hatte, während neben ihr Felix und Luis über das Leben in der Stadt diskutierten.

Amina hatte sowohl am (vom Kater benebelten) Donnerstag als auch am (etwas frischeren) Freitag beobachtet, wie sich Luis langsam von seiner belletristischen Recherche hin zu diversen Sachbüchern gewandt hatte, in denen es um Wälder, Baumbestand, ökologische Zukunftsszenarien und auch Kommunalpolitik ging. Heute hatte Luis sogar einen schmalen, silbrig-glänzenden Laptop mit ins Geschäft gebracht und seine Arbeit darauf erst unterbrochen, als sich Felix kurz nach Mittag neben ihn auf die Couch gesetzt hatte.

Felix war zwar mittlerweile ohne Krücken unterwegs, er lagerte sein Bein jedoch weiterhin hoch, wenn er auf der Couch saß. Amina war aufgefallen, dass er bei seiner Ausgabe von „Fever Pitch“ bereits das erste Drittel bewältigt hatte und lächelte vor allem darüber, dass er bei jedem Besuch auf ihrer Lesecouch erst eine Viertelstunde lang in seinem Buch las und dann nach seinem Notizbuch griff und zu zeichnen begann. Dazwischen unterhielt er sich immer wieder mal mit Luis, Ein- bis Drei-Satz-Gespräche, nach denen sich die beiden jeweils wieder – meist schmunzelnd – ihrer Arbeit widmeten.

Die Glocke über ihrer Eingangstür läutete und ließ alle drei von der Couch aufblicken. Begleitet von Sturzbächen, die aus Mantel und Schirm liefen, eilte Otto durch die Tür und sah sich hektisch nach allen Seiten im Geschäft um. Sein Gesicht leuchtete auf, als er Amina, Felix und Luis auf der Couch sitzen sah.

Aufs Wetter schimpfend stapfte er durch den Laden und ließ erst den Schirm, dann seinen Mantel achtlos auf den Boden fallen, bevor er in einem der bequemen Sessel Platz nahm.

„Was lesen wir heute?“, fragte er in die Runde und beäugte erst den Roman in Aminas Händen, Felix’ Ausgabe von „Fever Pitch“, die am Couchtisch lag, bis sein Blick beim ständig anwachsenden Stapel von Luis landete.

„Das hier ist keine Bibliothek“, sagte Otto langsam, aber mit einem Augenzwinkern. „Du musst die Bücher hier eigentlich erst kaufen, dann darfst du sie lesen.“

Luis blickte erst ihn an, dann Amina, dann den Stapel, dann wieder zu Otto. „Also … –"

„Für den Umsatz, den mir Luis allein durch seine Anwesenheit bringt, darf er gerne noch durch einige Bücher blättern, ohne sie zu kaufen", warf Amina ein.

Felix hob überrascht seinen Kopf und Otto lachte auf.

„Tatsächlich?", fragte Luis überrascht. „Aber ich mache ja gar nichts …"

Amina zuckte mit den Schultern. „Ich habe letzte Woche so viele Exemplare deiner Bücher verkauft wie im ganzen letzten Jahr zusammen."

„Zwei?", fragte Otto und grinste. „Drei?"

Luis' Augen wurden gespielt schmäler.

„Du bist Schriftsteller?", fragte Felix ungläubig und Amina verkniff sich das Lachen.

Luis lächelte schief und fast ein wenig traurig. „Ja, leider."

„Leider?", fragte Otto nach und hob seine Augenbrauen neugierig. Man konnte fast sehen, wie sich hinter seiner Stirn ein Gewissenskampf abzeichnete: Einerseits sah er wohl die Hoffnung, die Schriftstellerprominenz für die Vermarktung der Stadt gewinnen zu können, davonschwimmen. Auf der anderen Seite war Otto in erster Linie immer und ohne zu zögern ein loyaler Freund. Auch jenen gegenüber, die er erst seit Kurzem kannte. Und Luis' „Ja, leider" war fast zu vieldeutig, um hier nicht freundschaftlich nachzubohren.

Aber Felix fand als erster seine Worte, um auf Luis' „Leider" zu reagieren. „Das verstehe ich", sagte Felix mitfühlend. „Uah! Stell dir vor, du musst den ganzen Tag schreiben!" Er adressierte die Aussage gar nicht direkt an Luis, sondern eher an die gesamte Welt und verdrehte auch noch so überzeugt angewidert die Augen, dass Amina nun doch lachen musste.

Und auch Luis schnaubte lachend durch die Nase.

Otto hatte in der Zwischenzeit offenbar entschieden, auf Luis' Schreibkrise vorerst gar nicht einzugehen und so wechselte er unerwartet das Thema. „Ist Bobby schon aufgeregt vor dem großen Match am Sonntag?", fragte er Felix und dieser wiegte die Schultern hin und her.

„Noch nicht so", sagte er schließlich, „die Nervosität kommt meist erst am Matchtag in der Früh. Aber Irene verpflichtet uns dann immer alle zu einer Runde Yoga, was jedoch jedes Mal zu einem Wutanfall von Bobby führt. Danach ist aber die Nervosität dann nicht mehr so schlimm." Er zuckte nochmals mit den Schultern. „Eine Explosion pro Spieltag müssen wir aushalten."

„Wohnt ihr im gleichen Haus?", fragte Luis und schien kurz verwirrt.

„Nö", antwortete Felix und zeichnete weiter.

Luis sah zu Amina, die ihm zulächelte.

„Und warum bist du dann in der Früh beim Yoga dabei?"

Felix hob seinen Kopf und sah Luis an, als hätte er eine sehr eigenartige Frage gestellt.

„Spieltagsritual", erklärte Felix in einem Tonfall, der vermuten ließ, dass ihn Luis' Ahnungslosigkeit fast ein wenig irritierte.

Die Mundwinkel von Luis zuckten unkontrolliert. Wieder warf er einen Blick zu Amina, die ihm weiterhin ein strahlendes Lächeln schenkte. Für ein paar Sekunden verlor sie sich in seinem Blick und dem Lächeln und dem Knistern zwischen ihnen, das nur sie beide spürten.

Bis die Glocke über dem Eingang aufläutete und Amina aus der Trance und ihren Gedanken gerissen wurde. Sie eilte zum Eingang, um die Kundin, die sich wie ein nasser Hund schüttelte, in Empfang zu nehmen.

„Was war denn das eben?", hörte sie Otto im Hintergrund fragen.

„Was war was?", fragte Luis nach. Seine Stimme klang irgendwie verträumt.

„Dieser Blick! Wie sagt man? Der Blick sprach Bände …", Otto lachte auf, „… irgendwie passend für einen Schriftsteller."

„Du bist wirklich Schriftsteller?", hörte Amina Felix noch einmal ungläubig nachfragen und schmunzelte für sich, bis sie endlich bei der Kundin angelangt war, um ihre Wünsche zu erfragen. Und das Gespräch der drei Herren hinter sich auf der Couch nicht mehr zu hören.

„Otto meinte, er kann nicht verhindern, dass der Wald gerodet wird“, sagte Luis und nahm die Lasagne aus dem Rohr. Amina hielt in ihrer Bewegung inne.

Als sich vor dem Auslagenfenster langsam der beginnende Abend abgezeichnet hatte und auch Felix und Otto bereits wieder nach Hause gegangen waren, hatte Amina ihr Buch zur Seite gelegt und das Geschäft für den kommenden Tag vorbereitet. Ruhige Tage im Buchladen, die wenig Umsatz mit sich brachten, machten Amina immer ein wenig nervös. Auch wenn sie wusste, dass diese Tage selten waren. Und dass sie die Verschnaufpause gut brauchen konnte. Schließlich musste sie ja auch die Zeit finden, eine Auswahl der Bücher, die sie zum Verkauf anbot, selbst zu lesen.

Während sie also die Verkaufsstatistiken des Tages und ihre Kassa überprüft hatte, hatte auch Luis begonnen, seine Arbeit zusammenzupacken. Mit Aminas aktuellem Buch und Gertis Krimi des Monats in Händen hatte er sich zu ihr hinter die Kassa gesellt, Amina kurz umarmt und ihre Wange und ihre Augenbraue geküsst. „Ich warte oben auf dich“, hatte Luis gemurmelt und war dann über den Hinterausgang nach oben geschlüpft, noch bevor Amina darauf reagieren hatte können.

An diesem Abend hatte Luis leise „Here comes the sun“ gesungen, begleitet vom Regen, der in der Dämmerung nochmals Fahrt aufgenommen hatte und beharrlich gegen die Fensterscheiben prasselte. Aminas Wohnung war vom Duft frischer Kräuter und würziger Bolognese durchzogen gewesen, als sie durch die Tür getreten war. Luis hatte – singend und lesend – auf der Couch Platz genommen, sie jedoch so herzlich begrüßt, als hätten sie sich seit Tagen (und nicht erst seit einer halben Stunde) nicht gesehen.

Schließlich hatte der Timer gepiepst und angekündigt, dass die Lasagne aus dem Rohr genommen werden sollte. Während sich Luis an die Arbeit machte, erzählte er von seinem Gespräch mit Otto, der ihm weitere Details zum neulich entdeckten Grundstück berichten hatte können.

„Ich dachte, man darf nicht einfach so Bäume roden“, antwortete Amina und stellte ihre beiden Teller auf den Tisch.

„Das ist alles eine Frage der Flächenwidmung“, erklärte Luis, „wenn ich es richtig verstanden habe, ist das Grundstück für Landwirtschaft gedacht und nicht als Wald gewidmet.“

„Es ist aber Wald“, beharrte Amina.

„Nicht offiziell“, antwortete Luis.

„Das ist doch lächerlich“, sagte Amina und Luis zuckte mit den Schultern.

„Auch Otto war nicht glücklich über die Situation“, sagte er. „Er hat es zwar nicht direkt gesagt, aber ich vermute, da steckt noch mehr dahinter. Größere Interessen …“

„Gibt es größere Interessen als Bäume?“, rief Amina aus und ließ sich dann vom ersten Bissen ihrer Lasagne ablenken. „Mmmh, von mir aus könntest du jeden Abend kochen“, seufzte sie leise und mit geschlossenen Augen. Sie hörte Luis kichern.

„Es seien irgendwelche wirtschaftlichen Interessen, die dahinterstecken", sagte Luis schließlich und Amina verdrehte die Augen.

„Natürlich", antwortete sie entnervt. „Was denn sonst?" Amina schnaufte empört durch. „Das Totschlagargument der Regionalpolitik: wirtschaftliche Interessen. Erst war's die Stadtflucht, dann die fehlende Ansiedlung von Industrie, dann der zu geringe Tourismus – und was ist es jetzt? Immer findet man einen Grund, die Natur noch weiter zurückzudrängen." Amina nahm einen weiteren Bissen, versuchte, sich damit zu beruhigen, aber nicht einmal die köstliche Mozzarella-Kruste konnte sie gerade ablenken. „Der Asphalt breitet sich immer weiter und immer weiter aus: Jeder Typ, der nur irgendwann einmal die Phrase ‚wirtschaftliche Interessen' verwendet, kriegt ein Grundstück, um irgendein hässliches Schuhkarton-gleiches Firmengebäude drauf zu bauen. Und natürlich braucht es drumherum einen Parkplatz für jeden einzelnen Mitarbeiter. Und natürlich braucht es eine breite Straße, um zu diesem Parkplatz zu kommen. Und so schluckt der Asphalt Meter um Meter weiteren Boden." Amina schnaufte empört durch. „Du hast doch selbst gesehen, wo dieses Grundstück liegt. Wer will denn mitten in einem Erholungsgebiet Wald roden?"

„Eine Firma, die eine Offroad-Strecke errichten will", sagte Luis nüchtern.

Amina hob ihren Kopf und funkelte Luis an, als hätte er Schuld an der Misere der Landversiegelung. „Wie bitte?"

„Es soll eine Offroad-Strecke werden, sagt Otto", wiederholte Luis. „Sie wollen dafür weder das Haus noch den Wald drumherum behalten."

Amina schnappte mehrmals nach Luft. Das hieße … das hieße auch, dass nicht nur Bäume gefällt wurden, sondern auch noch die Luftverschmutzung und der Lärmpegel erhöht werden würden.

Das war alles einfach unfassbar!

„Warum verkauft der Besitzer überhaupt?", Amina schwankte zwischen glühendem Zorn und Resignation. „Wer hier in der Gegend unterstützt denn so ein Vorhaben?"

Luis zuckte mit den Schultern. „Das haben wir noch nicht herausgefunden", sagte er ruhig. Luis legte seine Gabel zur Seite und griff nach Aminas Hand. „Ich verstehe deinen Ärger", sagte er.

„Ich glaube nicht!", rief Amina aus und erntete eine hochgezogene Augenbraue als Antwort. „Du wohnst ja nicht mal hier!"

Luis drückte ihre Hand. „Ja, aber oftmals hilft ein neutraler Blick von außen."

„Und wobei soll der helfen? Dir kann es ja wirklich egal sein, ob ein paar Bäume in der Weststeiermark gefällt werden."

„Ja, vielleicht", antwortete Luis, „aber aus meiner Perspektive ist es zum Beispiel interessant, wie solche – im Gesamtgefüge der Welt – kleinen Entscheidungen große Auswirkungen haben. Auf die Menschen, die hier leben.

Aber auch auf den Besitzer, der verkauft. Warum macht er das zum Beispiel?“

„Weil ihm die Umwelt egal ist?“, warf Amina trotzig ein.

„Weil ihm die Arbeit zu viel geworden ist?“, gab Luis zu bedenken. „Oder weil er mit dem Grundstück nichts anfangen kann?“

Amina legte ihren Kopf schief, dann ließ sie ihre Schultern resigniert fallen. „Und was können wir tun?“

Luis lächelte sie freundlich an und drückte ein weiteres Mal ihre Hand. „Informationen sammeln und Fakten weitergeben“, sagte er. „Immer und immer wieder.“ Dann griff er nach seiner Gabel und nahm einen herzhaften Bissen seiner Lasagne.

Amina beobachtete ihn noch einige Augenblicke lang, dann tat sie es ihm gleich.

19. Kapitel

„Wohnt er jetzt bei dir?“, flüsterte Lucy und wandte sich dann wieder der Vase zu, in der sie gerade Tulpen drapierte. Amina fühlte sich von der Beobachtung ihrer Tätigkeit allein schon schläfrig. Es hatte etwas fast Meditatives, Lucys sicherer Griff und ihre zielstrebige Art, jede Tulpe einzeln zu heben, zu drehen und in der Vase so zu positionieren, dass sie wie von Zauberhand stehen blieb.

„Wer?“, fragte Amina, vollkommen abgelenkt von den Tulpen.

„Luis“, antwortete Lucy geduldig.

„Warum sollte er bei mir wohnen?“, fragte Amina.

„Wann hat er das letzte Mal zu Hause geschlafen?“, fragte Lucy eindringlich.

„Vor einem Monat vielleicht? Bevor er hier angereist ist?“, antwortete Amina.

Lucy stoppte die Bewegung und riss Amina aus ihrer Tulpen-Trance. Sie verzog entnervt einen Mundwinkel.

„Nicht wortwörtlich ‚zu Hause'", sagte sie schließlich, „im Gästehaus!" Lucy schnaufte durch. „Du lenkst nur ab."

Amina grinste. „Gelingt's?", fragte sie. Lucy lächelte, ließ dann aber ihre Augen gespielt schmäler werden. „Kaum!"

Amina lachte auf.

„Er wohnt nicht bei mir", sagte sie schließlich. „Er kocht manchmal am Abend."

„Jeden Abend in dieser Woche", warf Lucy ein.

„Jeden Abend seit Mittwoch", sagte Amina.

„Und er bringt dir Frühstück."

„Manchmal", sagte Amina, auch wenn sie wusste, dass dies nicht stimmte. Luis brachte jeden Tag Frühstück.

Wie aufs Stichwort klingelte nun auch die Ladentür und Luis trat nichts ahnend mit drei Kaffeebechern und drei kleinen Papiertaschen durch die Tür.

Lucy hob den Kopf, grinste dann Amina an. „Täglich", sagte sie, aber Amina konnte nicht darauf eingehen.

Ihr Körper reagierte schon wieder. Wie immer, wenn sie in Luis' Nähe war. Als könnte sie sich nicht daran gewöhnen. Als würden jedes Mal aufs Neue sämtliche Nervenbahnen gleichzeitig mit Strom versorgt werden. Als würden auch noch zusätzlich Feuerwerke in ihrem Bauch gezündet werden.

Und dann immer diese Wärme dazu. Direkt hinter dem Brustbein. Die Wärme, die sich dann langsam über ihre Schultern und den Nacken in ihrem Kopf breitmachte und nur mehr freundliche Gedanken zuließ.

So auch jetzt, als Amina bemerkte, dass Luis an diesem Vormittag auch für Lucy einen Kaffee und ein Pain au Chocolat mitgebracht hatte.

Amina war sich nicht sicher, schon jemals etwas Netteres und Freundlicheres gesehen zu haben. Nicht einmal die Hundewelpen-Videos, die ihre Tante Gerti ihr ständig auf ihrem Telefon zeigte, konnten damit mithalten.

Ihr ganzer Körper war warm und aktiv und strahlend und ließ sie bloß ein zartes „Hi" hauchen, als sich Luis zu ihre lehnte und sie mit seinem beharrlichen Wildblumen-Marillen-Geruch umhüllte, während er ihre Augenbraue küsste.

„Meine Güte, seid ihr entzückend!", rief Lucy aus. „Zwei Minuten neben euch und ich habe Inspiration für drei romantische Balladen!"

Luis lachte auf, auch wenn sich seine Ohrenspitzen leicht rot färbten. Er legte seinen Arm um Amina und zog sie leicht an sich.

Was auch immer das war zwischen ihnen, für Amina war es neu. Und in manchen Momenten ihres Tages erschrak sie darüber.

War das echt? Wie lang hielt das an? Und vor allem: Warum hatte sie sich noch nie zuvor so gefühlt wie jetzt?

. . .

Luis und Lucy stürzten sich in eine ausführliche Debatte über den Unterschied zwischen Pain au Chocolat und Schokolade-Croissants, während sich Aminas Körpertemperatur wieder einem zivilisationstauglichen Maß näherte. Sie verdrängte die sich aufdrängende Analyse von Luis' und ihrem „Beziehungsstatus" – allein schon beim Gedanken an das Wort, bekam sie Gänsehaut.

Ja, Luis kochte ihr Abendessen. Und er brachte ihr Frühstück. Und dazwischen blieb er in ihrer Wohnung, wo er manchmal ihren Oberarm streichelte. Und ihren Nacken. Und sie küsste. Auf den Mund und rund um den Bauchnabel, während sich Amina die Zeit nahm, herauszufinden, wie sehr Luis es mochte, wenn sie knapp über seinen Ohren leicht mit ihren Fingernägeln über seine Kopfhaut fuhr. Davon zitterte er nämlich immer leicht und sein Körper entspannte sich.

Außerdem hatte Amina herausgefunden, dass Luis es mochte, wenn sie die zarte Haut über seinem Hüftknochen streichelte, während sie nackt und ineinander verschlungen im Bett lagen. Manchmal las er ein paar Seiten aus Aminas aktueller Lektüre vor. Manchmal lagen sie auch nur schweigend da und hörten dem jeweils anderen beim Atmen zu.

Musste man das definieren?

Das Gespräch zwischen Luis und Lucy verlagerte sich zu Lucys demnächst geplantem Konzert, das sie im „Kaffeekränzchen" geben würde. Amina wunderte sich immer wieder aufs Neue, dass jemand wie Lucy, die so lang im zumindest nationalen, jedenfalls digitalen Rampenlicht gestanden war, mit dem kleinen, intimen Rahmen des Coffee-Shops als Bühne zufrieden sein konnte. Aber wenn man an ihren rosigen Wangen und stets freundlichen Ausstrahlung, die sich langsam und beständig in den Wochen nach ihrer Ankunft an die Oberfläche gebahnt hatten, Maß anlegte, dann war ihr das Leben hier im weststeirischen Rampenlicht genug.

Amina und Luis sagten beide zu, dass sie Lucy spielen sehen wollten und Amina notierte den Termin in ihren Kalender, der neben der Kassa lag. Sie sicherten einander auch zu, dass sie am nächsten Tag zu Bobbys Spiel kommen würden, was Lucy über die Maßen begeisterte.

Als schließlich Herr Gü an diesem Samstagvormittag durch die Tür des Geschäfts trat, entschuldigte sich Luis, nahm seinen Kaffeebecher und begrüßte den Herrn, bevor sie beide auf der Couch Platz nahmen und sich in ein Gespräch stürzten, das Amina angesichts des beständigen Summens im Laden nicht verstehen konnte.

Lucy war den beiden Männern mit ihrem Blick gefolgt und drehte sich nun mit vielsagender Miene zu Amina.

„Du weißt, dass gerade wir hier nicht so streng sind, wenn es um Heimat, Herkunft und zu Hause geht“, sagte sie freundlich. Dann widmete sie sich wieder ihren Tulpen und ließ Amina mit einem weiteren Schub komplexer Gedanken zurück.

20. Kapitel

Die gesamte Tribüne sprang auf, als Bobby zu einem zierlichen Mädchen passte, das seit zwei, drei, vier, fünf Schritten ihr Lauftempo steigerte und steigerte. Bis sie auf den von Bobby gespielten Ball traf und nach ein, zwei Berührungen aufs Tor schoss. Die ganze Aktion verlief so schnell, dass zwei der gegnerischen Verteidigerinnen sich um die eigene Achse drehten, um zu sehen, wohin sich das Spiel verlagert hatte. Und die Torfrau hatte gerade erst zum verteidigenden Flug angesetzt, als das Netz hinter ihr bereits wackelte.

Die Gruppe an Menschen rund um Amina herum kannte kein Halten. Sie rissen ihre Arme in die Höhe, ein oder zwei Mützen flogen durch die Luft und ihr kollektiver Jubelschrei wurde nur von der kurzen Ziehharmonika-Sequenz, die nach jedem Tor lief, übertönt.

Die Mädchen am Feld klatschten sich gegenseitig auf die Schulter und zwischen Bobby und der Torschützin wurde ein vertraut wirkender, ebenso klatschender Handschlag ausgetauscht. Wir wissen, dass wir das können, strahlten die Teenager am Feld aus.

Aminas Herz klopfte vor Aufregung, vom Springen und Mitfiebern, als sich alle langsam wieder auf die Sitzbänke der Tribüne fallen ließen und der erneuten Spielaufnahme nach dem Tor ihre Aufmerksamkeit widmeten.

„Das hat sie von mir“, rief Irene augenzwinkernd in die Runde und alle lachten, wohl wissend, dass Irene als (angeheiratete) Tante von Bobby zwar keine Blutsverwandtschaft, jedenfalls aber Schwester im Geiste war.

Der Sommer, in dem sich Irene in ihrer alten Heimat wieder zu Hause gefühlt hatte, waren auch jene Monate gewesen, in denen sich Bobby für ihr Zuhause bei ihrem Onkel entschieden hatte. Und während sich Tom und Bobby in ihrer neuen Wohngemeinschaft aneinander gewöhnt hatten, hatten sich auch Irene und Tom besser kennen- – und vor allem lieben – gelernt.

Amina lehnte sich auf der Sitzbank zurück und rückte die Sonnenbrille auf ihrer Nase zurecht, ließ sich von den Sonnenstrahlen im Gesicht wärmen. Der Regen vom Freitag war vergessen und der Frühling startete erneut durch. Amina konnte es zwar kaum mehr erwarten, bis sie auch endlich die Daunenjacke für dieses Jahr verstauen konnte, aber fürs Erste reichte ihr die Wärme im Gesicht. Und die Wärme um ihre Taille, die nicht von der Sonne, sondern Luis’ Arm herrührte.

. . .

Amina war fast ein wenig überrascht gewesen, als Luis – kaum, dass sie heute Morgen aus dem Haus getreten waren – nach ihrer Hand gegriffen hatte. So hatten sie sich auf den Weg zum Stadion gemacht und dabei über die aktuellen Nachrichten und das Wetter unterhalten. Luis hatte am Vortag von Herrn Gü erfahren, dass auch der beharrliche und starke Regen vom Freitag immer noch zu wenig gewesen war, um die fehlenden Niederschläge der Wintermonate zu kompensieren.

„Seit ich hier bin", hatte Luis gesagt, „hat es geschneit, geregnet, gestürmt und es hat die Sonne geschienen. Ich habe jedes Wetter miterlebt – und einiges an Niederschlag. Wie kann das zu wenig sein?"

„Es ist seit Jahren zu warm", hatte Amina geantwortet, „diese Schlagzeilen, von denen man immer wieder mal hört: Die Temperatur ist um soundso viel Grad höher als im Langzeitvergleich und so weiter – das bedeutet auch, dass unsere Böden austrocknen. Die Feuchtigkeit verdunstet mehr, aber auch die Pflanzen wachsen aufgrund der lang anhaltenden warmen Temperaturen über einen längeren Zeitraum und brauchen daher mehr Wasser."

Luis blieb stehen und sah sie aufmerksam an.

„Da reichen einzelne Schnee- und Regentage fast nicht mehr aus", ergänzte Amina und ließ sich von Luis umarmen.

„Außerdem", hatte sie in seinen Jackenkragen gemurmelt, „außerdem hilft eine dichte Schneedecke dabei, Sonnenenergie zu reflektieren. Das heißt, wenn zu wenig und zu kurz Schnee liegen bleibt, nimmt die Erdoberfläche die

Energie auf, die der Schnee sonst reflektieren würde, und somit erwärmt sich die Erde weiter."

Luis hatte sie für einen Moment fest gedrückt und die Sonne hatte direkt über die Spitze ihres Kopfes ihren gesamten Körper aufgewärmt. Amina hatte geseufzt.

Als sie danach eng umschlungen weitergegangen waren, hatte Luis das Thema erneut aufgegriffen. „Ich fühle mich immer irgendwie hilflos, wenn ich Fakten wie diese höre", hatte er eingestanden, „ich verstehe das Prinzip der Erderwärmung. Ich verstehe, dass wir Schnee und Regen benötigen. Aber wo soll ich eine Schneedecke herzaubern?"

„Na ja, Ende März wird das sowieso etwas schwierig", hatte Amina geantwortet und gelächelt. „Nein, im Ernst", hatte sie dann ergänzt, „man muss die Erderwärmung stoppen."

„Ja, aber das ist ja auch so ein riesiges Vorhaben!", hatte Luis ausgerufen. „Was kann *ich* denn da tun!"

„So viel!", hatte Amina geantwortet. „Allein schon, dass du dich seit Wochen nur zu Fuß fortbewegst, hilft." Amina zwinkerte. „Weniger Fleisch zu essen, ist auch ein sehr guter Beitrag. Auf den Wäschetrockner zu verzichten. Darauf zu achten, wie viel und was man heizt." Amina hatte geseufzt. „Mit dem Bürgermeister über die geplante Rodung eines Waldstücks zu sprechen, ist sowieso das Beste." Luis hatte geschmunzelt, war jedoch in eine nachdenkliche Stimmung versunken, aus der er sich erst wieder ablenken hatte lassen, als sie sich dem Stadion genähert hatten.

. . .

Dort waren sie gleichzeitig mit Bella und Otto sowie Irene und Tom eingetroffen, die Luis allesamt mit einem schlichten, aber für alle verwirrenden „Kennt ihr euren CO_2-Fußabdruck?“ begrüßt hatte.

Die Antwort auf diese und weitere klimaschonende Fragestellungen wurde jedoch von Irenes und Toms Nervosität übertönt, die für Amina fast komödiantische Ausmaße annahm. Vor allem, wenn man die beiden dabei beobachtete, wie sie versuchten, ihre Aufregung zu überspielen. Und dabei in unaufhörliches Plappern versanken. Oder, wie Tom, der jeden der Freundesrunde mindestens fünfmal fragte, ob er oder sie nicht etwas zu trinken wollte – und jedes einzelne Mal die Antwort darauf vergaß.

„Es wird besser, sobald die Mädchen aufs Feld gelaufen sind“, hatte Bella Amina und Luis verschwörerisch zugeflüstert, gerade als Lucy und Hans unter großem Hallo auf der Tribüne erschienen waren.

Und tatsächlich. Kaum dass die Teams auf dem Spielfeld waren, gelang auch Tom wieder ein Lächeln, das sich nach Bobbys sensationellem Assist zu strahlender Breite ausdehnte.

„Ich mag das“, flüsterte Luis kurze Zeit danach in ihr Ohr und lehnte sich – Daunenjacke an Daunenjacke – wärmend an ihre Schulter.

„Was?“, fragte Amina leise zurück und sah aus dem Augenwinkel, wie Luis’ Augen freundlich blitzten.

„Die Stimmung hier", sagte Luis, „die Freundschaft, den Sportsgeist." Er dachte kurz nach. „Die Offenheit."

Amina lehnte sich leicht zu ihm, um ihm zu verstehen zu geben, dass sie wusste, wovon er sprach. Luis küsste sie neben ihre Augenbraue und Amina glühte – Sonnenstrahlen eingerechnet – glücklich vor sich hin.

Als sie über die Tribüne blickte, fing sie Nanas Blick auf. Die ältere Dame lächelte ihr freundlich zu und nickte. Fast als würde sie ihre Zustimmung erteilen, aber das fand Amina doch ein wenig unnötig.

21. Kapitel

„Was soll das heißen? Ich soll also *nie wieder* Fleisch essen“, fragte Luis irritiert. Amina hob den Kopf aus der Bestellübersicht und sah zur Couch, wo sich Felix vor wenigen Minuten zu einem auf seinem Laptop tippenden Luis gesetzt hatte.

Luis klappte seinen Computer zu und legte ihn zur Seite, um sich uneingeschränkt auf Felix und seine Diskussion mit ihm zu konzentrieren.

„Natürlich kannst du weiterhin Fleisch essen“, antwortete Felix ruhig und klappte nun auch sein Notizbuch zu. Amina beobachtete, wie Bobby zur Couchlandschaft schlenderte und sich just auf jene Armlehne setzte, auf der sie direkt – und leicht erhöht – hinter Felix Platz nahm. Auch wenn sie dabei scheinbar unbeteiligt in ihrem Buch blätterte, gab sie dem Jungen allein mit ihrer Platzwahl Rückendeckung.

„Aber ich esse nicht einmal täglich Fleisch“, warf Luis ein.

„Dann verstehe ich auch nicht, worüber du dich aufregst“, gab Felix zurück.

„Wie soll mein reduzierter Fleischkonsum dazu beitragen, dass mehr Schnee liegt?“, fragte Luis, offenbar immer noch unter dem Eindruck des Gesprächs vom vergangenen Sonntag.

„Wenn das jeder macht, sinkt der CO_2-Ausstoß der Fleischproduktion signifikant. Das reduziert die Emissionen und der globale Temperaturanstieg geht zurück“, Felix klang fast ein wenig gelangweilt. So, als hätte er diese Diskussion schon Hunderte Male geführt.

„Ja, aber aus welchem Grund sollte dabei jeder mitmachen?“, gab Luis zu bedenken.

Felix zuckte mit den Schultern. „Wer den Fleischkonsum *nicht* reduziert, kann sich dann aussuchen, ob er eher an schlechten Gesundheitswerten – aufgrund seiner Schnitzelfrequenz – oder doch lieber an Auswirkungen der intensiven Hitzeperioden leidet. Die Symptome sind fast die gleichen.“

Ach, der Optimismus der Jugend!

„Ein bisschen Schwitzen im August wird die Leute nicht vom Sonntagsbraten abhalten“, Luis klang regelrecht verbittert.

Ach, die Freuden des erwachsenen Realitätssinns!

„Wenn's nur *einmal* ein Sonntagsbraten und sonst vegane oder halt vegetarische Ernährung ist, wär's schon mal ein ganz guter Anfang", gab Felix zurück.

„Es sind ja nicht nur ein paar Tage im August, an denen es zu heiß ist", schaltete sich Bobby in die Diskussion mit ein. „Wenn es plötzlich innerhalb eines Tages um 25 bis 30 Grad mehr hat als am Vortag, spürt das jemand, der sich regelmäßig ungesund ernährt, schon sehr deutlich." Auch sie klang fast ein wenig ermüdet. Als würde sie sich fragen, warum man immer noch darüber debattiert und nicht einfach macht.

„Aber", begann Luis erneut und Amina konnte sehen, wie er sich bemühte, die passenden Worte zu finden, „aber ich will euch nicht die Illusion nehmen. Meiner Erfahrung nach erklären sich Leute körperliche Beschwerden, auch wenn sie womöglich vom Klimawandel kommen, irgendwie weg. Die suchen die Gründe woanders. Aber sie fangen sicher nicht an, auf Fleisch zu verzichten."

Amina konnte Felix' Augenrollen förmlich spüren.

„Dann sind sie eben selbst schuld", gab Felix zurück und die Resignation in seiner Stimme irritierte Amina. „Wenn sie jetzt anfangen, weniger Fleisch zu essen, leiden sie später weniger." Er lehnte sich zurück. „Und wir auch", setzte er nüchtern hinterher.

Es war grundsätzlich schwer, sich vorzustellen, auf welche Art kleine Alltagsentscheidungen Auswirkungen auf das allgemeine Klima haben sollten. Und natürlich war Luis' von Alterserfahrung geprägte Einschätzung der mangelnden Bereitschaft anderer Leute, sich dieser Politik der kleinen Schritte anzuschließen, sehr realistisch.

Aber was auch immer die eigene Motivation war, sich verstärkt gegen den Klimawandel zu stemmen, waren wir es nicht der Generation von Felix und Bobby und all jenen, die jünger waren als sie, schuldig, eine weiterhin lebenswerte Umgebung zu ermöglichen?

„Entschuldigen Sie, wo finde ich die Biografie von Michelle Obama", die Stimme der freundlichen pensionierten Lehrerin, die mehrmals im Monat zu Amina ins Geschäft kam, riss sie aus ihren Gedanken und übertönte auch die Diskussion zwischen Luis, Felix und Bobby.

„Ich zeige es Ihnen sofort", antwortete Amina und machte sich auf den Weg zwischen ihre Bücherregale.

„Ich habe keine Ahnung, ob das so schmeckt, wie es schmecken soll", sagte Luis und schöpfte eine pinke, fast rote Flüssigkeit in kleine Suppenschüsseln.

„Es riecht jedenfalls köstlich", antwortete Amina.

„Das ist das Gratin im Ofen", meinte Luis, „unser Backup, falls die Suppe ungenießbar ist."

Amina nahm am Esstisch Platz und rührte die dampfende Suppe um. „Wie bist du darauf gekommen?", fragte sie und ließ durch beständiges Umrühren weitere Hitze entweichen.

Luis zuckte mit den Schultern, als er Platz nahm und ebenso durch die heiße Suppe rührte. „Ich war beim Bauernmarkt“, murmelte er vor sich hin, als wäre er plötzlich verlegen. Amina grinste.

„Deine Tante hat mir davon erzählt“, berichtete Luis weiter, immer noch etwas leiser als normal, „das ist auch ihr Rezept.“

Amina beobachtete den Mann ihr gegenüber schmunzelnd, während er – höchst konzentriert – in seiner Suppe rührte.

„Warum flüsterst du?“, fragte sie ruhig und Luis hob den Kopf. Er hielt ihren Blick, lächelte aber nur einseitig und – eben – etwas verlegen.

„Weil das so viel Interpretation …“, begann er.

„Du glaubst, ich interpretiere?“, fragte Amina zurück. Luis nickte.

„Was denn genau?“, setzte sie leise fort. „Dass du dich mit meiner Tante übers Essen unterhältst? Oder dass du extra zum Bauernmarkt gehst für die Zutaten? Dass du Neues ausprobierst?“ Sie holte Luft und wartete, bis Luis erneut ihren Blick aufnahm und hielt. „Dass du vegetarisch kochst, weil du dich heute mit Felix und Bobby unterhalten hast?“ Amina lächelte freundlich. „Dass du jeden Abend für mich kochst, ganz unaufgefordert?“ Auch ihre Stimme war immer leiser geworden gegen Ende hin, als sie realisierte, wie viel Interpretationsspielraum sie tatsächlich hatte.

Vermutlich aus Gewohnheit heraus war Amina davon ausgegangen, dass Luis’ Engagement auf Eigeninteresse basierte. Dass ihm langweilig war im Gästehaus, dass er schließlich auch regelmäßig essen sollte, dass die Nächte mit ihr unterhaltsam genug waren, um ihn von seinen kreativen Problemen abzulenken. Aber – und das musste sich Amina im Nebel der Rote-Rüben-Suppe vor sich eingestehen – Luis hatte seine schlechte Laune, die ihn in den ersten Tagen nach seiner Ankunft auf Schritt und Tritt begleitet hatte, schon vor einiger Zeit abgelegt.

Und er schrieb mittlerweile.

Anfangs war es ja nur das Lesen: Strout und Russo. Dann die Sachbücher. Und all die Recherchen.

Nun schrieb er auch. Täglich, meistens in der Zeit zwischen spätem Vormittag und frühem Nachmittag, wenn es im Geschäft etwas ruhiger wurde und sich niemand zu ihm setzte, um sich mit ihm zu unterhalten.

An die Stelle des klischeehaft nachdenklichen und abweisenden Schriftstellers war binnen kürzester Zeit ein freundlicher und offener Mann getreten, der sich Abend für Abend kurz vor Ladenschluss in ihre Wohnung begab, um ein Abendessen zuzubereiten. Um sie anschließend zu umarmen. Und sie besser kennenzulernen.

Um sie zu küssen … –

„Was denkst du jetzt gerade?“, fragte Luis plötzlich und musterte sie eindringlich. „Deine Augen …“

„Was ist mit meinen Augen?“, fragte Amina und lockerte die Muskeln in ihrem Gesicht. Irgendwo in der Nähe ihres Ohres knackste es leicht.

„Ganz plötzlich hast du irgendwie … misstrauisch dreingeschaut“, sagte Luis nachdenklich.

„Misstrauisch?“

„Ja“, Luis nickte leicht, „als würdest du … ich kann es nicht beschreiben.“ Luis lehnte sich zurück und fuhr sich mit der Hand mehrmals durch seine Haare, sodass sie in vielfältigster Art von seinem Kopf abstanden. „Wenn ich es aufschreiben würde, hätte ich wohl eine Formulierung gewählt wie ‚als würde sie in seinem Gesicht nach einem Verbrechen suchen, das er noch nicht begangen hatte‘.“

Amina ließ sich den Satz für einen Augenblick durch den Kopf gehen, umkreiste die Worte, ohne der Aussage große Bedeutung zu schenken.

„Es wäre wirklich schade, wenn du keine Bücher mehr schreiben würdest“, sagte sie schließlich und Luis hob überrascht seine Augenbrauen.

Amina tauchte ihren Suppenlöffel endlich so tief in den Teller, um die erste Kostprobe der Suppe aufzuladen und ließ die wärmende Flüssigkeit auf ihrer Zunge zergehen. Es war ein ungewohnter Geschmack, den die roten Rüben verbreiteten, aber er war gut genug, um sich Löffel um Löffel weiter aufwärmen zu lassen.

Nach einigen Momenten riss sich Amina aus dem Suppengenuss heraus und hob ihren Kopf, um herauszufinden, warum Luis nichts sagte.

Sie fand ihn mit direktem Blick auf sie gerichtet. Nachdenklich, aber mit sehr weichen Gesichtszügen. So wie er sie manchmal in den frühen Morgenstunden ansah, wenn sie sich in den neuen Tag blinzelte und ihre Augen erst wieder daran gewöhnen musste, für etwas länger geöffnet zu bleiben.

Wie auch sonst immer fühlte sich Amina nervös, wenn Luis sie so ansah.

Sie zappelte ein wenig mit den Beinen und wollte sich gerade wieder auf ihre Suppe konzentrieren, als Luis doch noch etwas sagte.

„Wie hast du's mit der Liebe, Amina?", fragte Luis und lächelte sie an.

„Hatten wir nicht gerade noch vom Bauernmarkt gesprochen?", fragte Amina zurück und Luis lachte auf. „Und von Tante Gerti?"

Luis lachte nochmals.

„Wie sind wir plötzlich hier gelandet?", setzte Amina fort und wusste für einen Moment nicht, ob es damit nur das Gesprächslabyrinth war, durch das sie sich seit einigen Minuten tasteten, oder einfach die Situation an sich.

Denn schließlich saß doch tatsächlich der schreibblockadengeplagte Luis Kramer in ihrer Küche und wartete auf ihr Resümee zu einem Rezept ihrer Tante.

What a time to be alive!

„Du schreibst also wieder?", fragte Amina, nachdem sie beschlossen hatte, Luis' Version der Gretchenfrage zu ignorieren.

Luis lächelte. „Touché", sagte er leise.

Dann schiffte er das Gespräch aus dem explosiven Terrain und begann eine Anekdote vom Bauernmarkt zu erzählen.

Sie leerten jeweils zwei Teller Suppe, bevor sie auch noch den Großteil des Erdäpfelgratins verspeisten. Bis sie schließlich satt und schläfrig auf der Couch Platz nahmen.

Luis zog Amina an sich und sie drehten und wanden sich, bis sie schließlich Nase an Nase, Bauch an Bauch umeinander gewickelt dalagen. Die Musik im Hintergrund war leiser, als sie es gewöhnt waren, irgendein Mix von Norah Jones bis Diana Krall, der die ruhige Stimmung nur weiter förderte.

Luis küsste Aminas Augenbraue und zog sie an sich. Sie hörte, wie er tief einatmete. „Du riechst immer leicht nach Schokolade", murmelte er und holte noch einmal tief Luft.

„Du riechst nach Marillenmarmelade", gab Amina zurück und sie spürte, wie Luis' ganzer Körper zitterte, als er darüber lachte.

„Tatsächlich?", fragte er kichernd und Amina nickte, lehnte sich leicht zurück und lächelte ihm zu.

Sie schwiegen einige Minuten lang, begleitet von Norahs weicher Stimme. Amina ließ eine Hand langsam Luis' Oberarm entlangwandern. Immer und immer wieder tänzelten ihre Fingerspitzen über den Stoff seines T-Shirts, zeichneten dann einzelne Sommersprossen, die sich auf seinen Oberarmen zeigten, nach, kitzelten seinen

Ellbogen, bis sie ganz sachte die weiche Haut an der unteren Seite seiner Unterarme erkundeten.

Nach mehreren Routen über die Arme widmete sich Aminas Hand auch Luis' Handflächen. Sie erhöhte den Druck, direkt in der Mitte, ließ ihren Daumen so tief wie möglich sinken und massierte dann jedes einzelne Glied seiner Finger.

Luis seufzte und schloss für einen Moment die Augen.

„Worüber haben wir vorhin nicht gesprochen?", fragte Luis leise und Amina erschrak beinahe über die Unterbrechung, so tief war sie in die fast meditativen Bewegungen ihrer Finger versunken gewesen.

„Über die Liebe", antwortete Amina und verfluchte ihren beruhigten Geist dafür, in diesem Moment besonders ehrlich zu sein. Aber bevor ihr Fluchtinstinkt einsetzen konnte und ihr Hirn wie ihre Worte erneut in die Offensive gingen, ließ Luis jene Hand, die sie gerade noch massiert hatte, zu ihrem unteren Rücken wandern. Er zog sie näher an sich und wärmte mit seiner Handfläche ihre Wirbelsäule.

Amina atmete tief durch.

Luis tastete sich unter ihren Pullover, unter ihr Shirt, berührte die Haut, die sich noch weiter erwärmte unter der direkten Berührung.

„Wie fühlst du dich jetzt?", fragte Luis.

Sicher, dachte sich Amina. Aufgewärmt.

„Bereit für den Frühling", antwortete sie.

Nach Sekunden oder Minuten durchbrach Luis ihr gemütliches Schweigen erneut. „Ich hatte eine sehr lange Beziehung, wenn man das so nennen will", sagte er, während er Kreise auf ihren Rücken zeichnete.

Amina hielt die Luft an, nicht wissend, was sie darauf sagen sollte.

„Naomi und ich waren so verliebt, wie man mit Mitte zwanzig verliebt sein konnte", Luis seufzte. „Und wir waren nie zu Hause. Sie machte – macht! – überall auf der Welt Reportagen fürs Fernsehen oder fürs Radio. Ich war irgendwo zwischen Berlin, Wien und Rom unterwegs mit meinen Büchern."

„Rom?", fragte Amina leise.

„Irgendwo musste ich ja auch schreiben", antwortete Luis. „Und Naomi war damals …" Er ließ den Satz in der Luft hängen.

„Das dauerte etwa zehn Jahre", setzte Luis fort, „bis Naomi das Angebot bekam, für eine Zeit nach China zu gehen, um von dort aus zu berichten." Luis lehnte sich zurück und hielt Aminas Blick, ohne seine Hand von ihrem Rücken zu nehmen. „Wir haben beide nicht einmal gezögert, ob sie das Angebot annehmen sollte. Und irgendwie war somit auch klar, dass man mit Mitte dreißig anders liebt als mit Mitte zwanzig."

„Glaubst du das wirklich?", fragte Amina leise.

„Das *weiß* ich", antwortete Luis.

„Kann es nicht sein, dass ihr euch gar nie eine Chance gegeben habt, gemeinsam wo zu sein", hielt Amina dagegen.

„Vielleicht", Luis zuckte mit den Schultern, „es gibt Leute, die schaffen es über die Zehn-Jahres-Sprünge. Und manchmal geht es auch einfach nur getrennt weiter." Er pausierte einen Moment. „In den Jahren danach habe ich mit *Hahnentritt* begonnen."

Amina dachte einen Augenblick lang nach. „Heißt das für dich, dass du *mit* Naomi niemals den Höhepunkt deines kreativen Schaffens erreicht hättest?"

Luis zuckte, als hätte sie ihn geboxt.

„Was habe ich jetzt Falsches gesagt?", fragte Amina leise und legte eine Hand auf Luis' Brustkorb. Genau auf jene Stelle, die er gerade eben noch im Schock eingezogen hatte. Sie spürte unter ihrer Handfläche, wie er tief Luft holte.

„Gar nichts", flüsterte Luis und schloss seine Augen, „war *das* wirklich schon der Höhepunkt?" Seine Stimme war kaum mehr zu hören.

„Bis jetzt schon", antwortete Amina mit fester Stimme. „Ich hätte es vielleicht anders formulieren sollen …" Sie musterte Luis, der seine Augen weiterhin geschlossen hielt. Sein Gesicht sah plötzlich älter aus. Fast gequält. Sie strich mit einem Zeigefinger über seine Augenbrauen, als könnte sie die Spannung dahinter befreien.

„Du wirst keinen weiteren Roman wie diesen schreiben können", setzte Amina fort und drückte ihre Hand beruhigend auf seinen Brustkorb. „Du hast die Geschichte der

Zweiten Republik, deine Sichtweise auf die Nachkriegszeit bereits erzählt. Das lässt sich nicht wiederholen." Amina spürte, wie Luis' Herzschlag sich beschleunigte. „Aber das heißt nicht, dass du nicht etwas anderes schreiben kannst." Seine Atemzüge wurden häufiger, oberflächlicher.

„Schau mich an", forderte Amina und Luis öffnete zaghaft seine Augen, immer noch begleitet von nervösen Atemzügen. Amina holte tief Luft, wie um ihm das ruhige Atmen zu zeigen. „So wie du mit Mitte zwanzig anders liebst als mit Mitte dreißig, schreibst du auch anders zu jeder Jahreszeit." Sie lächelte. „Es gibt doch nichts Langweiligeres als einen Schriftsteller, der vierzig Jahre lang das gleiche Thema bearbeitet. Macht diese Person keine Erfahrungen? Man wird doch klüger, weiser, älter im Laufe der Zeit. All die Verletzungen und Glücksgefühle müssen ja auch verarbeitet werden. Nicht wahr?"

Luis holte tief Luft, wie jemand, der nach einem langen Tauchgang wieder durch die Wasseroberfläche brach. Einmal. Zweimal.

Für viele lange Sekunden sah Luis Amina in die Augen, suchend und freundlich gleichzeitig. Sein Blick hatte wieder mehr an Ruhe gewonnen.

Langsam zog er sie an sich, hielt den Blick so lang wie möglich, bis seine Lippen ihre streiften. Erst ganz zaghaft, kitzelnd und leicht vibrierend, so sehr elektrisch aufgeladen, dass Amina den Kuss in ihren kleinen Zehen spürte. Behutsam vertiefte er den Kuss, atmete tief ein, ließ seine Nasenspitze über ihre Wange gleiten, während er schmeckte, erkundete, kommunizierte.

Amina ließ sich fallen, in die Wärme und die Umarmung, in die Zuneigung und das Kribbeln.

Irgendwann tauchten sie aus der küssenden Umarmung auf, holten Luft und lehnten die jeweilige Stirn aneinander. Wie um sich Halt zu geben, um nur ja nirgendwo allzu lang ohne Verbindung zu sein.

„Wie hast du's also mit der Liebe?“, flüsterte Luis, fast atemlos.

„Die Liebe mag mich nicht“, antwortete Amina leise, „sie lässt mich immer nur aufs Neue tief fallen.“

Luis lehnte sich leicht zurück und sah sie zärtlich an. Ließ seine Hand unter ihre Haare gleiten, den Nacken entlang, bis er sie genau am Haaransatz festhielt. Wärmte. Stabilisierte.

Er fragte nicht weiter nach, also begann Amina zu erzählen. Von ihrer Zeit als Rechtsanwältin fern des Kleinstadtlebens, von einer Zeit, in der sie sich unbesiegbar gefühlt hatte. Begleitet und unterstützt von einem Mann, der untertags ihr Chef und abends der heimliche Geliebte gewesen war.

„Wie lange ging das?“, fragte Luis und hielt seine Hand weiterhin wärmend an ihren Hinterkopf.

„Etwas mehr als vier Jahre“, gab Amina zu.

„Immer geheim?“

„Immer ein Geheimnis. Bis heute“, flüsterte Amina. „Wir schmiedeten jedes Jahr große Pläne: für den Sommer, für die Weihnachtsfeiertage, für meinen Geburtstag." Sie seufzte. „Aber es kam immer irgendwas dazwischen. Häufig die Arbeit, aber ich frage mich mittlerweile, ob das nicht eine willkommene Ausrede war."

„Ja?"

Amina nickte. „Ich denke mir ...", sie zögerte, „wenn man liebt – nicht, dass ich für mich beanspruchen würde, das Gefühl zu kennen –, wenn man liebt also, ist es doch eine Selbstverständlichkeit. Oder? Ganz ohne Geheimnisse, ganz ohne Zögern."

Luis lächelte und wackelte mit dem Kopf, als würde er ihre Aussage tatsächlich abwägen. „Ich denke, man darf sehr wohl zögern und nachdenken und infrage stellen. Auch in der Liebe. Aber ich verstehe, was du sagen willst: dass das Zweifeln das Geheimhalten ausgelöst hat. Dass man sich zueinander bekennt, wenn man sich sicher ist. Oder?"

Amina nickte.

Luis dachte nach.

„Meiner Erfahrung nach sind Affären oder geheime Beziehungen – egal aus welchem Grund – eher ein Zeichen von Zeitmangel."

Amina lachte auf. „Wie bitte?"

„Ich denke, man nimmt sich nicht die Zeit, sich mit sich selbst auseinanderzusetzen. Sei es, weil man sich in Arbeit begraben lässt oder weil man sonst irgendwie prokrastiniert. Man wählt die Beziehung, die logistisch wenig

Aufwand bedeutet, anstatt sich zu fragen, was man *wirklich* will", sinnierte der Schriftsteller weiter.

„Logistisch wenig Aufwand?", fragte Amina nach. „Gerade Affären erfordern ein großes Maß an Organisation, oder? Zumindest auf einer Seite der Beziehung."

„Aber es ist immer noch bequemer, als sich im großen Stil zu trennen. Als sich wieder als Single vollkommen ohne Back-up auf dem Markt zu bewegen", antwortete Luis.

Amina beugte sich nach vorn und küsste Luis leicht. „Und das hier?", fragte sie plötzlich leise jene Frage, die sie sich bis jetzt nicht einmal selbst stellen wollte. „Was ist das hier zwischen uns?"

Luis' Gesicht verzog sich freundlich und seine Augen blitzten schalkhaft auf.

„This could be …", begann Luis zu singen, „… the start … ", Luis blinzelte theatralisch, „… of something new …"

Amina lachte schallend auf und boxte Luis leicht in die Schulter.

„High School Musical?", lachte sie weiter. „Du kennst jeden Songtext dieser Welt und du entscheidest dich für High School Musical?"

Luis zog sie lachend an sich und küsste sie leicht. Einmal. Zweimal.

Dann hielten sie sich weiter umarmt, die Wärme genießend und in Gedanken versunken.

. . .

Irgendwann manövrierte Luis sie beide im Halbschlaf ins Schlafzimmer, wo sie sich nur kurz voneinander trennten, um ihre Kleidung abzulegen, bis sie sich endlich wieder von Kopf bis Fuß umschlungen unter der Bettdecke trafen und in tiefe Träume versanken.

22. Kapitel

Am ersten Samstag im April erschien in der Wochenendbeilage einer der größten überregionalen Tageszeitungen ein Essay von Luis Kramer, das die kleine Stadt inmitten der Weststeiermark sowie das zufällig entdeckte Waldstück, dessen Rodung drohte, auf einen Schlag berühmt machte.

Das Morgenlicht an diesem Tag versprach einen strahlend sonnigen Samstagvormittag, soweit Amina das durch ihre verschlafenen Augen erkennen konnte. Es war viel zu früh für klare Gedanken, also schmollte sie erst mal still für sich, als sie bemerkte, dass sich Luis aus der wärmenden Umarmung löste. Dass durch seine Abwesenheit jedoch das beständige Surren eines Telefons beendet wurde, registrierte Amina frühmorgendlich zeitverzögert.

„Sie haben es heute schon veröffentlicht!", sagte Luis überrascht.

„Was?", murmelte Amina und brachte all ihre Energie auf, um sich im Bett zu drehen. Für einen Augenblick lüftete sich dabei die Decke und ein Hauch kühler Schlafzimmerluft strich über ihren Rücken. Sie fröstelte leicht und wickelte sich wieder ein.

Luis hatte sich im Bett aufgesetzt und scrollte durch sein Telefon, das er in unterschiedlichen Weiten von seinen Augen entfernt hielt. Als würde auch er noch Probleme mit der Scharfsicht haben. Mit einer Hand strich er gedankenverloren über Aminas Schulter, die tief unter der Decke vergraben war.

„Oje", murmelte er. „Das gibt Ärger." Sein Telefon begann erneut zu surren, tatsächlich etwas ärgerlicher als sonst, fand Amina. Luis wies auch diesmal den Anruf ab und begann dann, hektisch auf seinem Telefon herumzutippen.

Es vergingen einige Minuten, die Amina dafür verwendete, sich sämtliche Horrorszenarien einfallen zu lassen, aus welchem Grund Luis an einem frühen Samstagmorgen hektisch auf seinem Telefon herumarbeiten musste.

Ihr fielen sieben ein.

Ihr Bauch gurgelte – ob aus Hunger oder aus Sorge war noch nicht ganz entschieden –, also atmete sie tief ein, ließ sich vom Geruch von frisch gewaschener Bettwäsche, vermischt mit verschlafenem Luis, ablenken.

Irgendwann legte Luis endlich sein Telefon zur Seite und rutschte zurück unter die Bettdecke, umarmte Amina so, dass sie sich nahe waren, aber weit genug entfernt, um miteinander sprechen zu können.

„Ich habe einen Text geschrieben“, begann Luis und Amina hielt die Luft an, um nichts zu verpassen. Natürlich hatte sie ihn schreiben gesehen. Natürlich war ihr klar, wie besonders das war, dass er überhaupt wieder schrieb.

„Ich habe einen Text über die Stadt hier geschrieben und über das Waldstück“, erzählte Luis weiter. „Es ist ein Essay geworden, keine Reportage. Es geht um Klimaschutz am Land, um Kommunalpolitik und Flächenwidmung.“ Er seufzte. Dann erzählte er weiter, wie er den Redakteur der Wochenendbeilage einer überregionalen Tageszeitung kontaktiert hatte und mit ihm den Text finalisiert hatte. Eigentlich war vereinbart gewesen, dass die Zeitung das Essay erst in ein oder zwei Wochen brachte. Aber offenbar ist ihnen kurzfristig ein anderer Text ausgefallen und sie haben Luis' Essay vorgezogen.

„Ich habe niemandem von dem Text erzählt“, seufzte Luis. „Ich dachte, ich mache ihn fertig und zeige ihn dann dir und Otto. Mein Verleger wusste nichts, die Leute, die sich ums Marketing kümmern, wussten nichts. Und jeder Einzelne von ihnen hat gerade angerufen.“ Er seufzte erneut. „Offenbar ist dieser eine Gitarrist, dem alle auf Twitter folgen, ein Frühaufsteher und er hat live kommentiert, während er das Essay gelesen hat. Das verbreitet sich gerade bei allen Leuten, die nichts Besseres zu tun haben, als vor dem Frühstück ihr Handy zur Hand zu nehmen!“

Amina hatte ihm schweigsam zugehört und schob ihre reduzierte Reaktion den frühen Morgenstunden zu. Es konnte nur daran liegen, oder? Sie konnte sich nicht tatsächlich ein wenig gekränkt fühlen, weil Luis einen Text veröffentlicht hatte, den er in ihrem Geschäft geschrieben hatte, über *ihre* Heimatstadt, und ihr diesen nicht gezeigt hatte.

Hatte sie tatsächlich Anspruch drauf?

Wohl eher nicht.

Aber da war doch dieses leicht nagende Gefühl, das Amina auch aus anderen Beziehungen und Freundschaften kannte: Man hielt sich an ihr an, wenn man kurz vor dem Ertrinken war, aber wandte ihr den Rücken, sobald man wieder allein schwimmen konnte.

Sie atmete tief durch und bemühte sich um ein Lächeln, aber gemessen an Luis' musterndem Blick gelang ihr das wohl nur unzureichend.

Er zog sie näher an sich, küsste erst ihre Augenbraue, dann ihren Mund. „Es tut mir leid", murmelte er gegen ihre Lippen. „Ich wollte … –"

„Du musst dich nicht entschuldigen", unterbrach ihn Amina, „wofür willst du dich entschuldigen?" Sie lehnte sich zurück und sah Luis in die Augen. „Ich bin bloß überrascht." Sie dachte kurz darüber nach. „Nein, eigentlich bin ich nicht einmal überrascht." Sie schüttelte kurz den Kopf. „Es ist gut, dass du wieder schreiben magst."

Ach herrje! Alles, was sie sagte, klang wie beleidigt. Dabei war sie nicht beleidigt. Sie *konnte* nicht beleidigt sein. Sie *durfte* nicht beleidigt sein!

. . .

Amina warf die Bettdecke zurück und wickelte sich in ihren Bademantel. Sie ignorierte, dass Luis ihren Namen rief und tapste über den frühlingskalten Fußboden ihres Vorzimmers. Sie schlüpfte barfuß in ihre Ugg-Boots und eilte die Treppen zum Hintereingang des Geschäfts hinunter. Amina fischte die erste Tageszeitung aus dem Stapel der gelieferten Zeitungen hervor und eilte wieder nach oben.

Noch auf der Treppe suchte sie den Wochenendteil der Zeitung heraus, auf dessen Titel ein riesiges Foto eines Mischwalds prangte.

Die Luft, die wir atmen, las Amina als große Überschrift und darunter weiter den Einleitungstext: *Von der Selbstverständlichkeit des Sauerstoffs, wiederbelebender Natur und den Geschichten, die das Leben schreibt. Luis Kramer geht durch die Wälder der Weststeiermark.*

Sie schlüpfte zurück in ihre Wohnung und begann zu lesen, während hinter ihr die Tür ins Schloss fiel.

Wenn man in Frischthal, inmitten der illustren Weststeiermark, etwas Neues erfahren will oder nach Inspiration sucht, wenn man etwas dazulernen möchte oder gute Unterhaltung zur Ablenkung benötigt, besucht man das „Seitenweise“. Die gemütliche und einladende Buchhandlung mitten am Hauptplatz, direkt gegenüber des nicht minder offenherzigen „Kaffeekränzchen“ – eine weitere Quelle für Neuigkeiten, wenn auch nicht unbedingt in gedruckter Form – wird von Amina … –

. . .

„Du schreibst ja über mich“, rief Amina überrascht aus.

„Ja!“, klang es aus dem Schlafzimmer, gefolgt von Poltern und leisem Fluchen, bis Luis in karierten Baumwollhosen und mit nacktem Oberkörper stolpernd im Türstock des Vorzimmers stehen blieb.

Amina hob kurz den Kopf, ignorierte das leichte Kribbeln, das sein halb nackter Anblick immer bei ihr auslöste und starrte auf die karierten Hosen.

„Trägst du meinen Pyjama?“, fragte sie.

Luis hatte zumindest den Anstand, etwas verlegen dreinzuschauen.

„Du passt in meine Hosen?“, Amina wusste nicht, ob sie lachen oder weinen sollte.

„Ich habe wirklich schmale Hüften“, sagte Luis kleinlaut, als ob das tatsächlich helfen würde in dieser Situation.

Amina schüttelte ihren Kopf. Damit würde sie sich ein anderes Mal auseinandersetzen. Jetzt galt es mal, sich ihrer plötzlichen Prominenz zu widmen. Sie schüttelte ihre Stiefel von den Füßen und drängte sich an Luis vorbei ins Wohnzimmer.

„Amina, wir sollten wirklich darüber …“, begann Luis erneut, stoppte aber ab, als er Aminas erhobene Hand sah.

Sie nahm auf der Couch Platz und las weiter.

. . .

Die einfallsreiche Buchhändlerin bearbeitet jede Anfrage, egal wie absurd und abwegig sie auch sein mag, mit der gleichen Ruhe. Mit Einfallsreichtum und Konsequenz stürzt sie sich in die Recherche, um das beste, nein: passendste Lesematerial für ihre Kundschaft zutage zu fördern.

Seit Kurzem lädt ein üppig gefüllter Büchertisch in der Mitte des Eingangsbereichs, gleich neben der Sitzgarnitur, auf der ich mein Lager aufgeschlagen habe, dazu ein, sich literarisch dem Frühling zu widmen: von Tipps für die nachhaltige Gartengestaltung über von der Jahreszeit inspirierte Gedichte bis hin zum Krimi, in dem die Leiche inmitten eines Tulpenfelds gefunden wird.

Die Natur und ihre Entwicklung sind ohnehin ein zentrales Thema in dieser Stadt, nicht nur aufgrund der Buchhandlung und ihrer aktuellen Literaturempfehlungen. Man spricht ständig über das Wetter, das seine Kapriolen schlägt – irgendwie im gewohnten Rhythmus, dann aber wiederum doch nicht. Es schneite heuer zu spät und insgesamt viel zu wenig. Der Winter war zu mild, aber dennoch zu lang. Seit Jahren bleibt der Niederschlag aus, den man benötigen würde, um die Landwirtschaft und die grünen Zonen nicht auf dem Trockenen sitzen zu lassen.

Dass Regen mehr bedeuten kann als die Entscheidung, ob man mit einem Schirm außer Haus gehen sollte oder nicht, lernt man hier in den ersten Tagen, wenn man sich mit den Einwohnern unterhält.

Wir haben die ersten Frühlingssonnenstrahlen genutzt, um die Gegend zu erkunden. Es dauert hier nie lang, bis man mitten im Grün steht. Und plötzlich landet man mitten in einem verwilderten

Waldstück, das eine wildromantische Villa umzäunt. Man döst in den ersten wärmenden Sonnenstrahlen des Tages, es riecht nach feuchtem Waldboden und Frühling, die Luft summt vor lauter Hoffnung und Versprechen: Eine neue Geschichte kitzelt im Hinterkopf, hervorgelockt von all den Frühlingsgefühlen, die einen auf eine Zeitreise in die ersten Teenagerjahre schicken.

Können Sie sich erinnern, mit wem Sie das erste Mal Händchen gehalten haben? Wissen Sie noch, wie Sie sich damals gefühlt haben?

Amina hob ihren Kopf und sah sich um. Luis stand im Türstock und beobachtete sie beim Lesen.

Ihr Herz klopfte.

Laut und so deutlich, dass man es eigentlich trotz des dicken Bademantels pulsieren sehen müsste.

Amina lächelte zaghaft und nickte Luis zu. Dann las sie weiter.

Und von irgendwoher bricht plötzlich die Realität in diesen traumgleichen Zustand. Stimmen voller Ignoranz und Geldgier.

Wenn ich diesen Plot für ein Buch gewählt hätte, hätten meine Leser es wohl gelangweilt zur Seite gelegt. Die Charaktere sind zu klischeehaft: der wohlmeinende, aber machtlose Bürgermeister, die ahnungslose Bevölkerung, der Kleinbauer in finanzieller Not und der rücksichtslose Wirtschaftstreibende. Und doch trägt es sich genau so zu, hier mitten in Frischthal, wo man dem Frühling Tag für Tag zusehen kann, wie er an Fahrt aufnimmt. Wissen Sie, wie lang ich schon keine Knospen auf Bäumen gesehen hatte? Oder Krokusse, die über mehrere Quadratmeter den Boden lila färben konnten? Seit wenigen Tagen blühen die Magnolien und das ist das „jährliche Versprechen der Natur, dass sie uns zum Weitermachen motivieren will", sagte man hier in der Buchhandlung.

Amina ließ sich weiter in den Text fallen. Über mehrere kleinbedruckte, großformatige Seiten erstreckte sich der Text von Luis Kramer. Die ersten Worte, die seit langer Zeit wieder in gedruckter Form von ihm erschienen waren. Es war aufregend, seine Perspektive zu lesen, seine Zusammenfassung der vergangenen Wochen, seine Eindrücke aus der Zeit seit seiner Ankunft hier. Es sprach so viel Zuneigung und Hoffnung aus dem Text, dass Amina zwischendurch mit Momenten der Rührung zu kämpfen hatte.

Mittendrin hatte sie auch literarische Referenzen entdeckt, zu Richard Russo oder Elizabeth Strout, jenen Büchern, die Luis vor einiger Zeit aufgrund ihrer Kleinstadt-Beschreibungen gelesen hatte.

Und gleichzeitig hatte Luis Ergebnisse aus seinen Recherchen und Gesprächen mit Otto und anderen Personen, etwa auch dem aktuellen Grundstücksbesitzer, eingewoben. Alles in allem folgte man seinen Ausführungen Absatz für Absatz mit angehaltenem Atem. Luis schilderte die Bemühungen der Kommunalpolitik, die – bei privatem Besitz – irgendwann an ihre Grenzen stößt. Er zeichnete den herzzerreißenden Entscheidungsprozess des überarbeiteten, übermüdeten und überschuldeten Besitzers des Grundstücks, dem Mostbauer-Neffen, den er für diesen Artikel offenbar aufgesucht hatte, nach.

Der Text führte weiter in eine Art Einschulung in die Bedeutung von Wäldern. Luis zitierte Statistiken über die Kühlungseffekte von Bäumen im Vergleich zur Erwärmung von versiegeltem, asphaltiertem Boden.

Die einzige Enttäuschung, die der Text bot, war das Ende, das man im besten Fall als offen interpretieren konnte, in Wahrheit aber die Aussicht auf jedes Happy End zunichtemachte.

Der Wald würde demnächst gerodet werden. Weil der Mostbauer-Neffe Geld benötigte und die Bäume die Pläne des bestbietenden Käufers störten.

Trotz des insgesamt angenehmen, lehrreichen und phasenweise sogar unterhaltsamen Leseerlebnisses blieb man am Ende mit einem unangenehmen Gefühl zurück.

Als hätte man selbst zu wenig unternommen, um Situationen wie diese zu unterbinden.

Als Amina endlich die Zeitung zur Seite legte, war Luis nirgendwo zu sehen und ihre Zehen waren klamm und eiskalt geworden. Ein Blick auf die Uhr zeigte ihr an, dass sie nur mehr wenig Zeit hatte, um rechtzeitig ins Geschäft zu kommen. Sie sprang unter die Dusche und ließ sich unter dem heißen Wasserstrahl das Gelesene noch einmal durch den Kopf gehen. Aber schon während sie sich abtrocknete und ihre Arme und Beine mit Bodylotion einschmierte, drängten sich die Aufgaben des Tages in ihr Bewusstsein: Es war der erste Tag der wiederaufgenommen Kinderlesung und ihre ersten kleinen Gäste würden für den frühen Nachmittag erwartet werden.

Die Analyse von Luis' Text würde warten müssen.

In Gedanken versunken eilte sie, frisch angezogen, aus dem Schlafzimmer, wo sie beinahe mit Luis zusammenprallte, der frischen „Kaffeekränzchen"-Kaffee in Händen hielt.

„Frühstückst du unten?", fragte er freundlich. Seine Augen blitzten, aber nicht ganz so unbesorgt wie sonst. Ein Hauch von Unsicherheit lag in seiner Mimik. Dahinter war aber der für Amina nun fast schon gewohnte Ausdruck zu erkennen: weich und nachsichtig, entspannt und felsenfest überzeugt.

Und sie mochte diesen Gesichtsausdruck. Sie mochte den Mann, der ihn trug. Sie mochte die Worte, die er in den vergangenen Wochen zu diesem Text versammelt hatte, um seine Sicht der Dinge darzustellen.

All diese Erkenntnis sammelte sich in Aminas Bauch und Brustkorb als glühendes Feuerwerk, aber so wohltuend wie der zartblaue Frühlingshimmel und die Wärme echter Sonnenstrahlen. Sie lehnte sich leicht nach vorn und legte all das Wohlgefühl in einen zarten Kuss.

„Ich bin sehr froh, dass du wieder schreibst", sagte Amina, schnappte sich einen Kaffee und eilte nach unten, um das Geschäft rechtzeitig öffnen zu können.

23. Kapitel

Kurz nach halb 11 gab es im „Seitenweise“ kein einziges Exemplar mehr der Zeitung mit Luis Kramers Essay. Und Amina hatte das Gefühl, sie hatte in den wenigen Stunden seit der Geschäftsöffnung mit mehr Menschen gesprochen als im vergangenen halben Jahr insgesamt.

Das Telefon läutete pausenlos. Menschen, die den Artikel gelesen hatten, wollten wissen, ob dies tatsächlich die „Buchhandlung aus der Zeitung“ war. Manche der Anrufer bestellten sogar ein Buch, sehr viele davon Luis Kramers *Hahnentritt*.

Ab und zu rief jemand an und fragte, wo man etwas spenden konnte, damit das Waldstück nicht gerodet wurde.

Und irgendwann stand der Neffe des Mostwirts selbst bei ihnen im Geschäft. Er war so groß und breit, dass es wirkte, als müsste er sich drehen und ducken gleichzeitig, um durch die Tür zu treten. Auf seinen Schultern saß aber ein derart jugendlich aussehender Kopf, dass sich Amina fragte, wie alt der Mostwirt-Neffe überhaupt war. Er sah verschreckt und amüsiert gleichzeitig aus, als er kurz im Eingangsbereich stehen blieb, Amina zunickte und dann auf Luis zusteuerte, der gerade intensiv mit Herrn Gü diskutierte.

Amina konnte nicht hören, worüber die drei Herren sprachen, da ihr Telefon ein weiteres Mal zu läuten begann.

„Wo ist er?“, fragte eine höchst verärgerte Männerstimme am anderen Ende der Leitung. Nicht einmal ihre übliche Grußformel hatte er sie fertig sprechen lassen.

„Wer?“, fragte Amina und winkte Bobby und Felix zu, die sich mit Laptops unterm Arm ebenso zielstrebig wie der Mostbauer-Neffe zur Couchlandschaft hinbewegten.

„Luis Kramer natürlich!“, rief die Stimme ins Telefon.

„Wer will das wissen?“, fragte Amina freundlich nach.

Im Telefonhörer schnaufte es. Einmal, zweimal, dreimal. Da brauchte jemand viele Momente, um sich wieder zu beruhigen.

„Seit Wochen … ich sage: *Wochen*! Seit Wochen ist er nicht erreichbar, gibt keinen Ton von sich. All die Verträge … und dann schüttelt er einfach so ein Essay aus dem Ärmel?“ Der Mann hätte vermutlich noch ein paar Mal häufiger durchatmen sollen, vermutete Amina und überlegte, ob und wie sie antworten sollte. Der aufgebrachte Herr am anderen Ende der Leitung schien Luis offenbar zu kennen.

„So etwas kann er doch nicht machen! Er kann doch nicht gänzlich unvorbereitet an die Öffentlichkeit gehen, nachdem man seit einem Jahr nichts mehr von ihm gehört hat!" Amina war sich nicht sicher, warum *sie* die aufgestaute Wut des Mannes abbekam und beschloss, dem Ganzen ein Ende zu setzen.

„Hören Sie", unterbrach sie den Redeschwall am anderen Ende der Leitung, „ich weiß nicht, wer Sie sind und warum Sie glauben, dass Sie sich bei mir über Luis Kramer beschweren können … –"

„Sie sind doch diese Buchhändlerin, oder?", rief der Mann ins Telefon. „Seine *Muse*!" Er sprach das Wort „Muse" in einem Tonfall aus, als hätte er „Krätze" oder „Schleim" oder irgendetwas ähnlich Unappetitliches vor Augen.

„Ich bin doch nicht … –", begann Amina.

„Glauben Sie wirklich, Sie sind die erste? Ich sage Ihnen die Wahrheit: Sie sind es nicht. Was glauben Sie, wie vielen Frauen er schon eingeredet hat, dass er wegen ihnen etwas geschrieben hat. Auch hier sage ich Ihnen die Wahrheit: Unzähligen! Zwischen Hamburg und Klagenfurt sind es so viele, dass man seine Werke – bis hin zu einzelnen Kapiteln – nach diesen Frauen katalogisieren könnte!"

Zum Glück musste der Mann in diesem Augenblick Luft holen, denn Amina hatte genug. Genug gehört. Genug ausgehalten.

„Sie hören mir jetzt zu, Sie komischer Wicht!", setzte sie an und ließ sich nicht davon irritieren, dass ihr im Eifer des Gefechts keine wüstere Beschimpfung eingefallen war als „Wicht“.

„Ich weiß wirklich nicht, was ihr Problem mit Luis Kramer ist, aber ich empfehle Ihnen, sich erst mal zu beruhigen, bevor Sie weiterhin wildfremde Menschen mit kuriosen Beleidigungen beschimpfen. Sie brauchen hier nie wieder anzurufen! Und Sie können es auch gleich vergessen, sich bei Luis Kramer zu melden, solange Sie *mir* nicht eine schriftliche Entschuldigung für Ihr Verhalten gerade eben zukommen haben lassen. Sonst kann ich Ihnen garantieren, dass Luis sich mit Sicherheit niemals wieder bei Ihnen melden wird.“

„Wie bitte?“

„Sie haben mich sehr wohl verstanden. Sie sind nicht einmal in der Lage, sich bei mir vorzustellen. Und ich soll mir anhören, wie Sie mich beleidigen? Ich bekomme von Ihnen eine schriftliche Entschuldigung, ansonsten stelle ich sicher, dass Luis sein Telefon in den nächsten Tagen weiterhin ignoriert. Ich akzeptiere auch E-Mails. Die Adresse finden Sie auf meiner Website.“ Dann legte sie auf.

Aminas Hände zitterten und das zu Recht, wie sie fand. Sie drehte sich langsam um Fassung ringend um, nur um zu erkennen, dass ihr das halbe Geschäft mit offenem Mund zugehört hatte. Amina scannte die Menge vor ihr, erkannte einige Gesichter wieder und lächelte entschuldigend in die Runde. Bis sie auf Luis’ Gesicht traf und dort wieder auf diesen vertraut weichen und diesmal auch höchst amüsierten Blick traf.

„Er war wirklich sehr, sehr unhöflich“, sagte Amina ruhig und zuckte entschuldigend mit einer Schulter.

„Das hat sie von mir!“, tönte Tante Gertis Stimme zwischen den Regalen hervor und der halbe Shop begann zu lachen.

Luis grinste.

Und Amina lächelte zurück.

Sie beobachtete, wie sich Luis kurz zu seinen Gesprächspartnern drehte und etwas sagte, dann aufstand und langsam zu ihr kam. Er umarmte sie für einen Moment, küsste ihre Augenbraue und lehnte sich dann zurück. Er fischte sein Telefon aus der Hosentasche, öffnete die Lade unter ihrer Kassa und warf das Gerät zwischen die zahlreichen Zettel und Stifte, die sich dort angesammelt hatten. Dann küsste er sich nochmals, diesmal auf die Lippen, begleitet von einigen verträumten Seufzern aus der Kundschaft.

Amina merkte, wie sie rot wurde, aber Luis zog sie wieder an sich, drückte seine Nase hinter ihr Ohr. Als hätten sie alle Zeit der Welt. Als würden nicht gerade zahlreiche Personen darauf warten, bedient zu werden.

„Was für ein Tag“, murmelte er.

Was für ein Tag, in der Tat.

Am frühen Nachmittag sank das Durchschnittsalter der zahlreichen Personen im „Seitenweise“ radikal ab. Trotz strahlenden Sonnenscheins trafen so nach und nach immer mehr Kinder ein, viele von ihnen erkannte Amina von ihren Touren mit dem Lesebus wieder.

Irene und Lucy hatten sich darum gekümmert, dass das Leseevent online ausreichend beworben worden war – vor allem mit der Information, dass die Eltern der Kinder in der Zwischenzeit im „Kaffeekränzchen“ versorgt werden würden.

Amina hatte Sitzkissen besorgt, die sie nun jedem einzelnen der jungen Gäste in die Hände drückte. Die begleitenden Eltern erhielten einen Gutschein fürs „Kaffeekränzchen“ und die Versicherung, dass die Veranstaltung nicht länger als 45 Minuten dauern würde.

Luis und Lucy hatten den Couchtisch zur Seite geschoben und einige Bücher in kindgerechter Höhe darauf ausgestellt. Sie halfen den Kindern dabei, sich mit ihren Kissen einen Platz auf dem Boden zu suchen, ordneten dabei auch den einen oder anderen Zwist und bemühten sich dann darum, dass langsam Ruhe einkehrte.

Lucy hatte sich einen mit bunten Trockenblumen dekorierten Hut mit breiter Krempe aufgesetzt und nahm nun langsam und theatralisch auf dem einen Couchsessel Platz, der ihr heute als Bühne dienen würde. Manche Kinder kicherten.

Amina richtete eine Schreibtischlampe auf Lucy und zog sich dann in die hinterste Reihe zurück. Gerade als Lucy zu lesen begann, gesellte sich Luis zu Amina, legte seinen Arm um ihre Hüfte und zog und drehte so lang an ihr herum, bis sie mit dem Rücken an seinen Brustkorb gelehnt dastand. Luis legte seinen Kopf auf ihre Schultern. Sein Atem kitzelte ihr Ohrläppchen und Aminas Bauch kribbelte ein wenig.

Sie hatte schon kaum Zeit gehabt, sich an die Entwicklungen zwischen Luis und ihr in den vergangenen Wochen zu gewöhnen und der heutige Tag gab ihr das Gefühl, erneut zwei Stufen auf einmal übersprungen zu haben. Das Essay, die vielen Kunden, der Anruf aus Luis' Entourage, das Kinder-Event, das eigentlich schon für sich aufregend genug gewesen wäre. Und dazwischen die unbeirrbare Zärtlichkeit von Luis. Egal, ob Leute sie sahen oder nicht.

Dafür, dass der Schriftsteller anfangs unter strengsten Geheimhaltungsvorschriften in diese Stadt gekommen war, zitternd, grantig und zurückgezogen, war er heute erstaunlich unbeeindruckt von der Menge an Menschen und dem grellen Scheinwerferlicht, das er mit seinem Essay auf sich und auch auf Aminas Buchladen gelenkt hatte.

Während sich rund um sie herum die Natur am Sonnenlicht erfreut hatte, nahezu explosionsartig Knospen, Blüten und Blätter durch die trockenen Oberflächen der Äste gezwängt hatte, hatte sich Aminas Leben in den vergangenen Wochen genauso temporeich entwickelt.

Die Kinder lachten lauthals auf und rissen Amina aus ihren Gedanken. Luis verstärkte für einen Moment die Umarmung, drückte seine Hände etwas fester um ihre Hüften, wie um ihr zu verstehen zu geben, wie sehr er sich über die amüsierten Zuhörer freute.

Und was für ein Anblick die Kinder auch waren! Aufmerksam, lachend, mit strahlenden Augen lauschten sie Lucy konzentriert und gebannt, wie sie Seite um Seite die Geschichte jenes Buchs, das Luis für den heutigen Tag ausgesucht hatte, vorlas.

In genau diesem Moment, in dem Amina sah, welche Freude eine simple Geschichte bei einer Schar junger Zuhörer auslösen konnte, empfand sie nichts Geringeres als Zufriedenheit.

Deshalb machte sie das alles.

Deshalb war sie hierher zurückgekehrt.

Deshalb hatte sie die Einsamkeit und die Ruhe der vergangenen Jahre ertragen, die so konträr zu ihrem Rund-um-die-Uhr-aktiv-Lebensstil ihrer Zeit in der Großstadt waren.

Wenn nur eines der Kinder, das heute im Publikum saß, sich diese Freude an ausgedachten und gut erzählten Geschichten bis ins Erwachsenenalter behalten konnte, hatten sich all die Schwierigkeiten und Veränderungen, die Amina bis zu diesem Tag durchleben musste, ausgezahlt.

„Das will ich auch“, flüsterte Luis in ihr Ohr und für einen Moment dachte Amina, er konnte wieder einmal ihre Gedanken lesen.

„Was?“, fragte sie sicherheitshalber nach.

„Glückliche Leser“, antwortete Luis leise.

24. Kapitel

Am nächsten Tag, dem ersten Sonntag im April, spazierten sie zu jenem Waldgrundstück, das seit dem Vortag in aller Munde war. Amina und Luis hatten sich im Vorfeld gar nicht über das Ziel ihres Spaziergangs abgesprochen, aber es schien irgendwie unausgesprochen klar, dass es an der Zeit war, an diesen Ort zurückzukehren.

Der Weg dahin war in der Zwischenzeit wesentlich grüner geworden. Die meisten Bäume trugen bereits zartgrüne Blätter, die sich in den kommenden Wochen in ein saftiges, sommerliches Dunkelgrün wandeln würden.

Amina und Luis kämpften sich durch die verwucherte Lücke im Zaun und hielten, wie schon beim letzten Mal, kurz inne, um die geheimnisvolle und gleichzeitig inspirierende Stimmung, die das alte Gebäude verströmte, aufzunehmen. Sie ließen sich auf die Bank fallen und lehnten ihren Kopf an die Hausmauer, die heute von der Sonne etwas aufgewärmt war.

Am Vortag waren sie müde und aufgekratzt in Aminas Wohnung zurückgekehrt, nachdem Amina den Großteil des Chaos in ihrem Geschäft bereinigt oder zumindest gut übertüncht hatte. Ihr Kopf hatte sich überfüllt, fast surrend angefühlt, von all den unterschiedlichen Gesprächen und Eindrücken des Tages.

Während des Abendessens hatten Luis und sie Anekdoten und Beobachtungen ausgetauscht, den Tag Revue passieren lassen, aber sowohl das Telefonat mit dem wütenden Anrufer mit keiner Silbe erwähnt als auch Luis' Gefühlszustand, nachdem er sich nun offenkundig mitten in die Aufmerksamkeit der Bewohner der Stadt katapultiert hatte. Jeglicher Rest an Anonymität war mit dem Erscheinen des Essays nun definitiv verschwunden.

Amina war zu müde gewesen, um das Gespräch in eine dieser etwas schwierigeren Richtungen zu lenken, und sie hatte sich dieser Ausrede auch noch während des Sonntagsfrühstücks bedient. Spätestens beim Aufbruch zu ihrem Spaziergang hatte Amina dann doch zu spüren begonnen, wie sehr einige Fragen in ihr immer beständiger rumorten. Und wie sie durch dieses Nicht-Thematisieren damit angefangen hatte, sich die Antworten auf diese Fragen selbst zu geben.

. . .

„Vermisst du dein Telefon?“, fragte Amina nach ein paar sonnigen Atemzügen auf der Bank neben dem verfallenen Haus.

„Nicht mehr als in den Tagen zuvor“, sagte Luis.

„Wir haben noch gar nicht …“, begann Amina, als Luis sagte: „Wer war der Anrufer eigentlich?“

Amina lachte kurz auf, dann zuckte sie mit der Schulter.

„Er hat sich nicht vorgestellt“, erklärte sie, „er schien dich aber gut zu kennen. Er hat etwas von Verträgen erzählt und dass du dich seit Wochen nicht meldest.“ Sie schluckte. „Dass du für jedes Kapitel oder jedes Buch eine eigene Muse hast. Zwischen Hamburg und Klagenfurt“, zitierte Amina den eher unangenehmen Teil des Gesprächs.

Luis zog scharf Luft ein. „Das stimmt nicht!“, rief er empört aus. Er holte ein paar Mal tief Luft, setzte an, um etwas zu sagen, dann holte er nochmals Luft und rief schließlich aus: „Ich weiß gar nicht, wo ich anfangen soll!“

Amina drehte sich zu ihm mit dem plötzlichen Bedürfnis, nicht nur seine Stimme zu hören, sondern auch sein Gesicht, seine gesamte Körperhaltung sehen zu müssen.

Luis tastete nach ihrem Oberschenkel und binnen Sekunden wärmte seine Handfläche durch den Jeansstoff über ihrer Haut.

„Himmel!“, stieß Luis noch einmal aus. „*Das* trägst du seit gestern mit dir herum?“

„So schlimm war das nun auch wieder nicht“, lenkte sie ein.

„Du hast mich verteidigt!“

„Ja, natürlich!“

„Aber …“, Luis fehlten die Worte.

„Er hat sich nicht vorgestellt!“

Luis sah sie fast ungläubig an und Amina fühlte sich leicht verwirrt. Dann küsste er sie. Fest. Fast gierig.

Und Amina fühlte sich noch verwirrter.

„Ich habe ihm versucht mitzuteilen, dass ich *nicht* deine Muse bin. Aber er wollte sich nur aufregen, hat nicht zugehört. Und schließlich ist mir der Geduldsfaden gerissen. Das ist doch alles nicht so besonders, oder?“, fragte Amina.

Luis musterte sie. „Stört es dich nun, dass er das gesagt hat oder stört es dich nicht?“

„Natürlich stört es mich. Aber mich stört eher die Art, *wie* er gesprochen hat, statt *was* er gesagt hat. Verstehst du?“

Luis nickte. „Und es wäre dir egal, wenn es stimmen würde …?“

Amina spiegelte Luis’ musternden Blick. Sie kam nicht drauf, worauf er hinaus wollte.

Also dachte sie einen Moment nach.

Und verlief sich in einem Hamsterrad aus Gedanken.

„Warum reden wir da überhaupt über mich?“, fragte sie schließlich, erschöpft von den Denkspiralen in ihrem Kopf. „Ja, es nervt mich, dass mich irgendein fremder Kerl am Telefon anpöbelt und mich in einen Topf wirft mit einer Vielzahl an ominösen Frauen", rief sie aus. „Aber soll ich ihm mehr Glauben schenken als dir, der du jeden Tag mit mir im Geschäft sitzt?"

Luis lächelte ihr leicht zu.

„Was hat das überhaupt mit mir zu tun?", fragte Amina mit leiser Stimme.

„Du bist der Anfang", sagte Luis ruhig. „Der Einstieg in die Geschichte."

Amina wollte eigentlich nicht lächeln, aber ihre Mundwinkel zuckten ganz ohne ihr Zutun. „Du kannst schon gut mit Worten umgehen", sagte sie und Luis lachte auf.

„Es war vermutlich mein Agent, der angerufen hatte", sagte Luis schließlich. „Der Edi ist ein grundsätzlich cholerischer Typ und er war auch am ungeduldigsten mit mir, was das fehlende Schreiben betrifft." Luis seufzte.

„Ich glaube nicht an Musen", sagte er schließlich bestimmt und Amina fühlte sich zu ihrer eigenen Überraschung erleichtert von dieser Aussage.

„Gut", antwortete sie und erntete nur wieder einen musternden Blick von Luis.

„Manchmal weiß ich nicht, wie ich am besten auf dich reagiere", sagte der Schriftsteller zögerlich. „*Du* reagierst nie so, wie ich es erwarte."

Amina hob eine Augenbraue an, sagte aber nichts.

„Es gibt Frauen, die wären beleidigt, wenn ich sie *nicht* als einzige Muse bezeichnen würde", begann Luis dann.

„Hör auf!“, unterbrach ihn Amina sofort.

„Siehst du!“, rief er aus. „Das ist so eine Situation zum Beispiel. Offenbar war es falsch, was ich gesagt habe.“

„Hör auf, dich herumzutasten!“, sagte Amina und plötzlich fühlte sie sich ärgerlich. „Sag, was du sagen willst! Sag, was du dir denkst! Ich halte das schon aus!“

„Natürlich hältst du es aus!“, lenkte Luis ein. „Aber ich will sichergehen, dass wir uns nicht wegen eines blöden Begriffs, den mein cholerischer Agent vor sich hingespuckt hat, zerstreiten!“

„Im Moment stehen wir am Rande eines Streits, weil du herumeierst!“, rief ihm Amina zu und stand von der Bank auf. Sie brauchte Bewegung. Und seien es nur zwei Schritte nach links und dann wieder retour.

„Ich *hasse* den Begriff der Muse“, gab Luis nicht minder aufgeregt zurück, „ich finde es lästig und unzeitgemäß und *ab-so-lut nicht zutreffend*, dass man davon ausgeht, hinter jedem Schreibprozess, hinter jeder Idee stehe irgendeine mystische Macht. Oder noch schlimmer: eine realistische Person!“ Auch er sprang auf, wild gestikulierend. „Niemand kann einen Künstler, eine Künstlerin direkt beeinflussen. Jede Begegnung – ob platonisch oder sexuell, ob im Gespräch oder schweigend in einem Zugabteil – prägt einen, hinterlässt einen Eindruck. Aber nichts davon *setzt Kunst in Bewegung*.“ Luis sah sie direkt an. „Man ist immer nur die Summe seiner Erfahrungen. Man handelt immer nur als Ergebnis seiner Erfahrungen. Was wiederum neue Erfahrungen provoziert und so weiter.“ Luis wedelte mit seiner Hand. „Ich hatte also niemals Musen. Und schon gar nicht so viele, wie Edi dich glauben hat lassen.“ Luis stellte sich direkt vor Amina hin, griff mit beiden Händen nach ihren Händen, wickelte ihre Finger ineinander und sah ihr direkt in die Augen. „Und ja, du spielst eine große Rolle in dem Text. Aber weil ich die Welt beschreibe, in der ich mich derzeit aufhalte. Weil die Geschichte des Waldstücks kompletter ist, wenn man die Stadt und deine Buchhandlung dazu kennt.“

Derzeit.

Die Welt, in der er sich *derzeit* aufhält.

So ein kleines Wort und Amina stockte der Atem. Die gesamte Diskussion und ihre Gefühlswelt zu dem kuriosen Anruf eines wildgewordenen Agenten, der offenbar Edi hieß, waren plötzlich von sieben Buchstaben in den Schatten gestellt worden: *derzeit.*

Das Wort fasste zusammen, warum sie die gesamte Entwicklung zwischen ihr und Luis immer wieder mal argwöhnisch beobachtet hatte. Es bestätigte die stets latente Angst, die unter der Zärtlichkeit und Nähe zwischen ihnen mitschwamm.

Denn so nahe Amina und Luis sich in den vergangenen Tagen und Wochen auch gekommen waren, so schnell sie auch in diese überraschend häusliche Routine gekippt waren, *es war alles immer nur vorübergehend gewesen.* Und für eine schnelle Sekunde ärgerte sich Amina grün und blau, dass sie sich von ihrer eigenen Verträumtheit in die Irre leiten hatte lassen. Dass sie nicht früher schon auf die Bremse getreten war.

Natürlich würde Luis weiterziehen. Natürlich hatte er nicht auf ewig sein Lager auf der Couch in ihrem Buchladen aufgeschlagen. Natürlich war er nur hier, um wieder zu Kräften zu kommen.

Und bei Kräften war er mittlerweile wieder.

Was sich an der Resonanz auf seinen Text zeigte.

Am liebsten hätte Amina Luis angebrüllt, ihm Vorwürfe gemacht, aber die Wut, die sie empfang, galt nur ihr allein. *Sie* war diejenige, die sich dem eigenen Irrglauben hingegeben hatte. Sie war es, die sich auf diesen Frühlingstraum eingelassen hatte und die warnenden Gedanken daran, dass sie daraus wieder aufwachen würde, immer wieder verdrängt hatte.

„Wie lange bleibst du eigentlich?", fragte Amina schließlich. Manche Dinge musste man wie ein Pflaster abziehen.

„Ich … was?", Luis sah sie verwirrt an.

„Wie lange bist du im Gästehaus eingemietet?", setzte Amina hinterher und als Luis sie immer noch fragend ansah. „Man erwartet dich ja wohl wieder zu Hause. Jetzt, wo du wieder schreiben kannst." Für einen Moment ärgerte sie sich, dass ihre Stimme bissiger klang, als sie es wollte.

„Also, am Mittwoch bin ich beim Krimi-Buchklub … Herr Gü glaubt, dass er mir in zwei Wochen bereits frischen Rhabarber bringen kann … und die Texte fürs Crowdfunding müssen wir überarbeiten", begann Luis.

„Welches Crowdfunding?“, unterbrach Amina. Für einen Sonntag war in ihrem Kopf erstaunlich viel los und all das machte sie beinahe schwindlig.

Sie ließ sich auf die alte Holzbank fallen und sah Luis zu, wie er sich langsam neben sie setzte. Wieder griff er nach ihrem Oberschenkel und Amina hatte zu wenig Kraft, seine Hand abzuschütteln.

„Was ist jetzt gerade alles passiert?“, fragte Luis leise.

„Ich weiß es nicht“, antwortete Amina und fühlte sich plötzlich den Tränen nahe.

Was war nur los mit ihr?

Dieses ganze Auf und Ab binnen Minuten war nicht ihre Art.

„Ich muss nachdenken“, stieß sie schließlich hervor und schluckte mehrmals hintereinander, atmete tief ein.

„Jetzt gleich?“, fragte Luis.

Da musste sie lachen.

Amina schloss ihre Augen und lehnte ihren Kopf an die Hausmauer. Dann tastete sie nach Luis’ Hand und wickelte ihre Finger ineinander.

25. Kapitel

Amina marschierte zielstrebig quer über den Hauptplatz, vorbei an einer Freundin ihrer Tante, die gerade einen riesigen Strauß Tulpen in ihren Armen balancierte. Vorbei am Uhrengeschäft, vor dem sich der Inhaber mit dem Gemüsehändler über den „Tatort" vom Vortag unterhielt. Vorbei auch an Bella, die vor ihrem „Kaffeekränzchen" Tische und Stühle aufbaute, wohl wissend, dass in wenigen Stunden die Sonne direkt auf den Platz vor ihrem Café scheinen würde und das zahlreiche sonnenhungrige Gäste anziehen würde.

„Ist Irene da?", rief Amina Bella zu, wartete aber die Antwort nicht ab. Sie eilte durch die Tür des Coffee-Shops, vorbei an der Runde pensionierter Lehrerinnen, die sich jeden Montag hier im Café traf.

Irene arbeitete gerade mit dem Milchschäumer und sah sich neugierig um, als sie Aminas ungeduldiges Fingerklopfen auf den Tresen hörte. Überrascht hob sie ihre Augenbrauen.

„Hat Luis heute den Kaffee nicht zu dir gebracht?", fragte sie und klopfte dann das Gefäß mit der Milch auf die Oberfläche. Die für Baristas so typische Handbewegung schien auch bei Irene nur mehr rein automatisch zu funktionieren, denn sie wandte ihre Konzentration ausschließlich Amina zu, während ihre Hände allein weiterarbeiteten.

„Doch, doch", beschwichtigte Amina. Luis hatte sich wie immer um den Kaffee und auch ums Frühstück gekümmert. Nach ihrem Ausflug am Vortag und der überraschenden und – zumindest für Amina – verwirrenden Diskussion waren sie zum Glück innerhalb kürzester Zeit wieder in ihre übliche Routine verfallen. Essen, lesen, küssen … und so weiter. Amina fand zwar, dass Luis sie seither genauer musterte, häufiger beobachtete, als würde er ein Rätsel lösen wollen. Aber vielleicht bildete sie sich das auch nur ein. Seitdem sie ihre Diskussion am Vortag unterbrochen hatten, ratterte Aminas Kopf unaufhörlich vor sich hin und sie hatte das Gefühl, als würde Luis auf das Ergebnis ihres Denkprozesses warten. Als wäre sie ihm eine Antwort schuldig. Auf welche Frage, war ihr jedoch selbst nicht ganz klar.

Also hatte sie sich von der üblichen Routine einlullen und ablenken lassen, bis heute Morgen, kurz nachdem sie das Geschäft aufgesperrt hatte, ein Journalist einer regionalen Tageszeitung angerufen und um ein Interview gebeten hatte. Wenige Minuten später meldete sich eine Journalistin eines Monatsmagazins für Frauen, die eine Liste

„nachhaltiger Bücher“ zusammenstellen wollte und dafür Aminas Know-how anzapfen wollte. Und jetzt gerade, vor etwa viereinhalb Minuten, hatte der Kulturredakteur einer weiteren Tageszeitung angerufen, der ein Doppelinterview mit Amina und Luis führen wollte.

Das hatte das Fass zum Überlaufen gebracht. Sie hatte Magda zugerufen, dass sie kurz einen Weg zu erledigen hätte und sich dann schnurstracks über den Hauptplatz begeben, wo ihre Freundin und Marketingbeauftragte des „Seitenweise“ mehrmals die Woche Kaffee servierte.

„Ich will keine Interviews geben“, platzte Amina heraus, „ich weiß, ich sollte. Aber ich will das nicht.“

Irene drapierte eine elegante Milchschaumhaube auf den Kaffee vor ihr und streute etwas Kakao darüber.

„Kann ich dir etwas anbieten?“, fragte sie ruhig. Amina schüttelte den Kopf.

Irene füllte zwei Gläser mit Wasser, reichte diese Amina und griff dann nach der soeben zubereiteten Tasse Cappuccino. Sie deutete mit ihrem Kopf in Richtung eines Stehtisches in der Ecke und Amina folgte ihr dahin mit den zwei Gläsern in der Hand.

Sie fühlte sich atemlos.

„Wie viele Leute haben bereits angerufen?“, fragte Irene ruhig.

„Drei“, antwortete Amina.

„Wegen dir oder wegen Luis?“

Amina war überrascht, aber dann auch wieder nicht, dass Irene die Anfragen schon antizipiert hatte.

„Teils, teils", sagte sie daher. Sie nannte die Medien und skizzierte in etwa die einzelnen Anfragen.

„Hast du schon etwas zugesagt?", fragte Irene und Amina schüttelte den Kopf.

„Ich habe um E-Mails gebeten", sagte sie.

„Sehr gut", das Lob Irenes tröstete Amina ein wenig.

„Ich brauche deine Hilfe", sagte Amina, „mehr als nur für all das Digitale. Ich …", Amina schluckte. „Es geht in diesem Artikel nicht um mich. Es geht um den Wald."

Irene nickte. „Aber das hat seine eigene Dynamik bekommen", antwortete sie ruhig. „die Journalisten rufen beim Mostbauer junior genauso an, wie sie wahrscheinlich bei Luis anrufen. Das wüsstest du, wenn du nicht sein Handy konfisziert hättest." Irene kicherte und Amina nahm sich keine Zeit, sich darüber zu wundern, warum Irene von dieser kleinen Episode Wind bekommen hatte.

„Ich glaube auch nicht, dass Luis Interviews geben will", murmelte Amina. „Jedenfalls sicher keine Homestory über sein Leben hier auf meiner Buchhandlungscouch."

„Hast du ihn gefragt?"

„Nein", antwortete Amina

Irene legte ihren Kopf schief und musterte sie freundlich.

„Er wird wieder abreisen", sagte Amina leise, „er wird wieder zurückkehren und wir bleiben hier. Mit oder ohne Wald."

Irene nickte leicht, verständnisvoll eher als zustimmend.

„Und was willst du?“, fragte Irene leise.

Dass jemand singt, wenn ich nach Geschäftsschluss in meine Wohnung komme. Dass jemand meine Augenbraue küsst, wenn er mir einen Kaffee bringt. Oder einfach nur so.

Amina tastete an die besagte Stelle an ihrer Schläfe, die mittlerweile untertags immer wieder zu kribbeln begann. Als hätte sie Sehnsucht nach der Berührung durch Luis.

„Ich will, dass die Leute weiterhin gerne bei mir einkaufen“, sagte sie schließlich, weil ihr für mehr Geständnisse der Mut fehlte.

„Dann werden wir darauf achten, dass die Zeitungen dein Geschäft so präsentieren“, sagte Irene fröhlich. „Und wegen der anderen Sache …”, Irene lächelte ihr verschmitzt, aber auch mit einer gewissen Ernsthaftigkeit zu, „vergiss nicht, dass wir alle gerne hiergeblieben sind, kaum dass wir mal da waren. Lucy, ich, du selbst vor einigen Jahren … – warum sollte es nur uns Frauen so gehen, dass wir an diesem Ort unser Zuhause finden?“

Gerade als Amina antworten wollte, manövrierte Bella sich und den Kinderwagen einer Kundin durch die Eingangstür und Irene sprang auf, um ihrer Freundin zu helfen. Auf halbem Weg zur Tür drehte sie sich nochmals um. „Leite die Anrufe und Mails an mich um und nenn mir zwei oder drei Tage, an denen du Zeit für Interviews hättest. Ich koordiniere das dann. Okay?“

Amina nickte, trank ihr Wasser aus. Als sie ihr Glas zum Tresen trug, fiel ihr noch etwas ein.

„Und was sage ich in diesen Interviews?“, fragte sie Irene.

„Die Wahrheit“, antwortete ihre Freundin augenzwinkernd. „Oder zumindest die guten Seiten der Wahrheit.“

Amina lachte auf. Das sollte zu schaffen sein.

26. Kapitel

Verglichen mit dem vorigen Buchklub-Treffen, währenddessen es ausgiebig geregnet hatte, war das Wetter an diesem Nachmittag geradezu darum bemüht, sich von seiner besten Seite zu zeigen. Der ganze Tag war bereits in strahlendes Sonnenlicht getaucht gewesen. Und jetzt, als sich das Licht langsam auf den Abend vorbereitete, wärmte die Sonne immer noch angenehm.

Amina rechnete, nicht nur aufgrund des besseren Wetters, mit mehr Teilnehmerinnen und Teilnehmern an der Veranstaltung. Ihr kleiner Buchladen war seit Tagen so gut besucht, dass sich kein einziges Mal eine ihrer üblichen Ruhephasen, in denen sie untertags Zeit hatte zu lesen, ergeben hatte. Das blieb auch nicht unbeobachtet von Tante Gerti, die – gemeinsam mit Nana – wesentlich mehr Zeit im Geschäft verbracht und die wartende Kundschaft mit Gesprächen abgelenkt hatte.

. . .

Auch Luis schien der Trubel im Geschäft zu bunt geworden zu sein, denn bereits am Dienstag dieser Woche hatte er sich für den ganzen Tag wohin auch immer zurückgezogen. Sein üblicher Platz auf der Couch war von anderen Kunden sofort belegt worden, aber Amina meinte dennoch, die Lücke aufgrund seiner Abwesenheit gespürt zu haben.

Trotzdem hatte er an diesem Abend wieder kochend und singend in ihrer Wohnung auf sie gewartet. Amina war jedoch schlichtweg zu müde gewesen, um ihn zu fragen, wie denn er den Tag verbracht hatte. So hatten sie den Tag jeweils in die eigenen Gedanken versunken, immer wieder die Berührung des anderen suchend, aber schweigend miteinander verbunden verbracht.

Heute, am Mittwoch, dem Buchklub-Tag, war wieder alles beim Alten, beim neuen Alten, wenn man die erst vor wenigen Wochen eingeführte Routine überhaupt schon als „alt“ bezeichnen konnte. Luis hatte sich am Vormittag auf der Lesecouch niedergelassen, wo er geduldig Fragen der vorbeiziehenden Kundschaft beantwortete und dazwischen Dinge in seinem Notizbuch notierte. Kurz vor Mittag ließ sich Otto, beladen mit Kaffee und Kuchen aus dem „Kaffeekränzchen“, gegenüber vom Schriftsteller in einen der Couchsessel fallen und die beiden vertieften sich in ein intensives Gespräch. Kurze Zeit später nahmen auch der Mostbauer-Neffe sowie Irene rund um den Couchtisch Platz und Amina fühlte sich gleichermaßen irritiert wie neugierig, welche Pläne hier mitten in *ihrem* Geschäft geschmiedet wurden.

. . .

„Was heckt ihr aus?“, fragte sie Luis dann auch in einer gefühlt eineinhalbminütigen Atempause, nachdem sich seine Gesprächspartner wieder verabschiedet hatten.

„Das Crowdfunding läuft sehr gut“, berichtete Luis und zog sie an sich, küsste die Augenbraue. Für einen Moment atmete sie durch.

Irgendjemand hatte noch am Samstag eine Seite aufgesetzt, über die Spenden für den jungen Mostbauer gesammelt werden sollten. Nachdem der Verkauf des Grundstücks noch nicht finalisiert war und auch noch keine Verträge unterschrieben waren, waren – motiviert von Luis' Essay – nicht nur weitere Kaufangebote beim Grundstücksbesitzer eingetroffen, sondern auch sehr häufig der Wunsch, dem Neffen finanziell aushelfen zu können, damit er *nicht* verkaufen musste. Also richtete irgendjemand eine Crowdfunding-Seite ein. Soweit Amina das verfolgt hatte, hatten sämtliche Einwohner der Stadt ihre digitalen Communities aktiviert und einerseits den Link zu Luis' Artikel, aber eben auch zu dieser Crowdfunding-Seite verschickt. Luis' Prominenz hat das Dilemma des Mostbauern über die Region hinaus bekannt gemacht und seither trudelten aus allen Ecken des Landes Spenden in unterschiedlicher Höhe ein.

„Das freut mich“, sagte Amina und löste sich aus der Umarmung, weil die Glocke über der Eingangstür bereits wieder läutete.

„Heute Abend trifft sich der Krimi-Buchklub“, erinnerte ihn Amina dann, bevor sie sich der neuen Kundin zuwandte. „Falls du rechtzeitig davor das Weite suchen willst.“

„Ich weiß", lächelte Luis, „ich habe deiner Tante versprochen, mich heute um den Tee zu kümmern." Als Amina nur überrascht ihre Augenbrauen hochzog, ergänzte er noch ein „Zum Glück bin ich gestern rechtzeitig mit dem Buch fertig geworden."

Amina lächelte.

Auch wenn er vielleicht nicht langfristig in der Stadt bleiben würde, schien es Luis überhaupt nicht schwerzufallen, sich in das Kleinstadtleben zu integrieren.

Als die ersten Gäste für das Treffen des Krimi-Buchklubs eintrafen, fühlte Amina jegliche Erschöpfung, die sie über die neu entflammte Aufmerksamkeit für ihren Laden verspürt haben mochte, wieder schwinden. Diese Buchklub-Stunden waren mitunter die Highlights ihres Berufslebens. Ähnlich wie die Lesestunde für die Kinder am vorangegangenen Wochenende waren ihr die Diskussionen des langjährigen Buchklubs Bestätigung und Motivator für die Entscheidung, ihren Berufs- und Lebensmittelpunkt hierher in die Kleinstadt verlegt zu haben. Die Freude von Lesenden zu sehen, die vielfältigen Perspektiven auf ein und dieselbe Geschichte zu hören, die lebhaften Debatten über Schreibstil, Handlungsstränge und besonders liebenswerte Charaktere – all das gab ihr Aufwind. Und Sinn in ihrem Tun.

An diesem Abend nahm Luis Kramer inmitten der Runde Platz und Amina bewunderte ihre Tante Gerti, die auf den prominenten Gast in keiner Weise einging. Wie immer lieferte sie zu Beginn einen kurzen Abriss der gelesenen Geschichte und stellte dann eine Frage in die Runde. Sogleich setzte das Geschnatter der teilnehmenden Gäste ein, man tauschte sich aus, widersprach sich oder stimmte einander zu, man lachte über einzelne Kommentare und blätterte wie wild im eigenen Exemplar, um eine besondere Stelle vorzulesen.

Und mittendrin saß Luis Kramer, mit leicht roten Backen, mal grinsend, mal stirnrunzelnd, er nickte oder schüttelte den Kopf, völlig gebannt vom Gespräch, an dem er selten mit eigenen Kommentaren teilnahm. Amina wusste nicht, ob er sich bewusst zurückhielt oder grundsätzlich selten in so großer Runde diskutierte, und sie setzte auch diese Frage an Luis auf ihre immer länger werdende Liste an Rätseln, die sie über ihn lösen wollte.

Für einen kurzen Augenblick verzog sich ihr Bauch leicht ängstlich, als wollte er sie warnen vor dem bevorstehenden, unausweichlichen Abschied. Aber sie verdrängte das Ziehen, die Sorge und auch die Unsicherheit ein weiteres Mal, widmete sich den Aufgaben vor ihr und überließ den Buchklub sich selbst.

„Wir hätten ruhig schon früher mal Pizza bestellen können", murmelte Luis mit vollem Mund und ließ sich auf die Couch zurückfallen. Er seufzte zufrieden. „War das köstlich!"

Amina nahm einen weiteren Bissen von ihrem Pizzastück und ließ die Mischung aus Käse, Schinken und Tomatensauce auf ihrer Zunge zergehen.

Luis hatte aufgekratzt wie ein kleines Kind plaudernd mit ihr gemeinsam die Spuren des Buchklubs beseitigt und den Laden für den morgigen Tag hergerichtet. Sie hatten sich Pizza bestellt, um sich Zeit und Energie zu sparen, obwohl Luis so munter klang wie noch nie zuvor. Immer wieder berichtete er begeistert von den unterschiedlichen Sichtweisen auf das Buch, das sie zuvor besprochen hatten. „Ich war immer beleidigt, wenn Leute meine eigenen Bücher interpretiert hatten und nicht verstanden hatten, worauf ich eigentlich hinaus wollte. Aber wenn man das so geballt sieht wie hier im Buchklub …, das ist augenöffnend! Wir haben doch alle den gleichen Text gelesen! Und der geht ja nur in eine Richtung, nämlich die Aufklärung des Mords! Und *dennoch* gab es so viel Spielraum auszuloten!“

Auch jetzt, etwas gedämpfter nach den vielen Pizzastücken, die er inhaliert hatte, schüttelte Luis fasziniert den Kopf.

Amina lehnte sich ebenso auf der Couch zurück und drehte ihren Kopf zum Schriftsteller.

„Ich freue mich, dass es dir hier gefällt“, sagte sie leise und erst nachdem sie den Satz ausgesprochen hatte, erkannte sie die Vieldeutigkeit ihrer gewählten Worte.

Natürlich hörte auch Luis die Nuancen heraus und er sah sie nachdenklich an.

„Du glaubst, dass ich bald wieder abreise, oder?“, flüsterte er.

Amina nickte.

„Aber es gibt ja noch so viel zu tun“, sprach er weiter.

„Was denn?“

„Die Sache mit dem Wald zum Beispiel“, setzte er fort. „Und deine Interviews. Der nächste Buchklub. Du brauchst weitere Bücher für die Kinderevents. Die muss ja jemand aussuchen.“

Amina lächelte. „Und wenn das alles langweilig wird für dich?“

„Warum sollte es langweilig werden?“

„Was ist, wenn dir das Schreiben zu fehlen beginnt?“

„Ich schreibe doch!“

„Wann?“

Luis sah sie an, sagte aber nichts.

„Was?“, fragte sie dann, erntete aber weiterhin nur Schweigen.

Amina schluckte den leichten Ärger darüber hinunter, ließ ihn dafür aber an anderer Stelle aufpoppen.

„Es ist ja schön und gut, dass es die Spenden für den Mostbauer gibt, aber das löst das Problem nicht“, sagte sie aus heiterem Himmel und klang ärgerlicher, als sie es meinte. Eigentlich war das bloß ein Gedanke, der ihr im Laufe des Nachmittags gekommen war. „Du kannst nicht über jedes Privatgrundstück, auf dem ein Baum gefällt werden soll, einen Artikel schreiben und die Öffentlichkeit springt ein und spendet.“

Luis riss für einen Moment die Augen auf, während er ihr zuhörte, als hätte er Schwierigkeiten, ihrem Gedankensprung zu folgen. Dann nickte er leicht.

„Warum hatte der Bauer finanzielle Schwierigkeiten und ist das gespendete Geld tatsächlich eine langfristige Hilfe? Warum hat eine Stadt keine Mitsprache, wenn es um so weitreichende Auswirkungen wie gerodete Bäume geht? Wieso kann das eine Privatperson entscheiden, damit aber eine gesamte Region beeinflussen?“, Amina redete sich in einen Strudel an Gedanken und wütenden Beobachtungen, wohl wissend, dass auch Luis diese Fragen nicht lösen können würde.

„Darüber haben wir heute Vormittag unter anderem gesprochen“, sagte Luis ruhig. „Otto ist hier sehr geschickt. Sehr, sehr clever.“ Luis’ Gesicht überflog ein Hauch von Anerkennung beim Gedanken an den Bürgermeister. „Aber fürs Erste haben wir nun etwas in Bewegung gesetzt.“

Amina holte Luft, um zu antworten, bremste sich aber ab, als Luis nach ihrer Hand griff. „Das ist für den Anfang genug.“

„Aber ist das nicht zu wenig?“

„Jeder Schritt ist wichtig“, sagte Luis. „Und sei er noch so klein. Das sagst du doch auch immer.“ Er lehnte sich zurück und fuhr sich mit einer Hand durch seine Haare. „Es ist doch auch bei mir so, wenn du dir die vergangenen Wochen anschaust: Ich habe mehr geschlafen, ich habe Kinderbücher gelesen, ich habe viel gegessen, ich habe mich mit Felix unterhalten. Und mit Otto. Oder Herrn Gü.“ Luis hob seinen Blick und schenkte Amina ein

Blitzen in seinen Augen. „Du hast mit mir getanzt und gesungen und …" Er grinste verschmitzt und Aminas Bauch flatterte leicht.

Luis' Miene wurde plötzlich ernsthafter. „Und all das hat dazu beigetragen, dass mein Kopf lockerer geworden ist. Dass ich angefangen habe, Notizen zu machen. Bücher zu lesen. Und das Essay zu schreiben." Luis schluckte, als hätte er einen riesigen Kloß im Hals. Als bräuchte er all seine Anstrengung, um weitersprechen zu können. „Und ein erstes Kapitel einer losen Idee …"

Luis wirkte irgendwie unsicher, als er seinen Kopf wieder zur Seite drehte, um Amina in die Augen schauen zu können.

„Kleine Schritte", flüsterte er. „Für ein großes Ganzes."

„Das wusste ich nicht", sagte Amina nach einigen schweigsamen Momenten, in denen sie Luis' Blick hielt.

„Was denn?"

„Dass du ein neues Buch begonnen hast."

„Ich rede normalerweise auch nicht über solche Dinge", gab Luis zu.

„Worüber?"

„Was ich schreibe", sagte Luis, „wo ich schreibe. Wann ich schreibe."

„Warum denn nicht?"

Luis zuckte mit seinen Schultern.

„Ich bin es nicht gewöhnt", sagte er. Dann dachte er nach. „Ich wollte es eigentlich nicht. Darüber sprechen, meine ich."

„Immer noch nicht?"

„Hm?"

„Willst du immer noch nicht darüber sprechen?", fragte Amina.

Luis schien die Frage abzuwägen. Erst nickte er, dann schüttelte er seinen Kopf.

„Ich bin es nicht gewöhnt", wiederholte er. „Aber mir ist etwas aufgefallen …" Luis setzte sich auf, rückte dann näher an Amina heran und strich eine ihrer Haarsträhnen hinters Ohr. Er legte seine Hand in ihrem Nacken ab und küsste sie leicht auf den Mund, strich mit seiner Nase über ihre Oberlippe, ließ sich von Amina einen Kuss auf die Nasenspitze hauchen.

„Mir ist aufgefallen", flüsterte er schließlich, „dass wir zwar über so viele Dinge sprechen, aber so wenig über all die Erlebnisse eines Tages, die uns *wirklich* beschäftigen."

Amina lehnte sich zurück, nicht weit, nur so weit, dass sie Luis in die Augen schauen konnte.

„Was meinst du?"

„Das erste Kapitel habe ich gestern geschrieben. Warum habe ich es dir nicht gleich erzählt?", meinte Luis.

„Weil ich gestern beinahe im Stehen eingeschlafen wäre", gab Amina zurück. *Weil du es mir nicht zeigen wolltest, sagte die giftige Stimme der Unsicherheit in ihrem Kopf.*

„Irene hat mir von den Interviewanfragen erzählt", sprach Luis unbeirrt weiter.

„Die habe ich weitergeleitet. Ich hatte keine Zeit, mich darum zu kümmern", sagte Amina und klang, als wollte sie sich rechtfertigen.

Seit Montag waren noch zwei weitere Anfragen in ihrem Mailpostfach gelandet und Amina gab sich große Mühe, die damit verbundene Nervosität zu verdrängen.

„Mich fragen so viele Menschen, wie lange ich vorhabe, hierzubleiben", sprach Luis weiter. „Tante Gerti, Lucy, sogar die stille Magda, Otto, Irene natürlich, sogar Herr Gü hat die Frage durchklingen lassen." Luis schluckte. „Nur du nicht."

„Ich habe dich am Sonntag gefragt", sagte Amina.

„Ja", gab Luis zu. „Im Streit."

„Das war kein Streit."

„Wir irren durch jedes Gespräch, biegen jedes Mal ab, bevor es ernst wird", sagte Luis und lächelte. „Ich weiß, dass wir uns erst so kurz kennen. Aber …" Er holte tief Luft. „Das mit uns, das ist mehr als eine Urlaubsbekanntschaft."

„Ja?", Amina fühlte sich genervt von ihrem hoffnungsvollen Unterton.

„Ja", flüsterte Luis, küsste sie ein weiteres Mal leicht.

Amina seufzte.

Sie versuchte, ihre Gedanken zu sortieren.

„Es ist so viel auf einmal“, sagte sie schließlich. „All diese Aufregung. So viel Gutes, so viel Neues.“

Luis strich ihr wieder durch die Haare, kitzelte dabei unabsichtlich den oberen Rand ihres Ohres.

„Am Abend ist normalerweise niemand da, mit dem ich den Tag Revue passieren lasse“, sagte Amina und Luis nickte bestätigend. „Ich glaube, ich verstehe, was du meinst. Weil üblicherweise niemand da ist, der zuhört, wenn wir uns über den Tag Gedanken machen, sind wir es nicht gewöhnt, diese Dinge anzusprechen. Die Dinge, die uns wichtig sind.“

Luis lächelte ihr zu.

„Nun gut“, sagte er und küsste sie lang und zärtlich, dann lächelte er sie an. „Was war dir heute wichtig?“

27. Kapitel

„Luis wird bald aus dem Gästehaus ausziehen müssen“, sagte Lucy und sah Amina bedeutungsvoll an.

„Oh“, antwortete Amina, nicht wissend, was sie mit dieser Information anfangen sollte. „Weiß er das schon?“

Lucy schüttelte den Kopf. „Nein, aber deshalb erzähle ich es dir jetzt schon.“

Amina runzelte die Stirn. „Solltest du das nicht mit ihm direkt besprechen?“

„Natürlich“, grinste Lucy, „das werde ich auch machen. Aber ich erzähle es *dir* jetzt schon, damit du nicht überrumpelt wirst und das Falsche sagst, wenn Luis dir davon erzählt?“

Sie waren gerade dabei gewesen, aus dem Regal der Kochbücher jene mit den sommerlichsten Rezepten herauszufischen, um sie etwas sichtbarer im Geschäft zu präsentieren. Aber offenbar war Aminas Gehirn nicht mehr in der Lage, mehrere Dinge gleichzeitig zu verarbeiten, und sie stand daher ratlos mit „Bärlauch-Rezepten für die ganze Familie“ und „Sexy Sommer-Cocktails für heiße Tage“ in Händen zwischen ihren Bücherregalen, während sie versuchte, die Bedeutung von Lucys Worten zu verstehen.

Luis hatte sich an diesem Tag nicht mit seinem Computer mitten im Geschäft niedergelassen, so wie er es an den meisten Tagen der vergangenen Wochen gemacht hatte. Durch Aminas „Seitenweise“ waren mittlerweile die Osterferien marschiert und der Frühlingswind hatte weitere Kundschaft in ihr Geschäft geblasen, sodass der April wie im Flug zu vergehen schien. Trotz des steten Kundenstroms fand man Luis jedoch an den meisten Vormittagen in diesem April über seinen Laptop gebeugt und wild darauf eintippend. Außer heute.

Amina platzte fast täglich vor Neugier und biss sich mehrmals am Tag auf die Zunge, um Luis nicht nach einer kurzen Leseprobe zu fragen.

Auch wenn sie vereinbart hatten, dass sie häufiger über Wichtiges sprechen würden, war der Inhalt von Luis’ Geschichte immer noch ein Thema, das sie eher peripher umkreisten. Abends, wenn Amina über den Tag im Geschäft oder aktuelle Entwicklungen in der Stadt sinnierte, erzählte Luis vom Schreiben selbst – einer Inspiration, einem Gespräch mit einem Bewohner der Stadt –, aber trotzdem ließ er wenig durchblicken, *worüber* er eigentlich schrieb.

. . .

Neulich war jemand auf der Durchreise durch ihre kleine Stadt in ihrem Laden gelandet und hatte im Anschluss daran ein herzliches Instagram-Posting über die „Buchhandlung mit dem Schriftsteller“ veröffentlicht. Irene hatte Amina das Posting gezeigt und sich diebisch darüber gefreut. Danach war Irene in einen Monolog über *click rates* und *visitors* verfallen und Amina hatte gute zwei Minuten gebraucht, um zu verstehen, dass Irene mittlerweile über die Website des Buchladens sprach.

Auch unabhängig von diesem Instagram-Posting musste sich Amina an ihre neugefundene Prominenz gewöhnen. Natürlich freute sie sich über die zahlreichen Kunden, die nun (wieder) in ihr Geschäft kamen – erinnert oder motiviert durch einige Interviews und Porträts, die über Amina und das „Seitenweise“ erschienen waren.

Am liebsten war ihr jener Beitrag in einem überregionalen Magazin, der nicht darauf vergaß, zu erwähnen, dass ihre Prominenz ja eigentlich aus dem Versuch, das Waldstück des Mostbauern zu retten, stammte. Die Interviewfragen bemühten sich daher nicht – wie in anderen Fällen – um Einblicke in Luis Kramers Leben und Schreiben, sondern um Umweltschutz im Allgemeinen: Was man in einer kommunalen Umgebung beachten und bewirken konnte, wie man als Kleinunternehmerin klimaschonend agieren konnte, vor allem im Buchhandel, der ja seit Jahren etwa für und gegen Schutzumschläge argumentierte. Die Journalistin, die den Beitrag verfasst hatte, hatte auch Aminas Buch-Empfehlungen zum Klimaschutz für Einsteiger an den Rand des Artikels positioniert und dazu jenen Satz grafisch leicht hervorgehoben drucken lassen, auf den Amina am meisten stolz war: „Auch wenn uns das Lesen für einen Moment aus der Realität aussteigen lässt, bereitet es uns auch auf den Kontakt mit dem echten Leben vor. Wer liest, ist seiner Zeit voraus." Das war Aminas Antwort darauf gewesen, ob Beschäftigte im Buchhandel – oder Lesende allgemein – immer einen gewissen Wissensvorsprung haben, auch wenn es um das Handeln im Alltag, nicht zuletzt beim klimaschonenden Handeln, ging.

Ab und zu hatte Amina auch ein Online-Kommentar mit der Frage erreicht, wozu sie alle diesen Aufwand betrieben, „nur wegen ein paar Bäumen". Manche Personen hatten sich auch bei ihr beschwert, dass durch das Verdrängen des Käufers nunmehr keine Offroad-Strecke gebaut werden würde, was schlecht für den Tourismus der Region und auch die hier angesiedelten Betriebe sein würde.

Amina nahm sich meist einen Nachmittag pro Woche vor, an dem sie sich diesen Kommentaren und E-Mails widmete. Jene, die tatsächlich Argumente und andere Sichtweisen darlegten, erhielten von ihr eine manchmal kurze, manchmal lange Antwort. Jedenfalls immer mit einer Leseempfehlung versehen, von der Amina der Meinung war, diese würde den Horizont der anderen Person erweitern können. „Ich will Sie nicht umstimmen", schrieb sie jedes Mal dazu, „aber ich möchte Ihre Aufmerksamkeit auf einen Aspekt lenken, den Sie möglicherweise noch nicht bedacht haben."

Manchmal hatte Luis ihr beim Schreiben über die Schulter geschaut, ihre Augenbraue geküsst und sie dann mit einem Blick angesehen, den Amina nicht ganz deuten konnte. Vermutlich, weil sie in ihrem Leben zuvor noch niemals so angesehen worden war. Jedes Mal wollte sie Luis fragen, was sein Blick zu bedeuten hatte, aber jedes einzelne Mal kribbelte ihr Bauch so stark, dass ihr ein wenig die Luft wegblieb.

So wie sie sich auch jetzt, mit den beiden Rezeptbüchern in der Hand, etwas atemlos fühlte.

„Was könnte denn falsch sein an meiner Reaktion?", fragte Amina schließlich und Lucy legte ihren Kopf schief, um sie fast ein wenig mitleidig anzusehen.

„Stellen wir uns die Situation vor", begann Lucy und ruderte mit den Armen in der Luft, als wollte sie aus der Umgebung heraus eine Bühne zaubern. „Angenommen ihr sitzt auf der Couch oder wo auch immer und Luis erwähnt so nebenher, dass er mit Ende April nicht mehr im Gästehaus wohnen wird können."

Amina nickte.

„Was würdest du darauf sagen?", fragte Lucy.

„Warum?"

„Na ja, *irgendetwas* würdest du ja sagen, nicht wahr?" Lucy schnaufte ungeduldig auf. „Du würdest nicht in Schweigen versinken oder das Thema wechseln. Oder?"

Amina schüttelte den Kopf. „*Das* würde ich fragen: Ich würde wissen wollen, *warum* er ausziehen muss."

Lucy lachte auf. „Alles klar!“, rief sie aus. Dann stellte sie ihre Stimme tiefer. „Keine Ahnung“, ahmte sie Luis nach, „die Sommergäste kommen, hat Lucy gesagt.“

Amina lachte über Lucys Schauspielbemühungen.

„Was würdest du *jetzt* darauf sagen?“, bohrte Lucy weiter nach.

Amina zuckte mit den Schultern. „Okay würde ich sagen vermutlich“, antwortete sie schließlich.

„Okay?“, rief Lucy aus. „Okay??“ Sie riss die Augen auf. „Der Mann verzehrt sich nach dir und wenn er von uns auf die Straße gesetzt wird, sagst du nur ‚Okay‘ dazu?“

Amina verschmälerte ihre Augen und musterte Lucy. „Worauf willst du hinaus?“, fragte sie und ignorierte das Flattern in ihrem Bauch über den offenbar sich nach ihr verzehrenden Schriftsteller – nach Lucys Wahrnehmung zumindest.

„Willst du nicht wissen, wo er dann wohnen will? Wie lange er in der Stadt bleibt?“ Lucy warf ihre Arme in die Luft.

„Natürlich …“, begann Amina.

„Und du willst ihn nicht danach fragen?“, insistierte Lucy.

„Aber er übernachtet ja eh schon fast jede Nacht bei mir!“, explodierte Amina. „Es macht ja nur Sinn, dass er aus dem Gästehaus auszieht.“

Nun war es an Lucy, sie mit schmalen Augen anzusehen. „Weiß er das?“, fragte sie leise. „Weiß er, dass er immer bei dir willkommen ist?“

„Aber natürlich. Sonst wäre er ja nicht jeden Tag da!"

„Aber hast du es ihm auch *gesagt*?"

„Was denn?"

„Dass er bleiben soll! Dass er bleiben *kann*!"

„Warum muss ich das denn unbedingt aussprechen?", fragte Amina entnervt.

Lucy atmete tief durch, als müsste sie sich erst beruhigen, bevor sie weitersprach. „Dafür, dass du überall erzählst, wie viel man aus Büchern lernen kann, hast du erstaunlich wenig Wissen über Gespräche zwischen Liebenden."

„Lieben-"

„Du hast mich schon richtig gehört: *Liebende*", setzte Lucy fort. „Deshalb üben wir das jetzt auch."

Amina fehlten die Worte, also antwortete sie bloß mit einem entnervten: „Hmpf."

„Genau", sagte Lucy, als hätte sie den Laut verstanden, „also nochmals zurück an den Start: Du erfährst von Luis, dass er aus dem Gästehaus ausziehen muss, du fragst warum, er erklärt, dass wir Sommergäste erwarten und du sagst darauf …" Lucy ließ den Satz offen und ihr ganzer Körper lud dazu ein, dass Amina das fiktive Gespräch beendete.

„Brauchst du eine Liste mit Hotels in der Gegend?", schlug Amina vor und brach in lautes Lachen aus, als Lucy sie anknurrte wie ein hungriger Bär.

Amina winkte ab, lachte nochmals. „Entschuldige, ich weiß, dass es dir ernst ist und irgendwann werde ich mich auch für deine nicht ganz so subtile Art, mit der du mich auf meine kommunikativen Defizite hinweist, danken. Aber im Moment bin ich überfordert. Okay?“ Amina lächelte entschuldigend und Lucys Miene wurde sofort weicher.

Ihre Freundin atmete kurz durch, dann nahm sie Amina die beiden Bücher aus den Händen und griff nach ihren Unterarmen. Die warmen Handflächen stabilisierten durch den dünnen Pullover, den Amina trug, und sie merkte, wie sich ihr Atem beruhigte.

„Bereite dich auf das Gespräch vor, Amina“, sagte Lucy leise. „Ich glaube, er hängt immer noch ein bisschen in der Luft.“

„Ja?“

Lucy nickte. „Er schreibt zwar offenbar wieder und es sieht auch so aus, als würde er hier in der Stadt inmitten all der Leute einen Platz finden. Aber ich glaube, er braucht auch noch einen weiteren Schubser, um das definitiv in Erwägung zu ziehen.“

„Und wie sieht so ein Schubser aus?“, fragte Amina leise.

„Sag ihm, dass er bleiben soll“, antwortete Lucy.

„Aber …“

„Oder auch nicht“, setzte Lucy unbeirrt fort. „Aber wir haben dich alle noch nie so … lebendig gesehen wie in den vergangenen Wochen.“

„Das liegt am Frühling“, murmelte Amina.

„An den Frühlingsgefühlen eher“, gab Lucy augenzwinkernd zurück.

Amina atmete tief durch und versuchte, ihre Gedanken zu sortieren.

„Willst du, dass er wieder abreist?“, fragte Lucy ruhig.

Amina schüttelte den Kopf, noch während Lucy zu Ende sprach.

„Warum willst du ihm dann nicht sagen, dass er bleiben soll?“

„Was ist, wenn ich ihn darum bitte und er trotzdem geht?“, flüsterte Amina und schluckte gegen das Zittern hinter ihrem Brustbein an.

„Was ist, wenn er abreist und er nicht wusste, dass du wolltest, dass er bleibt?“, gab Lucy zurück.

„Das tut jedenfalls weniger weh“, gab Amina zurück.

„Glaubst du?“, fragte Lucy.

Amina nickte. „So bleibt die Hoffnung, dass er bleiben hätte wollen. Wenn er sich trotz meiner Bitte gegen mich entscheidet, das wäre doch …“ Amina schnaufte gegen die in ihr aufsteigende Verzweiflung an. Das war doch nicht möglich! Wie hatte sie sich in den vergangenen Wochen so sehr auf diesen eigentlich weiterhin rätselhaften, aber charmanten, amüsanten, cleveren Mann einlassen können, dass allein der *Gedanke* an sein mögliches Weggehen ihr bereits Schmerzen verursachte.

Lucy sah sie an und nickte leicht, als würde sie gleichzeitig in Aminas Kopf mitlesen können. *Diese kreativen Menschen mit ihrer gnadenlosen Einfühlsamkeit rund um sie herum!*

Amina seufzte verärgert auf.

„Eine Variante haben wir noch nicht durchgedacht", sagte Lucy schließlich und ihre Augen blitzten verschwörerisch auf, „was ist, wenn du ihn bittest zu bleiben und er sagt zu?"

„… und dann habe ich mir gedacht, es ist wahrscheinlich zu klischeehaft, wenn ich den Umweltschützer ermorden lasse", erzählte Luis und schaufelte sich eine weitere Portion Erdäpfelpüree in den Mund.

„Mhm", antwortete Amina.

Luis war an diesem Abend lächelnd und fast überdreht in den Buchladen zurückgekehrt und schnatterte seit Ladenschluss fröhlich vor sich hin. Er war sogar *so* gut drauf, dass er erstmals Einblicke in sein Schreiben gab.

„Allerdings ist es umgekehrt – also, wenn der Umweltschützer zum Mörder wird – auch unpassend. Man will die Leser ja nicht mit der Idee eines militanten Klimaschützers verschrecken", setzte Luis, unbekümmert von Aminas zurückhaltender Reaktion, fort.

„Jo", murmelte Amina.

„Dann dachte ich: Ich lasse jemanden ermorden, der nur am Rande damit zu tun hat, den Bürgermeister vielleicht. Aber das verzeiht mir Otto nie! Auch nicht, wenn ich den

Bürgermeister zum Mörder mache“, Luis’ Augen blitzten verschmitzt auf.

„Hm“, machte Amina und sammelte ein paar der Erbsen mithilfe des Pürees auf.

„Aber dann ist mir endlich eingefallen, wie ich die Geschichte aufziehen werde. Ich werde einfach … –”

„Es wäre am besten, wenn du bei mir einziehst“, unterbrach Amina Luis und ignorierte sein überraschtes Luftschnappen.

Sie schob ihren Sessel zurück und eilte ins Wohnzimmer, holte den Block, auf dem sie sich den ganzen Nachmittag über Notizen gemacht hatte. Kurz nach dem Gespräch mit Lucy hatte Aminas Hirn auf eine alte Gewohnheit, die sie in den Jahren als Rechtsanwältin perfektioniert hatte, zurückgegriffen: Sie listete alle Argumente auf, die ihr einfielen. Nun gab es in diesem Fall keine Gesetzgebung, die den Rahmen für ihre Analyse bildete, wenn man von manchen Gewissheiten in Aminas Vorstellung, die sich nahezu wie Gesetzmäßigkeiten anfühlten, absah. Aber ihre jahrelang antrainierte Distanz, die sie zu einem wie auch immer gelagerten Sachverhalt einnehmen konnte, ließ sie im Laufe des Nachmittags dann doch mehrere Blickwinkel auf die Sache mit Luis richten.

„Schmeckt dir das Essen nicht?“, fragte Luis und deutete auf ihren weiterhin gut gefüllten Teller, als sie wieder am Tisch Platz nahm. Amina ignorierte seine Frage, wedelte nur kurz mit dem Block über den Tellern.

„Ich habe das durchgedacht“, sagte Amina, „und es gibt eigentlich keine logische Erklärung, warum du das nicht machen solltest.“

„Was?“

„Hier einziehen!“, rief Amina aus und lächelte. „Schau her!“ Sie tippte auf eine Stelle am Block, auf der „Er schreibt wieder“ stand. „Offenbar inspiriert dich die Gegend. Und du kannst jetzt nicht aufhören, nur weil das Gästehaus nicht mehr zur Verfügung steht.“ Sie tippte auf eine andere Stelle und las vor, als sie bemerkte, wie Luis blinzelnd ihre Schrift zu entziffern versuchte: „Hier steht: ‚Schreibt meistens im Geschäft‘.“

„Ich soll bei dir einziehen?“, fragte Luis und Amina war viel zu aufgeregt, um seinen Tonfall richtig deuten zu können. Klang er verwirrt oder erfreut? Oder ablehnend?

„Ja!“, antwortete Amina und lief ein weiteres Mal für einen Moment aus der Küche.

„Dein Essen wird kalt“, rief ihr Luis hinterher. Aber Amina war nun gerade überhaupt nicht mehr hungrig.

Jetzt kam der entscheidende Teil. Die zündende Idee, die ihr kurz vor Ladenschluss gekommen war. Sie nahm wieder am Tisch Platz und hielt Luis ein kleines Papiersäckchen hin. Dann hielt sie für einen Augenblick die Luft an.

Luis lächelte, sanft, wenn sich Amina nicht täuschte, und es raschelte eine gefühlte Ewigkeit, bis Luis das kleine Geschenk aus dem Säckchen gezogen hatte.

„Wie schön!“, sagte er. Bemüht.

Amina schluckte irritiert.

„Es ist ein Schlüsselanhänger“, sagte Amina.

„Das sehe ich“, antwortete Luis mit neutraler Stimme.

„Den Schlüssel hast du ja schon“, gab Amina zu bedenken, nachdem Luis seit Wochen mit ihrem Zweitschlüssel in ihrer Wohnung ein und aus ging. Wie zur Bestätigung tippte sie auf jene Stelle ihrer Notizen, wo „benützt regelmäßig meinen Schlüssel“ stand.

Luis folgte ihren Händen mit seinem Blick, dann hob er den Kopf und sah sie wieder mit diesem Ausdruck an, den Amina noch nie zuvor bei anderen Menschen gesehen hatte.

„Ich konnte mich nicht ganz entscheiden, ob ich den Buch-Schlüsselanhänger oder den Kompass nehmen sollte“, sagte Amina leise. „Aber beim Kompass ist ein bisschen Licht dabei.“ Sie streckte sich über den Tisch und drückte auf die Mitte des kleinen Polsters, auf den ein Kompass gedruckt war. Der Schlüsselring, der daran angebracht war, klapperte etwas durch ihre Berührung, die jedoch schließlich ein Lämpchen am Rande des Kompasses zum Leuchten brachte. „Im Winter wird es immer schon so früh finster und manchmal braucht man etwas extra Licht, um das Türschloss zu finden … –”

„Du glaubst, dass ich im Winter weiterhin den Schlüssel zu deiner Wohnung brauche?“, fragte Luis und in ungefähr drei Sekunden lief jedes Gefühl, das Amina kannte, durch ihren Körper. Angst, Hoffnung, Wut, Liebe … und so vieles mehr, wofür ihr gerade kein Wort einfallen wollte. Aber nun gab es kein Zurück mehr. Die Katze war aus dem Sack.

„Nur, wenn du das möchtest“, sagte sie leise. Amina holte tief Luft. „Ich will, dass du das möchtest.“

Es dauerte nur genau ein Augenblinzeln lang, bis Luis’ Gesicht von einem strahlenden Lächeln überzogen wurde.

„Ich bin mir sicher, dass ich das möchte“, antwortete er glühend. Dann stand er auf, umrundete den Tisch und zog Amina von ihrem Stuhl hoch. Seine Umarmung begann langsam, mit krabbelnden Fingern über ihren unteren Rücken, bis er sie so fest hielt, dass auch dieser eine unbekannte Blick plötzlich doch etwas Sinn machte.

„Natürlich gibt es da noch einiges zu besprechen“, murmelte Amina in Luis’ Schlüsselbein, nicht in der Lage, ihren Kopf weiter anzuheben. Sie drückte ihre Finger in seinen Rücken und Luis seufzte leicht auf.

Er küsste ihren Haaransatz im Nacken.

„Du musst auch nicht dein ganzes Leben hierher verpflanzen“, sagte Amina weiter. „Aber zumindest solang du an deinem Buch schreibst.“ Sie seufzte kurz auf. „Es ist angenehm, wenn du da bist.“

Luis umarmte sie noch ein bisschen fester. „Es ist angenehm, bei dir zu sein“, murmelte er zurück.

Sie ließen einige Momente schweigend verstreichen, versunken in ihre Umarmung.

„Du schreibst tatsächlich einen Krimi?“, fragte Amina plötzlich, als das Gespräch vor ihrem emotionalen Schlüsselanhänger-Ausbruch mit ihrem Gehirn aufzuholen schien.

„Dein Essen wird kalt“, wiederholte Luis ein weiteres Mal und gleichzeitig, löste sich langsam aus ihren Armen.

Behutsam nahmen sie beide wieder am Tisch Platz, als wäre die neue Realität, in die sie gerade gesprungen waren, noch zu frisch und zerbrechlich, um sich schnell zu bewegen. Es war das eine, sich regelmäßig in dieser häuslichen Wohlfühl-Bubble zu treffen. Es benötigte aber auch einiges an Mut, fand zumindest Amina, diese angenehme Routine in einen offiziellen Rahmen zu gießen.

Und das ständig um die Ecke lauernde Ende einfach abzusagen.

Oder zumindest ihrem Arrangement die Zufälligkeit zu nehmen.

Es auf stabilere, langfristigere Beine zu stellen.

Wer wusste schon, wie lang sie sich so gut vertragen würden wie jetzt?

Wer konnte auch jetzt schon ahnen, wie sich Luis’ Schriftstellerkarriere nach dieser gerade erst halbwegs durchtauchten Krise weiterentwickeln würde?

Amina nahm an, dass es nur wenige weitere Wochen benötigte, bis Luis noch weiter in das kleinstädtische Leben eingebunden sein würde. Bis sie nur mehr *eine* von vielen angenehmen Facetten seiner neuen Alltagsroutine sein würde. So wie er ihre Zeit in und rund um ihren Buchladen bereicherte.

Nicht nur mit guten Essen.

Und dem Kuss auf die Augenbraue, wenn er ihr Kaffee brachte.

Amina lehnte sich auf ihrem Stuhl zurück und sah Luis zu, wie er seinen Teller leerte, seinen Mund mit der Serviette abputze, einen Schluck von seinem Weißwein nahm und ihr dann zulächelte.

Bis zum Beginn des Frühlings hatte sie ein durchaus angenehmes Leben gehabt, in dem sie wenig vermisst hatte. Aber mit dem Einzug der wärmenden Sonnenstrahlen hatte ihr das Leben diesen Schriftsteller wortwörtlich vor die Haustür purzeln lassen.

Und so wie ein gut gespielter Theatermonolog eine neue Perspektive entstehen lassen konnte, wie ein unbekanntes Gewürz eine altbekannte Speise verfeinern konnte, wie das Erkunden eines noch nie besuchten Teils der Welt ein anderes Leben vorstellbar machen konnte, so wurde auch ihr von Büchern, netten Gesprächen und loyalen Freundschaften ausgefüllter Alltag um eine Spur bunter.

Sättigender.

Wärmender.

. . .

Sei es für den gesamten Frühling. Oder bis zum nächsten Winter. Oder für immer.

Wer konnte das schon wissen?

„Wir sollten uns dieses Haus ansehen“, sagte Luis nun plötzlich. „Du weißt schon, diese ehemalige Fabrik neben der Krokuswiese.“

Amina zog ihre Augenbrauen hoch.

„Der Weg zum ‚Kaffeekränzchen‘ ist von dort aus zwar etwas weiter, als du es jetzt gewöhnt bist, aber wir können uns ja einfach selbst eine Kaffeemaschine besorgen“, setzte Luis fort und nahm einen Schluck aus seinem Weinglas. Mit blitzenden Augen.

Nun gut.

Vielleicht wurde es doch mehr als nur ein gemeinsamer Frühling.

Epilog

Ziemlich genau ein Jahr später

„Es heißt, Sie sind hauptsächlich der Liebe wegen in die Steiermark gezogen …“, der Journalist ließ den Satz in der Luft hängen, ohne eine konkrete Frage zu formulieren. Luis lächelte. Wie immer, wenn er an das vergangene Jahr hier in diesem friedlichen südlichen Teil Österreichs dachte.

Früher hatte er diese Gedankenspiele, wie man sich seine Zukunft vorstellte, wo man sich in fünf Jahren sah und so weiter, immer gehasst. Er hatte so viel mit den Fantasiewelten, die er zu Papier brachte, zu tun, da hatte er doch wirklich keine Zeit und Lust, sich auch noch mit seinen eigenen Zukunftsgeschichten zu beschäftigen.

Aber diese intensive Krise, diese atemlose Panik, die ihn vor gut einem Jahr in diese am Übergang zwischen Winter und Frühling fast karge Landschaft geführt hatte, war schlussendlich ein Wendepunkt für sein Leben, seine Biografie, gewesen, der ihn zur Ruhe kommen hatte lassen.

Und der ihn auf die Frage nach den nächsten fünf oder zehn oder hundert Jahren gelassen lächeln ließ.

Luis nickte dem Journalisten zu. „Es wäre ein wenig einfach, das so zu beschreiben, – aber ja, die Liebe war ein besonders ausschlaggebender Grund", antwortete er ruhig.

„Man kennt Sie so ja gar nicht", gab der Journalist zurück, „der grübelnde, düstere Schriftsteller, der die Geschichte des Landes wie in *Hahnentritt* so feinfühlig seziert, dass es der Gesellschaft über Jahre hinweg den Spiegel vorhält."

„Ist das die Frage?", gab Luis zurück. In all den Jahren und Hunderten von Interviews hatte er sich nicht dran gewöhnen können, dass manche Journalisten anstelle einer Frage lieber ein Statement formulierten. Wohl wissend, dass ein Schriftsteller kaum einen Satz, und sei er noch so lapidar hingeworfen, unkommentiert stehen lassen konnte.

An manchen Tagen ließ sich Luis darauf ein. Aber manchmal, so wie jetzt, konnte er der Versuchung nicht widerstehen, den Journalisten ihm gegenüber auflaufen zu lassen.

Luis nahm einen Schluck aus seiner Kaffeetasse, während der Journalist seine Überraschung zu überspielen versuchte. Sie saßen im Schanigarten des „Kaffeekränzchen“, der erst vor wenigen Wochen aus der Winterpause geholt worden war, und Luis genoss die warmen Sonnenstrahlen im Gesicht.

Der Journalist lächelte seine Überraschung weg, schüttelte leicht den Kopf. „Nein“, sagte er schließlich ruhig, „ich versuche nur zu begreifen, was Ihre Veränderung bewirkt hat.“

„Das Leben“, lachte Luis. „So ist das Leben.“ Er zuckte mit den Schultern.

„Wie?“

„Ein Auf und Ab und Hin und Her. Wie die vier Jahreszeiten. Irgendwie immer im gleichen Rhythmus, aber schlussendlich dann doch nicht“, referierte Luis dahin.

„Also war es doch eher der Frühling, der Sie in die Steiermark gebracht hat?“, fragte der Journalist lachend und Luis stimmte mit ein.

Auf der anderen Straßenseite trat gerade der Besitzer des Uhrengeschäfts aus seinem Laden heraus, erkannte Luis und winkte im zaghaft zu. Luis beantwortete den Gruß etwas euphorischer und vor allem strahlend lächelnd.

Dann setzte er sich auf und sah den Journalisten direkt an: „Ich werde Ihnen keine dieser Fragen ausführlich beantworten. Ich bin gerne hier und ich bin aus gutem Grund hier. Aber das ist meine Privatsache“, Luis bemühte sich um eine freundliche Stimme, „natürlich habe ich mein Leben sehr verändert im vergangenen Jahr. Es ist alles ruhiger, aber aufregender, gleichzeitig wiederum stiller, aber auch bunter geworden. Und ich verstehe, dass es ein gewisses Interesse gibt, die privaten

Entwicklungen eines Schriftstellers mit seinem kreativen Werk in Verbindung zu setzen – gerade jetzt, wo es ja genügend Personen gibt, die ihre Biografie schriftstellerisch verarbeiten. Aber das bin ich nicht. Das war ich noch nie. Und das wissen Sie eigentlich genau." Luis zwinkerte freundlich, um dem Gesprochenen etwas die Schärfe zu nehmen.

„Und dennoch spielt Ihr nächstes Buch hier in der Region und hat noch dazu einen Umweltskandal als Ausgangsgeschichte", insistierte der Journalist, „da besteht doch auch ein Zusammenhang zu jenem Essay aus dem Vorjahr, mit dem Sie die Rodung eines Waldstücks hier in der Nähe verhindert haben. Oder?"

„Nun ja, *ich* allein habe die Rodung natürlich nicht verhindert. Ich habe die Aufmerksamkeit auf eine schwierige Situation gelenkt", seufzte Luis, „die zum Glück einen guten Ausgang genommen hat. Weil sich so viele Menschen gefunden haben, die bereit waren, mit einer kleinen Summe Unterstützung zu leisten und so den Verkauf des Grundstücks abwenden konnten." Luis lächelte. „Es ist die Summe an kleinen Schritten, die uns hier geholfen hat. Jeder kann in wenigen Handgriffen ein Stückchen dieser Welt retten, das dürfen wir nicht vergessen. Wir sind alle Teil einer gemeinsamen Geschichte, zu der jeder einzelne mit seinem Handeln – und auch mit seinem Nicht-Handeln – beiträgt."

Der Journalist schrieb wie wild mit. „Das heißt, Sie glauben daran, dass selbst wenn in China der sprichwörtliche Sack Reis umfällt …"

„… hat das Auswirkungen auf unser Miteinander, ja“, Luis nickte eifrig. „Wir kämpfen doch mit einer Welt, die immer unübersichtlicher wird. Vor allem, seit wir jeden ihrer Winkel digital ausleuchten, wenn nicht sogar besuchen können. In all der Fülle vergisst man oft, dass eine kleine Geste Auswirkungen hat. Auch gute Auswirkungen haben kann. Und wenn sich kleine Gesten summieren, dann entsteht vielleicht auch daraus eine positive Entwicklung.“ Luis lächelte dem Journalisten zu. „Ich habe einen Artikel geschrieben, viele, viele Menschen haben Geld gespendet – und die Region hier behält ein für sie wichtiges Waldstück. Es ist nicht immer so einfach und linear nachvollziehbar wie in diesem Fall, aber solche Beispiele gibt es zu Tausenden.“

„Heißt das für Sie, dass Literatur zu diesen kleinen Schritten motivieren soll?“, fragte der Journalist nach.

„Diese Frage kann man nicht so einfach beantworten!“, Luis lachte auf. „Ich denke, wir Schriftsteller sollten uns unserer Verantwortung beim Schreiben durchaus bewusst sein. Natürlich schaffen manche von uns Vorbilder und Lebensmodelle, die dann im echten Leben kopiert werden. Aber zu einem großen Teil schreiben wir, um selbst die Welt zu verstehen. Um die Unruhe in unseren Köpfen zu bändigen. Um andere Menschen zu unterhalten.“ Luis lehnte sich in seinem Sessel zurück, genoss die Sonne für einen Augenblick mit geschlossenen Augen und sortierte seine Gedanken. „Ich schreibe jedenfalls nicht mit einem pädagogischen Ziel. Ob andere Autoren das machen, weiß ich nicht.“

„Was hat Sie schlussendlich dazu bewogen, einen Krimi zu schreiben?“, fragte der Journalist.

Mit dieser Frage hatte Luis gerechnet. „Ich wollte auch endlich Stoff liefern für den monatlichen Krimi-Buchklub im ‚Seitenweise'", lachte Luis auf und deutete zur Buchhandlung, die in Sichtweite ihres Platzes vorm „Kaffeekränzchen" lag. „Nein, im Ernst: Es war eine interessante Herausforderung. Ich hatte plötzlich eine Szene im Kopf und daraus hat sich dann eine spannende Geschichte entwickelt. Spektakulärer als so lässt sich die Entstehungsgeschichte des Buchs nicht beschreiben, leider."

Der Journalist lachte auf und lenkte das Gespräch dann langsam in Richtung einzelner Aspekte des Buches, das in den kommenden Wochen im Buchhandel erhältlich sein würde.

„Auch wenn Sie darüber nicht im Detail sprechen wollen, Sie wirken veränderter", sagte der Journalist schließlich, als er seine Unterlagen bereits wieder zusammengepackt hatte und er mit Luis vor dem Schanigarten stand, kurz bevor sie sich voneinander verabschiedeten. „Sie sind ruhiger. Humorvoller. Auch das Buch ist – trotz des düsteren Themas – unterhaltsamer."

Luis lächelte dem Journalisten zu, dann zuckte er mit den Schultern. „Wissen Sie, wir haben ein Haus gekauft und gedacht, das lässt sich einfach so im Vorübergehen wieder bewohnbar machen. Wenn Sie jemals etwas Altes renoviert haben, wenn Sie jemals den Horror einer Baustelle erlebt haben, dann nehmen Sie die anderen Dinge im Leben nicht mehr so ernst", Luis grinste augenzwinkernd und der Journalist lachte, bis ihm die Tränen kamen.

„Ich weiß genau, was Sie meinen", kicherte er schließlich und legte Luis zum Abschied kurz seine Hand auf den Oberarm. „Vielen Dank für das angenehme Interview", sagte der Journalist ernsthaft, „vielleicht verraten Sie mir ja irgendwann einmal das Geheimnis, das hier offenbar in der Luft liegt."

„Dünger", antwortete Luis trocken und der Journalist lachte von Neuem los, „ist vor allem um diese Jahreszeit besonders schlimm." Luis grinste.

„Vielleicht sollte ich hier einmal Urlaub machen", sagte der Journalist schließlich, weiterhin lachend, „Ihnen scheint es hier jedenfalls gutzutun."

„Machen Sie das! Ich kenne da ein Gästehaus …", schmunzelte Luis.

Die kleine Glocke über der Eingangstür läutete, als Luis in den Laden trat und einige Sonnenstrahlen mitbrachte. Amina hob ihren Kopf aus dem Buch, das sie gerade gelesen hatte, und lächelte ihm zu.

Es erstaunte Luis jeden Tag aufs Neue, dass sie sich immer wieder freute, ihn zu sehen. Noch nie hatte es ein Mensch so lang, auf so engem Platz, mit so vielen Höhen und Tiefen mit ihm ausgehalten.

Und sie lächelte immer noch.

Luis beugte sich nach vorn und küsste Aminas Schläfe. Hier roch sie immer wie eine wilde Rose und etwas nach

Schokolade. Kaum ein Geruch konnte ihn derart beruhigen wie dieser.

„Wie war das Interview?“, murmelte Amina mit kurz geschlossenen Augen.

„Interessant“, antwortete Luis. „Er war auf der Suche nach dem ‚Stein der Weisen‘, glaube ich.“

„Hm?“

„Auf der Suche nach der Lösung seiner Probleme“, erklärte Luis weiter.

„Und hast du ihm den Weg gezeigt?“, fragte Amina lächelnd.

Luis zuckte mit den Schultern. „Ich denke, den muss er selbst finden.“ Er ließ sich auf die Couch fallen, die seit gut einem Jahr sein zweites Zuhause geworden war.

Er tastete nach Aminas Hand und ließ seinen Gedanken freien Lauf, während sie sich wieder auf ihr Buch konzentrierte. Der Nachmittag im Laden schien ruhig genug zu sein, dass Amina wieder Zeit zum Lesen hatte. Und schließlich würden sie bald aufbrechen …

„Was war dir heute wichtig?“, fragte Luis nach einigen Minuten und Amina blickte lächelnd zu ihm. Es war eine lieb gewonnene Gewohnheit zwischen ihnen beiden geworden, sich zwischen all den Oberflächlichkeiten und Anekdoten, die der Alltag mit sich brachte, immer wieder etwas Zeit zu nehmen für die tiefschürfenderen ihrer Gedanken und Überlegungen.

Das hatten sie beide lernen müssen, aber nun, nach einem guten Jahr zusammen, gingen ihnen die wichtigen Erlebnisse des Tages schon wesentlich leichter über die Lippen.

„Heute war ein Mädchen bei mir im Geschäft und wollte den sechsten Band von Harry Potter zurückgeben. Sie war mit dem Ende nicht einverstanden", erzählte Amina.

Luis kramte in seiner Erinnerung. Am Ende des sechsten Bands war doch …

„Am Ende des sechsten Bands habe ich geheult", sagte Luis leise.

„Ich auch!", rief Amina aus. „Ich fand das Gespräch daher auch sehr schwierig. Denn, wie bringe ich sie dazu, dass sie trotzdem weiterliest? Dass sie erkennt, dass alles insgesamt irgendwie Sinn macht am Ende?"

Luis dachte nach. „Was hast du schlussendlich zu ihr gesagt?"

Amina verzog ihren Mund, wie sie es immer machte, wenn sie besonders selbstkritisch war. „Ich habe eher allgemein über Geschichten gesprochen. Dass diese eben aus der Fantasie entspringen. Dass wir unzufrieden sein dürfen. Und uns andere Varianten überlegen können. Und so weiter." Amina seufzte. „Sie war zwar weniger verärgert, als sie wieder gegangen ist. Aber weiterhin nachdenklich."

Luis drückte Aminas Finger verständnisvoll, während sie sich weiter unterhielten. Luis berichtete von seinem Interview und von den Sonnenstrahlen im Schanigarten.

. . .

Schließlich deutete das Licht vor den Auslagenfenstern an, dass es Zeit war, den Laden für den Tag zu schließen. Amina und Luis widmeten sich den gewohnten, vertrauten Handgriffen und spazierten schließlich Hand in Hand durch den Hinterausgang nach draußen.

An diesem Tag jedoch eilten sie nicht die Treppen nach oben in die Wohnung, die ihnen weiterhin als Basis diente, solang das Haus neben der Krokuswiese noch nicht fertiggestellt war.

An diesem Abend schlenderten sie über den Hof zu ihren Fahrrädern und radelten gemütlich bis zu jenem Grundstück, auf dem auch das Gästehaus stand, in dem Luis seine ersten Wochen hier in der Gegend verbracht hatte.

Hand in Hand spazierten sie den kleinen Weg neben dem Gästehaus vorbei, um das heute eine Lichterkette gespannt war, die als eine von vielen über den kleinen Vorgarten leuchtete.

Als der Obstgarten ins Blickfeld kam, blieben sie beide unabgesprochen stehen und ließen die Bäume auf sich wirken. Seit wenigen Tagen standen sie in voller Blüte und das war für Lucy und Hans Anlass genug gewesen, ein kleines Fest zu veranstalten.

„Kommt weiter“, rief ihnen Felix zu, bevor er sich umdrehte und in den Obstgarten schlenderte. Er musste sich mittlerweile sehr nach vorn bücken, um unter den einzelnen Apfelbäumen durchgehen zu können. Das vergangene Jahr hatte ihm einen späten und für alle überraschenden Wachstumsschub beschert. Seit Kurzem ragte Felix aus beinahe jeder Menschenmenge heraus, wirkte mit seinen schlanken Armen und Beinen jedoch manchmal fast ein wenig unbeholfen. Als hätte er sich noch nicht an seine neuen Körperdimensionen gewöhnt.

Felix steuerte auf Bobby zu, die sich gerade Lachtränen aus den Augen wischte, während Tom auf sie einredete. Das Mädchen stand kurz vor ihrem Schulabschluss und Luis wusste, dass Amina die gemeinsamen Forschungsreisen zwischen die Bücherregale bald sehr vermissen würde, wenn Bobby zu neuen Ufern aufbrechen würde.

Von ihren regelmäßigen Prosecco-Runden kehrte Amina in letzter Zeit immer mit vielen Geschichten darüber zurück, wie sehr Irene und Tom darum bemüht waren, Bobby einen möglichst schmerzfreien Übergang ins Erwachsenenleben zu bescheren. Was vor allem dazu führte, dass sie ihre eigenen Schmerzen über die bevorstehende Nestflucht vor dem Teenager zu verbergen suchten.

Während sich Amina und Luis zu den einzelnen Gästen im Garten gesellten, die bekannten Gesichter begrüßten und zwischen der reichhaltigen Auswahl an Getränken wählten, flirrte Lucy durch die Menge, küsste, umarmte und scherzte, wann immer es sich anbot. Gelegentlich wurde sie jedoch von Hans abgefangen, der sie für einige ruhige Atemzüge an sich heranzog. Bis sie wiederum lächelnd weiterschwirrte.

Otto winkte Luis zu, woraufhin er gemeinsam mit Amina zum Bürgermeister schlenderte, der sich gerade mit dem Mostbauer-Neffen unterhielt.

„Wir haben gute Neuigkeiten“, sagte Otto freudestrahlend und stürzte sich unmittelbar in einen detaillierten Bericht über die aktuellen Finanzen des Mostbauer junior.

Luis war sich sicher, dass er die Hälfte davon gar nicht wissen sollte, aber schlussendlich näherte sich Otto doch auch dem Ergebnis unter seiner Rechnung: Man hatte endlich genügend Budget aufgestellt und zur Seite gelegt, um das gerettete Grundstück pflegen zu können und auch, um darüber entscheiden zu können, was mit dem alten Haus passieren sollte.

„Die Grundmauern sind stabil", berichtete der Mostbauer-Neffe, „man muss zwar einiges renovieren, aber es sollte sich auszahlen."

Amina, die bis jetzt schweigend zugehört hatte, zitterte leicht neben ihm und Luis lachte auf, legte seinen Arm um ihre Schultern und zog sie an sich heran.

„Wir sind zurzeit nicht so gut aufs Renovieren alter Häuser zu sprechen", sagte er lächelnd und erntete dafür mitleidige Blicke von Otto und dem jungen Mostbauer.

„Wann könnt ihr endlich einziehen?", fragte Otto ehrlich interessiert und wieder zitterte Amina etwas.

„In ungefähr drei bis fünf Jahren", antwortete Amina bitter und Luis lachte kopfschüttelnd.

„In wenigen Wochen, hoffentlich noch vor dem Sommer", antwortete er freundlich.

„Wenn uns nicht noch irgendetwas – wortwörtlich! – auf den Kopf fällt", warf Amina ein und Luis lachte erneut auf.

Der Mostbauer sah sie neugierig an, woraufhin ihm Amina detailliertest davon zu berichten begann, an welchen Stellen des Hauses die Decke, der Verputz und auch der Boden zerbröckelt waren, während sie Stück für Stück das Haus renoviert hatten.

Als hätte nicht schon die ganze Stadt davon erfahren gehabt.

Jeder weitere Rückschritt auf ihrer Baustelle hatte dazu geführt, dass die Anteilnahme ihrer Freunde und auch der anderen Bewohner der Stadt ins Unermessliche gestiegen war. Was wiederum einen beständigen Besucherstrom im „Seitenweise“ ausgelöst hatte, mit dem sich Amina Stück für Stück durch ihre Erlebnisse erzählt hatte.

Und diese verarbeitet hatte.

„Weststeirische Gesprächstherapie“, nannte Luis das im Stillen für sich. Er hatte einige Zeit gebraucht, um die tatsächlich ernst gemeinte Anteilnahme der anderen Bewohner der Kleinstadt nicht als Neugierde oder gar Häme zu interpretieren, sondern als tatsächliche Fürsorge der Gemeinschaft, in die er so ohne Zögern aufgenommen worden war.

„Es wird ungewohnt für uns werden, von der klitzekleinen Wohnung ins große Haus zu wechseln“, sagte Amina gerade zu Otto und dem Mostbauer und Luis zog sie erneut etwas näher an sich.

Und wie immer ließ sich Amina nur zu gerne von ihm umarmen. Manchmal seufzte sie und murmelte für ihn unverständliche Worte wie „Baumwollpullover“ und „dunkelgrün“ vor sich hin, wenn er das machte.

. . .

Otto entdeckte jemanden unter den neu eingetroffenen Gästen und winkte, während er sich aus dem Gespräch verabschiedete, gleichzeitig aber mit Luis den nächsten „Couch-Kaffee" vereinbarte.

Luis hörte Amina unter seinem Ohrläppchen kichern. Selbst nach einem guten Jahr der beinah täglichen „Couch-Kaffees" mit Otto konnte sich Amina über den Namen amüsieren. Kurz nachdem Luis bei Amina endgültig eingezogen war, hatte es sich ohne große Vereinbarung etabliert, dass Otto an den Nachmittagen, an denen Luis auf der „Seitenweise"-Couch sein Lager aufgeschlagen hatte, mit Kaffee in den Laden kam. Sie unterhielten sich mal eine Viertelstunde, mal länger, aber verabschiedeten sich jedes Mal mit einem Lachen im Gesicht und Luis wusste, er würde diese regelmäßigen Nachmittagspausen schmerzlich vermissen, sollten sie jemals aufhören.

Es war ein ruhiges und angenehmes Leben, das er seit einem Jahr in dieser Stadt führte. Und es war auch inspirierend. Sein quietschgelbes Notizbuch war bis auf wenige Seiten vollgeschrieben mit Szenen, die Luis verarbeitet hatte – oder demnächst irgendwann verarbeiten würde.

Amina wickelte sich langsam aus der Umarmung und deutete auf einen kleinen Spalt zwischen den blühenden Apfelbaumzweigen, durch den man ein Stück des abendroten Himmels sehen konnte. Die Lichterketten, die zwischen einzelnen Bäumen gespannt waren, verstärkten den Effekt der Frühlingsdämmerung noch mehr und Luis wusste, dass er diese Stimmung hier ebenso irgendwann einmal in einem seiner Bücher verarbeiten werden würde.

Denn es gab noch so viele Geschichten, die erzählt werden mussten.

*** E N D E ***

WIE ALLES BEGANN

LANDLIEBEN #1

Von der Großstadt aufs Land: Irene flüchtet Hals über Kopf und ganz und gar nicht freiwillig aus ihrem perfekten Leben in Wien. Und landet in genau jener steirischen Kleinstadt, zu deren Einwohnern sie vor mehr als zehn Jahren den Kontakt abgebrochen hatte.

Mit Anfang 30 ist Irene also plötzlich wieder dort, von wo aus sie als Teenager nicht schnell genug entkommen hatte können. Wo sie neben ihren Sportschuhen auch den einen oder anderen Konflikt zurückgelassen hatte.

Doch mithilfe genau jener alten Laufschuhe findet Irene langsam wieder zu sich selbst - und erkennt immer mehr, wie sehr ihr bisheriges Leben nur äußerlich perfekt gewesen war.

Also wagt sie einen Neuanfang unter der steirischen Sommersonne.

In ihrer früheren Heimat trifft Irene auf alte Bekannte, etwa die lebenslustige Coffee Shop-Inhaberin Bella und den Bürgermeister der Stadt, Otto. Und sie lernt auch Tom und seine Nichte Bobby kennen, die beide binnen kürzester Zeit einen besonderen Platz in ihrem Leben einnehmen.

Sofern Irene am Ende des Sommers nicht doch noch beschließt, wieder nach Wien zurück zu kehren ...

HERBSTLIEBEN: LANDLIEBEN #2

Es war wie eine Szene aus einem Musikvideo der 90er Jahre: Plötzlich fand sich Lucy nur in einem Hochzeitskleid bekleidet neben einem rauchenden VW-Bus mitten in einer unbekannten Kleinstadt wieder.

Die Flucht vor den kuriosen Zukunftsplänen ihrer Mutter hätte sie eigentlich ans Meer bringen sollen, aber ohne Geld, ohne Telefon, ohne Plan - und jetzt auch noch ohne Auto! - kam man eben nicht sehr weit...

WEITERE GESCHICHTEN VON KATRINA

WIEN FÜR ALLE SINNE

Guter Geschmack, viel Humor und Erlebnisse für alle Sinne: Die Sinn.Voll-Serie nimmt Dich mit auf eine genussvolle Tour durch Wien.

GENUSSVOLL

Der Prosecco fließt in Strömen, während es rund um den Wiener Naschmarkt so richtig Sommer wird und sich Eliza und ihr neuer Nachbar, der Koch Fred, mithilfe von Kaffeetrüffeln, Kirschküssen und dunkler Schokolade immer besser kennenlernen.

Eine unterhaltsame Geschichte voller Wärme und Humor, ein Roman über Freundschaften und Genuss, mit viel Witz und Leidenschaft.

HANDVOLL

Im zweiten Teil der Sinn.Voll-Serie folgen wir dem Brotspezialisten Ivo und der Alleinerzieherin Rosa, die sich an Freds Esszimmertisch kennen gelernt haben. Ein humorvoller Liebesroman mit zahlreichen Vanillecroissants, Musik aus den 80ern und einem Bäcker, dessen Verliebtheit vielleicht gar kein so großes Geheimnis ist, wie er glaubt.

SCHNEEKÜSSEN. EIN VALENTINSTAGSROMAN

Die freie Journalistin Valerie ist frustriert: schnatternde

Teenager und eine übereifrige Barista legen Mitten im verschneiten Wien einen Frühstart Richtung Valentinstag hin. Also schnappt sich Valerie eine zufällig gefundene E-Mail-Adresse und sendet ihren Frust in die unbekannten Weiten des Internets.

Ihr E-Mail landet jedoch gar nicht so weit entfernt. Im Postfach von Tino nämlich, dem Valeries Nachrichten eine dringend benötigte Verschnaufpause inmitten des Schnee- und Alltagschaos ermöglichen.

Jede weitere Nachricht macht Tino umso neugieriger auf Valerie. Und in E-Mails, SMS und schließlich auch dem einen oder anderen Telefonat entdeckt er eine tiefgründige, überraschende und faszinierende Frau.

Mit ihrer tiefen, aber weichen Stimme.

Und ihrer ungebremsten Neugier.

Und der Fähigkeit, ihn stets aufs Neue zu fordern.

Bis sich endlich die Gelegenheit ergibt, dass sich Val und Tino persönlich treffen ...

"Schneeküssen" ist ein E-Mail-Roman, der nach und nach in die Wirklichkeit hinaustritt. Mit viel Schneefall, einem magischen Ausflug ins Museum und unzähligen Herzkeksen. Inmitten einer Stadt zum Verlieben.

VIELEN DANK

Vielen Dank, dass Du mit Amina und Luis durch die steirische Frühlingslandschaft gewandert bist!

Du willst nicht verpassen, wenn es weitere Geschichten von mir gibt? In meinem Newsletter informiere ich, sobald neue Bücher von mir erhältlich sind. Zur Überbrückung der Wartezeit verschicke ich monatlich eine kurze Alltagsszene – zur Unterhaltung und als Lesegenuss für unterwegs. Du kannst Dich unter www.katrinaverde.at dafür anmelden.

Als **Dankeschön** erhältst Du jedenfalls gleich nach Deiner Anmeldung eine **Kurzgeschichte** von mir, die es exklusiv nur via E-Mail gibt.

Ich freue mich auch über Feedback, Inspiration oder ein schlichtes „Hallo“ per Mail an schreibtisch@katrinaverde.at.

Wir lesen voneinander!

Alles Liebe, Katrina

ÜBER KATRINA VERDE

Katrina Verde schreibt unterhaltsame Liebesromane mit gutem Geschmack. Ihre Geschichten drehen sich ums Essen, um den Genuss - und natürlich um die große Liebe mit Happy End.

Ob in den steirischen Weinbergen oder nahe der Wiener Innenstadt, die Hauptdarsteller*innen in Katrinas Büchern finden ihr Glück in kleinen Gesten, guten Freundschaften und zahlreichen Wohlfühlmomenten. Katrina behandelt die großen Fragen zwischenmenschlicher Beziehungen. Aber auch Fußball. Oder den Klimaschutz. Jedenfalls aber immer auch die Schönheiten der Jahreszeiten und die Sinnlichkeit des kleinen Moments.

Katrina ist selbst stets in Bewegung, immer auf der Suche nach der Magie zufälliger Begegnungen - und gutem Kuchen. Man findet sie daher häufig in der Weststeiermark. Oder in Wien. Und auch hier: www.katrinaverde.at